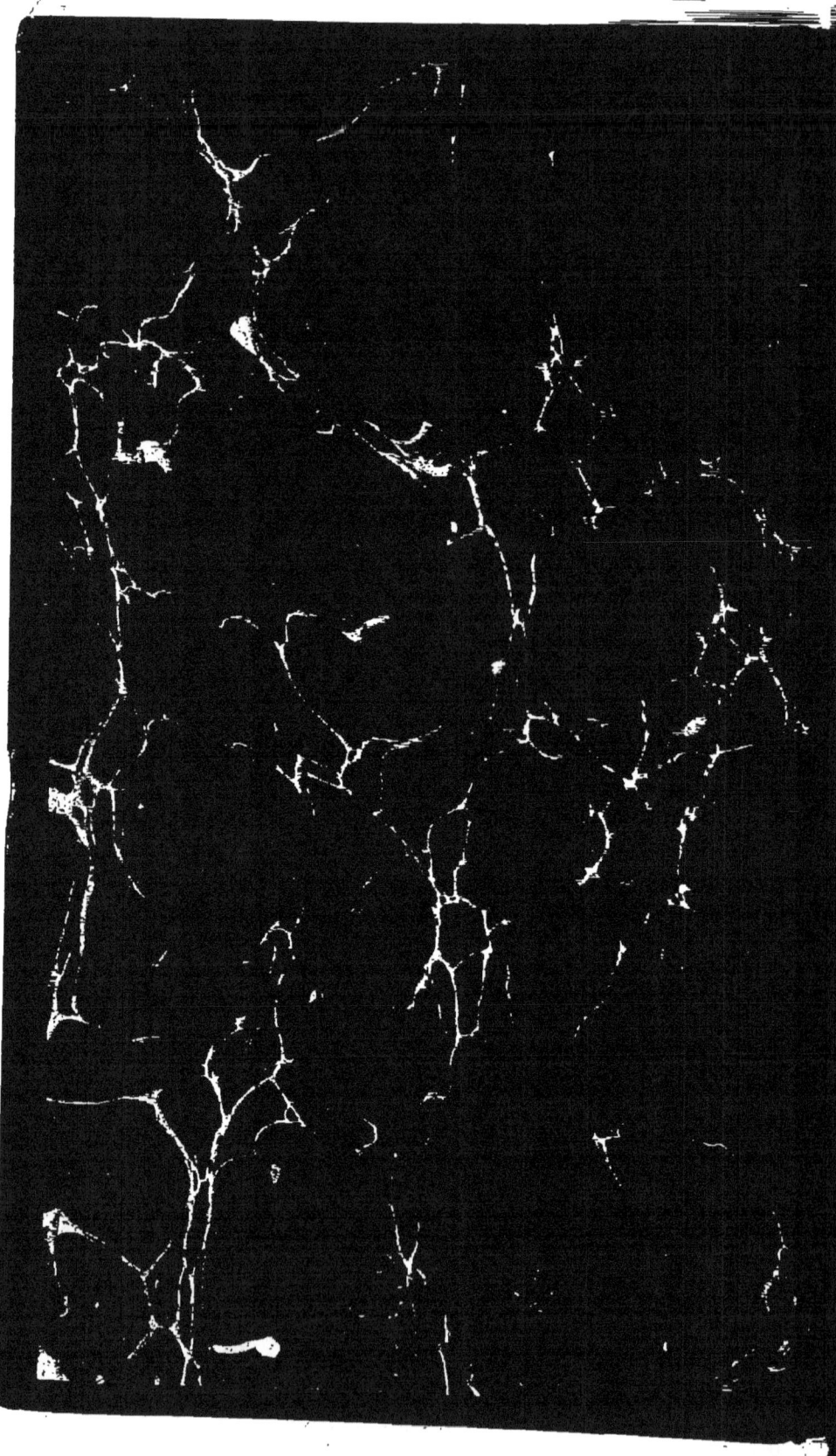

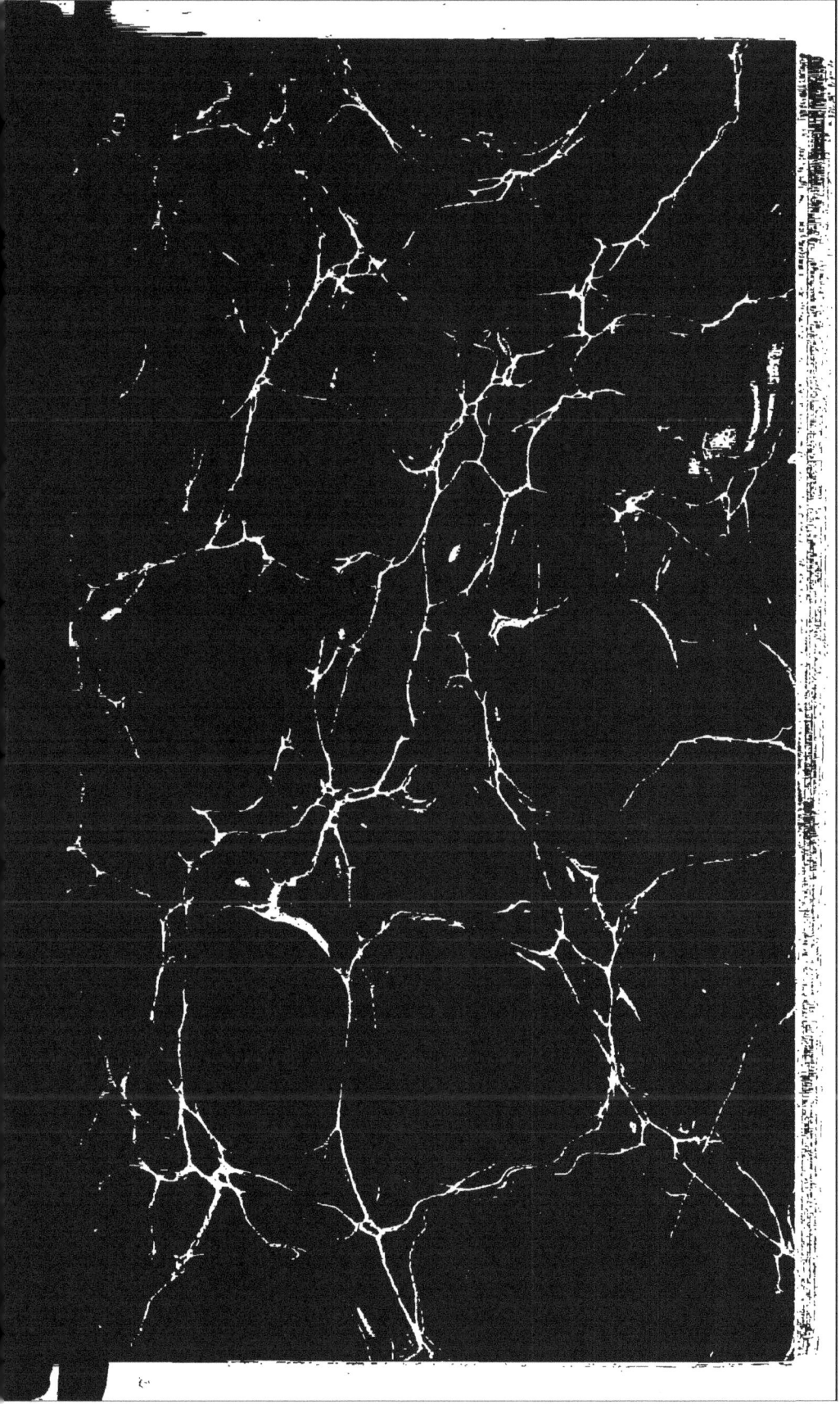

Z. 22⁴¹

X. A. 12. 19

ŒUVRES

COMPLÈTES

DE JACQUES-HENRI-BERNARDIN

DE

SAINT-PIERRE.

TOME DIX-HUITIÈME.

DE L'IMPRIMERIE DE L.-T. CELLOT.

ŒUVRES

COMPLÈTES

DE JACQUES-HENRI-BERNARDIN

DE

SAINT-PIERRE,

MISES EN ORDRE ET PRÉCÉDÉES DE LA VIE DE L'AUTEUR,

PAR L. AIMÉ-MARTIN.

. . . . Miseris succurrere disco.
ÆN., lib. I.

MÉLANGES.

A PARIS,

CHEZ MÉQUIGNON-MARVIS, LIBRAIRE,

RUE DE L'ÉCOLE DE MÉDECINE, N° 3.

M. DCCC. XX.

DISCOURS

SUR CETTE QUESTION :

Comment l'Éducation des Femmes pourrait
contribuer à rendre les Hommes meilleurs ?

1*

AVIS DE L'ÉDITEUR.

Le discours suivant concourut, en 1777, pour le prix d'éloquence , proposé par l'académie de Besançon. On peut y découvrir le germe d'une multitude d'idées neuves et utiles , développées depuis dans les Études de la Nature. Ces répétitions cependant n'ont pu nous déterminer à supprimer un discours qui renferme plusieurs passages neufs et dignes des plus beaux temps de Bernardin de Saint-Pierre. Tel est, à la fin de la première partie, le tableau des mœurs du siècle ; et dans la seconde, un portrait de l'enfance , et de charmantes esquisses sur les arts et le bonheur domestique, qui font de cette seconde partie un des morceaux les plus agréables qui soient sortis de la plume de l'auteur.

Le manuscrit qui est entre nos mains ,

était surchargé de notes et de corrections, ce qui a rendu notre travail assez difficile. Cette copie est sans doute une première esquisse, mais nous avons fait de vaines recherches pour nous en procurer une plus correcte.

Quant au sujet de ce discours, il nous semble que la question n'est traitée que dans la première partie; la seconde est un ouvrage de pure imagination. Au reste, voici le jugement que l'auteur lui - même en a porté dans les Études de la Nature.

« Une académie de province proposa, il » y a quelques années, pour sujet du prix » de la Saint-Louis, cette question : *Com-* » *ment l'éducation des femmes pourrait* » *contribuer à rendre les hommes meil-* » *leurs?* Je la traitai, et je fis deux fautes » par ignorance, sans compter les autres : » la première, d'entreprendre d'écrire sur » un pareil sujet, après que Fénelon avait » fait un fort bon livre sur l'éducation des » filles; la seconde, de débattre de la vé-

» rité dans une académie. Celle-ci ne donna
» point de prix, et retira son sujet. Tout
» ce qu'on peut dire sur cette question,
» c'est que par tout pays les femmes n'ont
» dû leur empire qu'à leurs vertus, et qu'à
» l'intérêt qu'elles ont pris pour les malheu-
» reux. »

6

DISCOURS

SUR CETTE QUESTION :

Comment l'Éducation des Femmes pourrait contribuer à rendre les Hommes meilleurs?

Pour rendre les hommes bons, il faut les rendre heureux.

Parler aux hommes, d'arts, de sciences, de gloire, de fortune, de liberté même, c'est n'en intéresser qu'un petit nombre. Mais leur parler de ce sexe qui partage avec eux le poids des besoins de la vie, et porte seul celui de leur enfance ; de ce sexe qu'ils auraient appelé du nom d'industrieux, de consolateur, de nourricier, s'ils ne lui avaient donné par excellence celui de beau, et qui, naissant en nombre égal au leur, par toute la terre, paraît le seul bien que la nature ait réparti à chacun d'eux en particulier ; c'est s'adresser à tout le genre humain.

Si de toutes les questions académiques,
celle-ci est une des plus universelles par son
sujet, elle en est encore une des plus intéressantes par les moyens qu'elle indique, et par
l'objet qu'elle se propose. Il s'agit de réformer
les hommes et de les rendre meilleurs par les
femmes. Quel est l'homme qui n'a souhaité
de devenir meilleur? Quel est le sage peut-
être qui, invité par elles, n'eût désiré de
marcher à la sagesse, sous des auspices aussi
doux? Il y a dans leur empire un pouvoir et
une grace inexprimable : d'une main elles
subjuguent la puissance altière; de l'autre
elles supportent et touchent les malheureux
sans les blesser. Lorsqu'Ulysse sort des flots,
il est revêtu d'habits par la fille d'Alcinoüs.
Infortuné, lui dit-elle, allez à la ville, et
quand vous serez au palais, pour obtenir ce
que vous voudrez, adressez-vous à ma mère
qui peut tout sur l'esprit du roi. Oui, à la
voix des femmes, et par leur secours, l'homme
le plus corrompu sortirait des abîmes du
vice; car la dépravation n'est qu'un naufrage.

Une matière si importante se présente pour
être traitée d'une manière simple; il s'agit

d'examiner ce qu'on doit retrancher de l'éducation des femmes, et ce qui doit la compo-
ser. Mais que de difficultés s'élèvent à-la-fois !
Y a-t-il eu des peuples ramenés à la vertu par
les femmes ? Comment traiter de l'éducation
d'un sexe sans s'occuper de celle de l'autre ?
Des institutions nouvelles peuvent-elles influer sur des habitudes anciennes, et la vertu
peut-elle s'allier au vice ? En exposant une
partie de nos maux pour en chercher le re-
mède, ne doit-on pas craindre de faire la satire des deux sexes, et d'aliéner ceux qu'on
voudrait améliorer ? Que d'objets à traiter, et
de ménagements à garder ! que d'oppositions
de la part des coutumes, des préjugés, des
conditions et des lois ! Ah ! qu'il était facile au
plus beau génie des Français, au plus digne
d'être aimé, de faire régner la vertu dans les
murs de Salente, chez un peuple pauvre, sur
les rivages déserts de l'Hespérie ! Ici, loin de
supprimer les obstacles pour tracer un plan,
il faut accorder le plan aux obstacles mêmes,
et l'étendre encore à tous les temps et à tous
les lieux. On voit quelquefois au milieu de
l'Océan, des bocages de palmiers s'élever du

sein des écueils; leurs racines s'enfoncent dans les flancs des rochers, leurs troncs s'élèvent sur le bord des précipices, et leurs fruits sont suspendus au-dessus des flots en fureur : la douceur de cette retraite redouble encore par le voisinage des tempêtes.

Si l'entreprise que je vais tenter est difficile, la gloire en est assurée. Le génie, messieurs, qui vous a inspiré le choix de cette question, présente deux couronnes à mériter dans la noble carrière que vous ouvrez; il en a mis une à l'extrémité, et il l'a réservée à l'éloquence; mais il a placé la plus belle dès l'entrée, et il l'a destinée à tous ceux qui concourent avec vous à rendre les hommes meilleurs.

PREMIÈRE PARTIE.

L'idée de réformer les hommes par les femmes, est venue chez les Grecs au plus grand des législateurs et au plus vertueux des rois. Lycurgue, suivant Aristote, essaya de commencer par elles la réforme de Lacédémone, et il n'en put venir à bout. Il est vrai que dans la suite il les employa comme un

des ressorts les plus puissants de son gouvernement; mais il semble qu'en cela même,
son expérience nous soit contraire. Si les filles
lacédémoniennes, en faisant dans leurs chansons l'éloge ou la satire des jeunes gens, les
enflammaient de l'amour de la vertu ; les exercices où elles dansaient nues, pour les engager au mariage, furent une des principales
causes qui ramenèrent la corruption. Tant il
est à craindre, en fortifiant les liens d'une
société, de forcer ceux de la nature !

Cinq cent quarante-deux ans après Lycurgue, tous les vices étant rentrés dans Lacédémone, le roi Agis voulut tenter par les femmes une nouvelle réforme ; il y détermina sa
mère et son aïeule, qui étaient fort riches ;
mais les autres s'y refusèrent par la crainte
de perdre leurs biens, et y mirent par leurs
amis une entière opposition. La fin funeste de
ce jeune prince apprit aux rois que, dans l'art
si difficile de faire du bien aux hommes, la
prudence était encore plus nécessaire que le
courage.

De nos jours, un écrivain fameux semble,
comme Platon, avoir espéré de l'éducation

des femmes une révolution dans les mœurs; mais ayant traité, dans son Émile, à-la-fois de l'éducation des deux sexes, loin de faire ressortir celle de la femme à l'utilité publique, il a séparé de la société celle de l'homme même, qui semble à tant d'égards devoir être nationale.

Les vœux des philosophes, la puissance des rois, le génie des législateurs, toutes ces circonstances même réunies sont insuffisantes pour la réforme d'un peuple, si l'adversité qui ramène les hommes malgré eux à la nature, n'en prépare l'occasion. Ce fut l'adversité qui fit réussir celle de Lacédémone par Lycurgue, d'Athènes par Solon, de Rome par les censeurs, et de tant d'autres nations mises dans l'alternative de périr ou de devenir meilleures. Dans tous ces pays, un petit nombre de familles s'étaient emparées des richesses de l'état, et la multitude n'avait plus rien. Ce sont les malheureux qui appellent les réformateurs.

Il n'y a point d'exemple d'une grande société améliorée par les femmes; mais il y en a beaucoup, d'hommes en particulier réfor-

més par elles, de révolutions heureuses
qu'elles ont occasionées dans la constitution
des lois, et de peuples entiers qu'elles ont pré-
servés de leur ruine. Si l'histoire, qui ne nous
offre qu'un petit nombre de combinaisons,
ne nous a pas encore montré jusqu'où peut
s'étendre tout leur pouvoir, elle nous apprend
une vérité bien incontestable, c'est qu'il n'y
a personne de plus intéressé à la réforme des
hommes, que les femmes. Par-tout où les
peuples ont eu des mœurs, elles ont régné ;
et par-tout où ils sont tombés dans le dernier
degré de corruption, elles sont esclaves. Les
femmes furent toutes - puissantes chez les
peuples les plus vertueux de la Grèce. Il n'y
a que nous autres Lacédémoniennes, disait
l'épouse de Léonidas, qui commandions à nos
maris, parce qu'il n'y a que nous qui fassions
des hommes. Xénocrite, à Cumes, par une
simple attitude, fait une révolution. Elle se
montre à visage découvert devant ses compatriotes, et elle se voile devant leur tyran ;
parce qu'il n'y a que lui, leur dit-elle, qui
soit un homme. L'honneur renaît dans les
habitants de Cumes, et la tyrannie est dé-

2*

truite. Chez les Romains, les femmes étaient honorées à leur mort d'éloges publics, comme les chefs de la nation. En vain le vieux Caton murmurait de leurs prérogatives ; ce peuple reconnaissant, en leur faisant part de sa gloire, se ressouvenait que le flambeau de sa liberté avait été allumé au bûcher d'une femme vertueuse. Mais qui peut les voir sans pitié dans presque toute la voluptueuse Asie et sur les rivages barbares de l'Afrique, réservées en grand nombre aux plaisirs d'un seul, condamnées à de rudes travaux ; ici, vendues pour l'esclavage ; là, immolées sur les tombeaux des grands et des rois ? Qui peut même aujourd'hui voir leur sort avec indifférence dans les lieux où elles ont été souveraines ? Elles y sont libres, dira-t-on. Eh ! qu'importe que les lois assurent la liberté, si les menées sourdes de la tyrannie contraignent la multitude de l'engager chaque jour pour vivre ! Le plus grand des malheurs est d'être forcé de se vendre, et de ne pas trouver de maître. Ce serait un tableau bien digne des regards de l'homme, que celui de la condition des femmes sur toute la terre : il y verrait leur bonheur finir avec sa vertu. Mais considérant encore avec espoir l'influence des femmes en France, d'où elles règnent par les graces sur toute l'Europe, j'étendrais, ce me semble, leur puissance à l'univers entier, si je pouvais les ramener à ces temps où elles apaisèrent d'elles - mêmes une guerre civile dans les Gaules. Le dur Annibal fut si touché de leur équité, qu'il décida que si les Gaulois se plaignaient des Carthaginois, il prononcerait sur leurs plaintes ; mais que si les Carthaginois se plaignaient des Gaulois, les femmes en seraient les juges. Il y a quelques siècles, elles appréciaient parmi nous, dans leur Cour d'amour, ce que les hommes ont de plus cher, l'honneur et la loyauté. Elles devaient cet empire aux mœurs, et les mœurs viennent de l'éducation. Ici, je suis forcé de m'arrêter, et de considérer la source d'où coule la plus grande partie de nos maux, afin de mesurer, s'il est possible, la force de la digue que je voudrais élever contre la violence du torrent qui nous entraîne.

L'homme est le seul de tous les êtres sensibles, qui compose sa vie d'expériences continuelles. Les saisons, les événements, les passions, l'âge, l'opinion d'autrui, font varier ses principes et ses mœurs, depuis la naissance jusqu'à la mort. Ainsi toute la vie humaine n'est qu'une longue éducation. L'homme aurait été le jouet d'une agitation continuelle, si la nature n'avait confié l'âge le plus important de sa vie à ceux à qui son bonheur importe davantage, à ses parents. C'est dans l'enfance que l'ame profondément émue par la nouveauté des objets, reçoit, si j'ose dire, sa première forme. Les impressions de cet âge ne s'effacent jamais; elles changent jusqu'aux inclinations naturelles dans les animaux mêmes. Lycurgue en offrit un exemple frappant aux Spartiates; et s'il a eu seul, de tous les législateurs, la gloire de fonder une république où la vertu régna cinq siècles, ce fut, dit Plutarque, pour en avoir *teint en laine* les mœurs des enfants. La force de la première éducation compensa la hardiesse de ses institutions. Ce n'est donc pas le climat qui forme les hommes, comme de grands écrivains l'ont avancé; nous en citerions mille exemples : le Siamois si craintif et le Macassar si intrépide, vivent sous le même climat ; le Turc silencieux et le Grec babillard, habitent la même terre. Ce ne sont pas les lois : le Juif moderne, si soumis, suit les mêmes lois que le Juif ancien, factieux jusque dans l'esclavage. Les changements que nous admirons parmi tous les peuples de la terre, leurs mœurs et leurs opinions si opposées, ne viennent que de l'éducation du premier âge. Sans en chercher des preuves au loin, examinons ce qu'elle établit parmi nous, et nous verrons qu'elle met plus de différence en coutumes, habits, vivres, maximes, caractères, tours de langage, physionomie, entre deux Français, entre deux frères même, que la nature n'en a mis entre les habitants des cercles polaires et ceux de l'équateur. Ce n'est pas ainsi qu'ont subsisté les nations sages : je prends pour exemple Rome, dont la grandeur nous a étonnés, dont nous avons tiré la plupart de nos lois, mais dont nous n'avons emprunté que des ruines, parce que de tant de pièces éparses, nous avons oublié la seule nécessaire, le plan de leur ensemble. Un Romain n'apprenait dans son éducation qu'à aimer la patrie, et à honorer les dieux. Il était ensuite à-la-fois ou successivement pontife, général, édile, agricole, sénateur : tout était pour tous. Il y avait, il est vrai, des dignités réservées aux deux parties de la république; mais tous les vices étaient réprouvés, et toutes les vertus étaient nécessaires dans chaque citoyen. L'adultère, chez les empereurs, ne fut point déguisé sous le nom de galanterie. Scipion fut aussi estimé pour sa piété, pour sa continence, pour sa modération envers ses compatriotes, que pour son courage envers les ennemis de la patrie. Chez nous, la postérité pourra-t-elle le croire ! là gloire d'un état fait la honte d'un autre. Les vertus sont des métiers, ou plutôt, comme dans un mauvais héritage, les vertus, semblables à des orphelines rejetées de leurs parents, ont été assignées par l'ordre des lois à chaque état de la société, qui s'en est chargé. Quel beau spectacle, si l'on voyait parmi nous chaque condition les portant toutes, et présentant l'homme, grand, heureux et bon dans les diverses positions de la vie : des Turenne, des Fénelon, des Duquesne, des

Henri IV, des Épaminondas, des Socrate, des Épictète ! La nation française s'élèverait au milieu des peuples de la terre, comme ces montagnes fécondes que la nature a semées de ses mains, et où une infinité de plantes, toutes variées, mais toutes donnant leurs fleurs, croissent en amphithéâtre depuis la base jusqu'au sommet. Des peuples qui ne nous valaient pas, ont présenté ce superbe tableau au genre humain, et lui servent encore de modèles. Que nous manque-t-il ?

Déjà l'Europe parle notre langue, et adopte nos mœurs. Nous sommes meilleurs que nos lois ; nous avons éprouvé plus de maux que les Grecs ; nous sommes plus attachés à notre prince que les anciens Perses, et par ce seul attachement, notre royaume a déjà éprouvé une durée double de l'empire romain. Enfin, nous sommes aidés par une religion dont la morale, supérieure à celle de Lycurgue, s'étend à tous les hommes. Cette réforme dépend d'une éducation nationale, et la gloire en est réservée à des princes qui surpasseront de bien loin les Charlemagne et les Henri. Mais elle est encore pour chacun de nous entre nos mains. Titus, les délices du genre humain, fut un monstre dans sa jeunesse. Diogène, dont Alexandre admira le mépris pour la fortune, avait été faux-monnayeur. La vertu s'applique à tous les âges. O femmes ! je vous invite à reprendre votre empire ; que chacune de vous fasse rentrer un citoyen dans l'ordre, et l'ordre général sera rétabli. La réforme de l'homme dépend de la vôtre ; il vous redemande aujourd'hui son bonheur ; mais avant de soulager ses maux, ayez le courage de voir ceux dont vous gémissez. Ils sont l'ouvrage des temps, des préjugés, de la corruption d'autrui. Le premier moment qui nous éloigne du vice, est celui où il est reconnu.

L'éducation des femmes peut se réduire parmi nous à trois révolutions : l'éducation domestique, celle des couvents, et celle du monde.

L'éducation commence avec la naissance. Les premiers sentiments d'amour et de haine se forment des premières sensations du plaisir et de la douleur. Si l'ame forte de l'empereur de Russie, Pierre-le-Grand, eut be-

soin de la plus grande constance pour se
guérir de la frayeur de l'eau, parce qu'il y
était tombé dans le premier âge ; comment
celle d'une femme bannira-t-elle la dissimu-
lation, la fausseté, l'aversion des parents,
qui entrent dans l'enfance avec les caprices,
les menaces et les châtiments ? Les bêtes sauvages élèvent leurs petits avec toutes sortes
de caresses ; les fouets entrent dans l'éducation de l'homme : ces punitions honteuses,
sans doute imaginées par quelques peuples
corrompus, se sont introduites en Europe
avec l'étude sainte des lettres. Les Goths ne
voulaient point qu'on enseignât les sciences
au fils de leur prince, par cette seule raison.
Les châtiments, disaient-ils, aviliront son
ame. En effet, si l'on considère quelles sont
les nations, comme les Juifs anciens, les
Grecs du Bas-Empire, et parmi nous les
conditions, où les haines ont été et sont les
plus violentes, et les ames les plus faibles ;
il est aisé de voir que ce sont celles où ces
punitions font une longue partie de l'éducation. En Hollande et chez plusieurs peuples
du Nord, où elles sont fort rares, il est en-

core plus rare de voir de mauvais sujets. Qui
peut donc, au milieu d'un peuple dont les
mœurs sont à l'extérieur si polies, faire éclore
des crimes dès la fleur de l'âge, et jusqu'à
des parricides, si ce ne sont les supplices de
l'enfance ? Que d'heureux caractères ont été
dénaturés par eux ! Si les lois parmi nous
s'occupaient du bonheur des hommes, ce
ne sont pas les méchants qu'elles devraient
punir, mais ceux qui les rendent tels. La
morale est si nouvelle en Europe, que les
gouvernements ont ignoré jusqu'aujourd'hui
qu'ils devaient protéger les enfants. Une impératrice du nord vient d'en donner le premier exemple, en bannissant les châtiments
corporels des écoles publiques. Cet âge est
digne de pitié, s'il n'est digne d'amour. Les
Sauvages tiennent de la nature ces leçons
d'indulgence ; suivant le témoignage du vertueux Penn, ces hommes si remplis de
qualités morales, de dévouement pour leur
nation, d'amour pour leurs parents, d'in-
trépidité dans les plus horribles dangers,
sont élevés avec la plus grande douceur.
Faut-il donc des tourments pour former un

être doux comme la femme ? Faut-il des exemples d'humanité étrangère pour bannir les châtiments de l'éducation française ? Et parce que des hommes, qui tout-à-fait écartés des lois de la nature, n'en cherchent plus les devoirs que dans des livres, veulent y trouver des autorités contraires à la raison, abandonnerons-nous à leurs vains raisonnements des usages que la morale rejette, lorsque l'homme le plus célèbre de l'antiquité dans l'art de former les orateurs, Quintilien, s'est élevé lui-même avec tant de force contre l'usage infâme de fouetter les enfants ?

De la maison paternelle, nos filles sont transportées dans des couvents, avec un caractère déjà décidé ; car le cœur se forme avant la raison. Cette transplantation, qui se fait souvent dès la naissance, est un des plus grands malheurs dont la mollesse des familles ait affligé la société. Là les premiers maux vont les suivre, sans aucun des premiers plaisirs : aucun baiser paternel, aucune main chérie n'essuiera leurs larmes. Forcées de chercher des consolations dans une amitié étrangère, elles achèveront de rompre ces chaînes naturelles dont leurs parents ont brisé les premiers anneaux. Pères insensibles et aveugles ! un jour viendra où vous serez gouvernés par les opinions de cette génération que vous repoussez. Supportez donc sa faiblesse avec la même indulgence que vous désirerez un jour pour les défauts de votre vieillesse. Craignez que vos enfants ne voient emporter vos tombeaux de la maison paternelle, avec la même indifférence que vous en avez vû sortir leurs berceaux. Craignez ces réactions terribles établies par cette justice éternelle, qui, loin de nos usages insensés, attend dans le silence l'exécution de ses lois inaltérables. Elle a tout balancé; et quoiqu'à nos yeux la puissance paraisse d'un côté, et la faiblesse de l'autre, elle fait réagir toutes les conditions humaines, et elle punit l'indifférence des pères par celle des enfants, et celle des gouvernements par celle des familles. C'est de l'amour paternel qu'elle fait naître l'amour de la patrie : aussi les Grecs et les Romains avaient-ils donné le même nom à ces deux sentiments. Les liens qui réunissaient les citoyens à l'état, venaient s'attacher au foyer de chaque maison, à l'antique vertu, aux dieux pénates. Ils les invoquaient dans les plus grands dangers, et l'infortuné ne les invoquait jamais en vain. Pyrrhus, enfant, abandonné tout nu dans le palais d'un roi d'Esclavonie, pendant que ce prince balance s'il le rendra à ceux qui le poursuivent, se lève et embrasse l'autel de ses dieux domestiques; et la religion d'un enfant triomphe de la politique d'un roi barbare.

Ce ne sont ni les grands emplois, ni les beaux climats, ni la vie républicaine, qui nous font aimer la patrie; mais les lieux où, pour la première fois, nous avons vu la lumière, senti, aimé, parlé, et sur-tout ceux où nous avons donné et reçu les premières caresses. S'ils ont été dignes de nos premières adorations, ils le seront de nos derniers hommages. Homère, qu'Horace si judicieux appelle la source de toute philosophie, représente Ulysse préférant la pauvre Ithaque à l'amour d'une déesse, et s'informant dans ses voyages, avec le plus vif intérêt, si son père Laërte vit encore. Les hommes de l'an-

3*

tiquité les plus distingués par l'amour de leur patrie, l'ont été par celui de leurs parents. Épaminondas disait que la joie la plus vive qu'il eût jamais éprouvée, c'était d'avoir gagné la bataille de Leuctres pendant la vie de son père et de sa mère. Sertorius que la fortune ne pouvait ébranler, fugitif en Espagne, et refusant les secours de Mithridate, ne put résister aux douleurs de l'amour filial : il tombe dans le plus grand désespoir en apprenant la mort de sa mère qui l'avait élevé orphelin, et refuse pendant plusieurs jours toute nourriture. Le désir de mériter l'estime de leurs parents excita sans doute ces grands hommes aux grandes actions.

Parmi les peuples modernes, l'amour de la patrie ne se trouve que chez ceux dont les enfants sont élevés dans la maison paternelle. L'horreur même du climat ne saurait la détruire ; les Lapons, les Samoïèdes, ne peuvent vivre hors de leurs misérables pays. On avait transporté à Copenhague des Groënlandais, que la cour comblait de bienfaits, et qui s'exposèrent cependant sur la mer, dans une petite barque, à une mort certaine pour retourner dans leur île. L'un d'eux versait des larmes quand il voyait une femme avec son enfant ; l'infortuné était père ! Ces mêmes sentiments qui naissent des mêmes lois naturelles, subsistent encore parmi nous dans les états de la société les plus malheureux. L'éducation étrangère les étouffe dans les autres, et avec eux les vertus qui en sont la suite. Mais si elle est si fatale aux hommes, elle est bien plus nuisible aux femmes, qui, destinées aux seuls soins domestiques, ne peuvent apprendre les devoirs de la maison conjugale que dans la maison paternelle. Je trouve tout en vous, disait Andromaque à Hector ; père, mère, frère, vous êtes tout pour moi, vous êtes mon époux. Quelle science apprendront-elles dans les couvents, qui soit digne de remplacer des devoirs si saints ? la religion et la vertu ? Mais la religion, faite pour notre bonheur dans ce monde et dans l'autre, fut donnée pour régler la nature, et non pour la détruire ; car autrement ce serait supposer deux lois contradictoires, toutes deux venues du ciel.

D'où viennent donc ces institutions tristes,

qui font regarder aux jeunes filles leurs attraits, comme des présents odieux ? Que de
disputes, d'aigreur, d'intolérance dans le
caractère des femmes; quels traits dans leur
physionomie, si la nature les avait faites
comme l'homme veut les réformer ! ceux
qui leur ont tracé ces carrières sauvages, ne
veulent pas voir que dans les lois nécessaires
de la nature, le plaisir doit allumer le flambeau de la vie ; ils ont oublié que dans les
exemples de la plus grande perfection où
il soit possible d'atteindre, le divin légis-
lateur s'est montré favorable à la joie conjugale.

C'est dans la plupart de ces écoles, que
les vertus si aimables prennent je ne sais
quoi de la teinte odieuse du vice. La plus
belle de toutes, cette charité, dont les premiers temps de la religion offrent de si touchantes images, dont le nom étymologique
(χάρις) signifie grace, amour, est devenue
le secours le plus repoussant dont l'humanité
puisse être soulagée parmi nous. Celui qui
donne, ôte de son présent, je ne dis pas le
respect profond dû à une offrande faite au nom

du père commun des hommes, ou la cordialité comme dans un présent fait d'un ami à un ami, ou l'égalité comme dans un petit secours accordé d'homme à homme, mais jusqu'à ce sentiment de compassion et de pitié qu'inspirerait la vue d'un animal qui souffre. C'est l'orgueil qui donne. Voulez-vous vous en convaincre ? présentez une aumône à celui qui la fait,

Si la bonté naturelle des femmes est altérée par ces usages qui ont corrompu jusqu'à l'idée de la vertu ; s'ils leur inspirent une âpreté et une hauteur si contraires aux qualités sociales, que dirons-nous du plan entier de l'éducation, tout-à-fait opposé à ce qu'elles doivent faire dans le reste de leur vie ? Elles sont instruites par des saintes, je le crois ; on leur vante l'état de célibataire, si pur et si élevé que les extrêmes en sont des abîmes. Mais n'est-ce pas déjà une grande inconséquence que de représenter le célibat comme l'état le plus parfait, à des filles destinées au mariage, et qui, dans le monde entier, ne doivent rien estimer de plus sacré que leurs parents et qu'un époux ?

Si nous opposions à leur éducation celle des garçons, il ne serait pas besoin de chercher ailleurs la cause de nos maux. Les malheureux sont semblables à ces chevaux d'Eumènes, que ce général assiégé, pour conserver leur souplesse, faisait suspendre par des sangles, et agiter à coups de fouet. Cruels instituteurs, dans quelle vaine carrière voulez-vous les faire courir? Rien n'est à mériter parmi nous, tout est à vendre. Ces longs degrés que Charlemagne, dans un siècle barbare, imagina pour conduire les citoyens aux emplois publics, ne mènent plus qu'à la douleur. L'émulation n'est plus qu'un malheur pour eux, et un vice pour la patrie. O vous, dont le sage Montaigne voulait qu'on ornât les écoles de festons de fleurs, portion de la nature humaine, qui seule, par votre innocence, pouvez soutenir encore les regards de la Divinité, vous voilà donc, avant le temps, remplis de nos misérables passions, babillards, trompeurs, hypocrites, cruels, et devenus les ennemis jurés les uns des autres! Que résulterait-il de la réunion actuelle des deux sexes? une génération composée d'enfants sans amour pour leurs parents, de Français qui ignorent les lois du royaume, de savants qui doivent oublier presque tout ce qu'ils ont appris, d'époux qui regardent les sexes comme un égarement de la nature, d'ames dévorées d'ambition, enfin d'êtres sensibles, remplis de haine contre des institutions si ennuyeuses, si vaines et si atroces. Voilà la nation future où la patrie met ses plus douces espérances.

Nous n'avons examiné jusqu'ici que les suites de ce qu'on appelle une bonne éducation. Que serait-ce si nous en suivions les désordres ? Qui pourrait dire ce que peut faire naître parmi des filles réunies dans la fougue de l'âge, l'orgueil des conditions, la vanité des parures, les folles amitiés, les superstitions, les frayeurs, les médisances et le respect de l'opinion d'autrui, source d'une infinité de maux pour elles et pour les autres ?

L'opinion publique a toujours été très-différente de l'opinion d'autrui, dans les siècles même les plus dépravés. La mémoire de Néron fut flétrie par un peuple qui ne valait pas mieux que lui, et dont chaque membre en particulier lui avait aplani la route du vice. Il semble qu'il y ait dans le cœur humain un caractère ineffaçable de justice, qui brille de tout son éclat lorsque les passions sont calmées ; ou plutôt, que Dieu veuille forcer la vertu à se diriger vers lui seul, et à ne se reposer que sur l'estime de l'univers. Lorsque Phocion était applaudi par les Athéniens, il demandait à ses amis s'il ne lui était pas échappé quelque faute. Caton d'Utique marchait nu-pieds dans les rues de Rome, afin que, dérogeant à l'usage public dans des choses indifférentes, il pût s'en écarter dans les essentielles.

Quand une nation est sans morale, son opinion est sans estime. Si le premier effort que l'homme doit faire vers la vertu, est de mépriser l'opinion, il faut qu'il en soit de même de la femme, qui ne doit être honorée que de la louange d'un seul. L'envie de plaire à l'opinion de tous, la rend inconstante et sans principes. Par ces mots : *Que dira-t-on de vous ?* dont on dirige son enfance, on corrompra sa jeunesse. Dès que les femmes sont

attentives aux bruits du dehors, les faiseurs
d'anecdotes, ces hommes si communs qui,
après avoir perdu leur réputation, s'occu-
pent à détruire celle des autres, qui savent
également l'art de flatter et de calomnier, les
transportent où ils veulent par la crainte du
ridicule et l'amour des louanges. Filles im-
prudentes, ces hommes charmants et cruels
paieront un jour, du récit de vos faiblesses,
leur entrée dans la maison voisine. Ils font
pour vous des vers, ils vous mettent au rang
des divinités; mais la louange même est funeste dans leur bouche : ils ressemblent à ces
sorcières de Thessalie, dont parle Pline, qui
faisaient périr les moissons, les animaux,
les hommes, en disant du bien d'eux. Que
de filles, au sein de l'oisiveté, se sont ren-
dues habiles dans cette science infernale de
nuire ! Que de querelles, de procès, de duels
ont été inspirés par elles ! Des nations entières ont vu leurs liens se dissoudre; et de
nos jours même, la Corse voit encore les
femmes éterniser ses malheurs, en inspi-
rant à leurs enfants des vengeances impla-
cables.

4

Passons aux usages du monde. Des femmes célibataires ont donné aux filles, dans leur enfance, des leçons d'austérité ; des hommes célibataires vont bientôt leur en donner de licence.

Parmi tant de choses que les maîtres apprennent à une jeune personne, supposons qu'il n'y en ait que d'utiles ; une fille adoptera peut-être des principes opposés à ceux de son époux, elle qui doit s'estimer moins savante que lui, et voir les objets comme il les voit. D'ailleurs, par ces lumières précoces, le mariage perd les conversations si nécessaires à ses longs jours ; et l'amour conjugal, tant d'ignorances aimables qui sont un de ses plus grands charmes. Que de reconnaissance recueillie par des étrangers, et si douce à mériter pour un amant ! Il épousera une vierge dont l'ame est déjà veuve de plusieurs maris. L'ame ! mais ces hommes si aimables sont-ils des anges, si la pente à l'amour est égale dans les deux sexes ? Que deviendrait nôtre faible raison, si dans la jeunesse on nous donnait pour nous montrer des arts séducteurs, de jeunes femmes instruites à plaire?

Le premier mouvement une fois communiqué aux passions, la volupté n'approche plus seulement d'elles à découvert; mais plus dangereuse, elle s'avance dans le silence de la nuit, elle présente à l'ame égarée des armes terribles dont elle se blessera elle-même. Dans le repos de la solitude et sous les toits les plus sacrés, les hommes viennent se montrer à l'imagination, sans défauts; et leurs sophismes, sans contradictions. Quels bouleversements n'occasioneront pas dans la tête et dans le cœur d'une jeune fille, tant de livres corrupteurs! Les livres gouvernent le monde. Un seul, même moral, produisit, il y a deux siècles, la plus grande révolution dans les mœurs de l'Europe. L'ouvrage d'un Espagnol fit tomber l'amour et le respect des femmes. D'autres depuis y ont substitué la galanterie, qui en est le mensonge; ceux de nos jours y font succéder le libertinage, qui en est la corruption.

Si on vient à examiner l'effet que les livres produisent en particulier sur l'esprit des femmes, il s'en trouvera peu qui leur soient utiles, même parmi ceux que l'on croit bons. Dans les romans, les uns mettent la vertu en

parole, et le vice en action. Ceux-ci, plus
dangereux, montrent la route des passions
comme la seule que nous enseigne la nature.
Les meilleurs les jettent dans un monde ima-
ginaire, et leur font haïr celui où elles doivent
vivre. L'histoire même, si vantée, n'offre
guère que le tableau des fureurs des hommes,
et ne leur inspirera pas une grande bienveillance pour eux. Mais si l'on considère ce que
produisent tous ensemble parmi nous, les
sceptiques et les dogmatiques, les ouvrages
de tous les partis, de tous les systèmes, de
toutes les sectes ; tant de vérités mises en
problèmes, tant de paradoxes en maximes ;
que résulte-t-il de leur effet général ? la des-
truction des principes et du caractère. Toutes
les têtes fermentent : les flots de la mer, bat-
tus de tous les vents de l'horizon, ne sont pas
si agités lorsqu'ils vont sans cesse se formant
et se détruisant les uns les autres. Bientôt les
maximes du théâtre qui, débitées en public,
semblent autorisées par les lois, aidées par
les illusions des acteurs et les applaudissements de la multitude, vont pénétrer l'ame
de nos jeunes filles comme des traits de feu.

L'Aréopage honorait la tragédie, qui représente l'homme de bien aux prises avec le malheur; mais en cela plus sage que nous, sa faveur ne portait que sur les sujets qui inspiraient aux Grecs de la vénération pour leurs grands hommes, et de l'amour pour leur patrie. Nos drames, par un renversement incroyable de ce qui est utile, n'exposant sur la scène que des sujets très-éloignés, nous jettent sans cesse dans une pitié étrangère. Si nous voulons être émus utilement, la terreur et la pitié ne sont-elles pas aussi françaises et contemporaines? Ah! ne chercherions-nous les maux d'autrui que pour ne pas voir les nôtres! Mais que dirons-nous de la comédie, que l'Aréopage flétrissait comme un moyen inutile pour corriger les passions, parce que l'avare y rit de l'avare? Qu'aurait-il donc pensé de nos comédies les plus estimées, où des valets trompent impunément leurs maîtres; où l'avarice d'un père est punie par le vol applaudi d'un fils, la vanité d'un paysan par un adultère triomphant? Je ne parle pas de ces satires indécentes, où, à la face du ciel, les mœurs sont violées, où le peuple

voit chaque jour des exemples de libertinage,
de vengeance, de vol, et qui pis est, de mépris de ses magistrats. Sans faire sortir nos
jeunes filles de l'honnêteté prétendue de la
scène française, ne craignez-vous pas que
négligeant la moralité, comme la plupart de
ses modèles, elles s'en tiennent, comme eux,
au but qu'ils se proposent, celui de faire rire;
et que puisant les sarcasmes, les épigrammes,
les sous-entendus, ces arts perfides des ames
faibles et méchantes, elles ne rendent un jour
leur cœur suspect à leurs époux et à leurs amis?
Fais-moi rire, disait le cruel Sigismond.
C'était peu de jouer les passions sur la scène;
la plupart des états de la vie civile y sont rendus successivement odieux. Si les regards
pouvaient pénétrer dans les ames des gens
formés à la connaissance des hommes par le
théâtre ou par les livres, on y verrait, comme
dans le palais de ce fou moderne de la Sicile,
des cygnes à tête de tigre, de longs cous de
serpents sur des corps de colombes; les conditions, les âges, les caractères, les provinces,
enfin toute la société humaine figurée en
monstres.

Voilà donc les filles jetées dans le monde armées de tout ce que leur a donné une éducation si fausse, si contradictoire, si incohérente. Elles aiment les étrangers, et haïssent leurs parents ; elles ne veulent du mariage que les plaisirs de l'amour, et rejettent les devoirs de la maternité. Austères dans leur morale et voluptueuses dans leur conduite, elles parlent toujours de la vertu, et cherchent sans cesse le plaisir. Au reste, sans principes et sans plan, elles ne connaissent dans la société d'autres devoirs que les visites et le jeu : les visites, où obligée de se communiquer à toutes les pensées des hommes, l'ame d'une femme perd sa pudeur naturelle ! le jeu, dont les révolutions les disposent à tous les désordres, et le seul vice que les femmes de l'antiquité n'ont pas connu ! Ce sont les usages du monde ! Grand Dieu ! quel monde, si chaque siècle y apporte des vices nouveaux ! Quelle différence de l'éducation des femmes sous nos Henri à celle de nos jours ! Mais voyons les nations dont la destinée est faite, et dans un peuple mourant les convulsions de la mort.

Les Sabins, armés par la vengeance, pré-

sentent la bataille auxRomains ; les Romaines
en pleurs, tenant leurs enfants dans leurs bras,
se jettent entre les deux armées ; elles s'écrient :
Qu'allez-vous faire, cruels ? Ceux-ci sont nos
maris, ceux-là sont nos frères ! A leur voix,
les armes tombent, et deux nations prêtes à
s'égorger, se réunissent. Voyez-les sous Sylla ;
liées de tous les liens, il n'y avait pas à Rome
une femme qui n'eût à lui redemander le sang
d'un de ses parents : toutes ensemble lui firent
faire les plus superbes obsèques dont jamais
chef de la patrie ait été honoré. Deux cent
vingt corbeilles de leurs parfums brûlaient à
ses funérailles ; sa statue et celle de son lic-
teur, pétries des aromates les plus précieux,
y furent portées en triomphe. Il semblait que
le barbare n'avait vécu que pour leur vengeance. * Suivez-les, si vous l'osez, sous les
empereurs, quand les filles romaines don-

---

* Montesquieu vante le courage de Sylla, parce
qu'il abdiqua la dictature, et redevint simple citoyen, prêt à rendre compte de sa conduite. Mais
Montesquieu y pensait-il ? Ce sénat, devant lequel
un citoyen eût pu appeler Sylla, n'était-il pas plein
de ses créatures, de ses complices, qui avaient

naient aux gladiateurs l'ordre de mourir;
quand au milieu des infamies, des dissolu-
tions et des intrigues, les Romaines boulever-
sèrent leur malheureuse patrie; et apprenez,
peuple sans expérience, que la férocité naît
du sein des voluptés.

Parlerai-je de nos guerres civiles? du car-
nage inspiré par les Médicis? car il fallait pour
altérer notre heureux caractère, les vices
d'un peuple corrompu. Joindrai-je aux maux
de notre éducation le tableau présent de nos
maux? Ah! je ne suis plus le maître de mon
sujet; il me semble voir l'homme se lever, et
l'entendre dire à l'Auteur de la nature: Celle
que vous m'aviez donnée pour mon bonheur,
est la cause de mes maux. Je vais chercher
pour elle au delà des mers les richesses des
deux Indes, je l'environne du spectacle ravis-
sant des arts, et sa félicité est l'objet de tous

trempé dans ses proscriptions? Je trouve, moi, que
ce fut la crainte de devenir seul l'objet de la vengeance publique qui le fit abdiquer. En abdiquant, il
assurait sa personne; le sénat seul se trouvait chargé
de la haine; et quel sénat puissant, puisque les
femmes étaient pour lui!

mes travaux : quelle est sa reconnaissance ?
elle élève, elle abaisse, elle sollicite, elle
trouble, elle détruit. Par elle, toutes les avenues des emplois sont obsédées, les lois antiques sans respect; mes droits, les droits
d'un époux, sans honneur. A peine j'ose,
dans ma maison, en paraître le chef; et dans
les rues mêmes de la capitale, une foule de
courtisanes étalent une audace qui confon-
drait les plus hardis libertins ! En vain je
m'efforce, dans le séjour de l'innocence, de
rappeler à la vertu par des prix : point de ro-
sière pour les mériter! La corruption gagne
chaque jour les lieux les plus saints : nos couvents sont remplis de femmes séparées de
leurs maris. Tout m'offre l'aspect de ma honte.
Le tribunal des lois ne retentit que de mes
plaintes ; et dans ma douleur profonde, je
n'ose ni abaisser les yeux sur une postérité
qui m'est suspecte, ni les élever vers les autels où je n'ai reçu qu'une foi parjure. Compagne donnée pour soulager mes maux, comment avez-vous pu les accroître ? Vous n'êtes
pas, comme moi, obligée pour vivre, de trom-
per, de supporter une foule de tyrans, de

réconcilier l'honneur et les lois, la justice et l'humanité; d'endurcir votre cœur, pour frapper de l'épée de Thémis ou de celle de Bellone. Ah! ce n'était qu'à vous qu'il était permis d'être bonne, et de devenir meilleure : placée loin de nos maux, et mise à l'abri dans le temple de l'Hymen, la société d'accord avec la nature ne vous avait proposé d'autre devoir que celui d'aimer.

Mais d'où viennent tous ces désordres? La femme est-elle seule coupable? ne répondra-t-elle pas à l'homme : Auteur de toutes nos larmes, quand vous cessez de nous corrompre, c'est pour nous outrager! Infortunées, jetées sans force parmi des insensés et des furieux, comment pouvons-nous causer leurs malheurs? Nous n'allons point chercher aux Indes les étoffes de l'Asie, qui enlèvent à nos citoyens les moyens de subsister. Nous n'avons point imaginé les métiers, qui ont ôté à la plupart de nous autres femmes, l'emploi de filer vos habits, de tendre vos appartemens, et presque toutes les ressources qui nous étaient données pour vivre, ou pour nous occuper. Nous ne montons point les

vaisseaux qui portent l'Africain esclave en
Amérique ; il ne dépend pas de nous d'empêcher un petit nombre de familles d'accu-
muler sur leurs têtes les richesses des deux
mondes, tandis qu'une multitude, qui croît
chaque jour sans terre et sans travail, est
abandonnée à tous les vices qui suivent l'indigence. Vous nous reprochez vos bienfaits ;
mais ce luxe, ces arts, ces festins, ces fêtes
licencieuses, ces célibataires sans pudeur,
dont vous nous environnez, nous inspirent
la volupté ; et vous nous faites à-la-fois une
stupidité de la repousser, et un crime d'en
jouir. Toutes nos contradictions sont votre
ouvrage : vous mettez votre honneur à nous
corrompre, et le nôtre à vous fuir. Destinées
pour un seul, vous nous élevez dès l'enfance
pour plaire à tous. Vous ne cherchez plus dans
nos appas funestes, que des instruments de
votre avarice ou de votre ambition. Nous
naissons en nombre égal au vôtre, et vous
avez favorisé les célibataires, sans songer que
tout homme qui ne se marie pas condamne
une fille au célibat ou à la corruption. Nos
désordres mêmes naissent de votre prétendue

sagesse ; mais ils compensent les vôtres. Des femmes sorties du peuple, y font rentrer une partie des fortunes énormes qui l'épuisent ; les emplois que vous n'accordez plus qu'à la vénalité, nous vous forçons de les donner au plaisir. Dans nos erreurs, au moins toujours plus près que vous de la nature, nous n'opposons que des vices souvent involontaires, à des lois barbares que vous avez réfléchies. Hommes vains, vous vantez les prix que vous proposez pour l'innocence : que peut-elle faire de vos hommages frivoles? A la campagne, vous offrez des roses à la vertu indigente ; et à la ville, vous couvrez le vice de diamants. Que vos efforts sont sublimes! Vous portez, dites-vous, le poids de la société ; ah ! cessez de vous plaindre, quand sous un joug sacré, vous nous assortissez, jeunes à des vieillards, saines à des infirmes ; et dans des corps qui doivent s'unir, des ames qui se repoussent ! Si votre sort est de supporter des tyrans, le nôtre plus affreux est de leur plaire. Nous seules jetons des fleurs sur vos chaînes de fer, nous seules retardons encore la ruine qui vous entraîne. Sans nous, le fanatisme vous aurait

5

déjà détruits ; mais nous nous plaisons à renverser les barrières qu'élèvent état contre état,
secte contre secte, orgueil contre orgueil ; et
dans ce siècle de haine, de vengeance et de
fureur, nous seules, malgré vous, faisons
régner l'amour et la nature.

Ainsi deux torrents, enflés par les orages
de l'hiver, roulent sur l'Océan leurs flots
bourbeux : la terre tremble, l'air détonne,
et l'on n'entend sur leurs bords désolés que
des bruits confus et de tristes clameurs.

DEUXIÈME PARTIE.

Comme des ruisseaux formés pendant la
nuit des rosées du printemps, rafraîchissent
de leurs ondes pures le cours épuisé des fleuves ; ainsi les générations des enfants viennent
chaque année renouveler les peuples. Repo-
sons nos yeux sur ces ouvrages de la nature,
qui portent l'empreinte de leur origine céleste. L'homme est une statue de belle proportion, que des barbares ont mutilée.

Voyez dans ses jeux un enfant que l'éducation n'a point corrompu : à la course, à la

lutte, il s'efforce de surpasser ses rivaux; mais il fait son ami de son ennemi vaincu. Il voit pleurer, ses larmes coulent; il rit, s'il voit rire; s'il désire tout ce qu'il aperçoit, il donne volontiers tout ce qu'il a : son cœur confiant ne cherche qu'à s'étendre, et il ira aussi librement caresser une bête féroce, qu'un oiseau. Sans défiance, il est sans cesse occupé du soin de connaître, d'aimer, de protéger. Toute son ame est bonne, expansive et active. La fille, avec le même naturel, a un caractère très-différent : elle est passive dans toutes ses affections. Elle est craintive pour être rassurée, elle veut plaire pour être aimée, elle est curieuse pour être instruite. L'un a pour lui la force et la hardiesse; l'autre, la faiblesse et la timidité : mais les armes sont égales; c'est en fuyant que Galatée triomphe.

De ces deux caractères opposés, se forme la plus belle de toutes les harmonies. A la vue d'une jeune fille, un garçon n'éprouve pas de rivalité; charmé de trouver un être complaisant et doux, s'il se plaît à vaincre qui lui résiste, il aime à donner la couronne à qui

ne la lui dispute pas. Qui n'admire l'artifice
et la force de cette chaîne dont la nature a lié
les deux moitiés du genre humain, et où, pour
ainsi dire, elle a suspendu la vie ? Elle ne l'a
pas formée de ressemblances, comme celle
de l'amitié ; mais de différences de toute espèce, en sexes, en figures, en tempéraments,
en inclinations, en conditions même ; et plus
ces différences sont grandes, plus les passions
qui en résultent sont fortes. Ce ne sont pas les
conquérantes qui subjuguent les rois, ce sont
les bergères.»

Le caractère actif de l'homme et le caractère passif de la femme sont tous deux par-
faits, et l'un n'est pas plus préférable à l'autre
dans le grand ouvrage de la vie, que les pièces
d'une charpente destinées à s'unir. Pour n'a-
voir pas observé dans les deux sexes des des-
tinations si différentes, ou pour les avoir
méprisées, leurs éducations ont été confondues ; si toutefois ce qui ne sert qu'au malheur
d'une petite classe de citoyens, peut mériter
le nom d'éducation. Rapprochons-nous donc
des lois universelles de la nature ; et rempla-
çons l'éducation étrangère par l'éducation

maternelle, et les spéculations par les arts domestiques.

La première chose qu'une mère doit apprendre à sa fille, c'est la vertu. Je bornerais là toute son éducation, si je ne m'occupais que de son bonheur. La vertu est un effort fait sur nous-mêmes, pour le bien des hommes, dans la vue de plaire à Dieu seul, et n'est point une science fondée sur un principe abstrait : l'existence d'un être suprême est d'une si grande évidence, qu'aucun peuple n'en a douté. Mais pour apprendre la vertu à une jeune fille, il ne suffit pas de lui en parler; ce moyen même, employé seul, peut être dangereux : ou elle n'acquerrait que le stérile et si commun avantage d'en discourir ; ou, si son cœur se pénétrait de la sublimité de son objet, son imagination pourrait s'égarer. Le premier âge est disposé à l'enthousiasme. Ne vit-on pas, dans les temps des croisades, des milliers d'enfants se croiser pour aller délivrer la Terre-Sainte, et périr en route ou sur le champ de bataille ! Il faut donc accoutumer une jeune fille à la pratique de la vertu; c'est ainsi qu'elle apprendra à

5*

mesurer la volonté à la puissance; car il n'y
a que les esprits spéculatifs qui deviennent fa-
natiques. D'ailleurs en s'exerçant à la vertu,
elle en contractera l'habitude, si nécessaire
dans tous les temps de la vie, et si aisée à
l'enfance. La vertu est facile jusqu'au temps
où l'on est forcé de communiquer avec ceux
qui n'en ont pas. L'âge des passions même,
loin de lui être contraire, lui est favorable;
l'ame portée alors par les passions naissantes,
comme par des ailes, dédaigne la terre, et
semble prête à prendre son vol vers les cieux.
C'est dans l'adolescence qu'on est bon, généreux, juste, franc, ami sincère, amant
fidèle; c'est alors que viennent les idées
sublimes de perfection, de dévouement,
d'héroïsme. L'histoire nous en fournit mille
exemples. Caton, à quatorze ans, demande
une épée pour tuer Sylla au milieu de ses satellites; Scipion, à dix-sept ans, sauve la vie
à son père dans une bataille, et refuse la couronne civique; Alexandre, à la fleur de son
âge, parut comme un demi-dieu. A mesure
que nous avançons dans la vie, l'opinion d'autrui, à laquelle nous livre une éducation sans

but ; les passions aigries, l'expérience de l'in-
gratitude humaine, sèment notre carrière de
difficultés. La nature nous propose la vertu,
comme cet arc qu'Ulysse déguisé présentait
aux amants de Pénélope ; il fallait non-seulement le tendre, mais en faire passer la flèche
par plusieurs anneaux.

Si dans l'éducation d'une fille je cite des
exemples des grands hommes, c'est que toutes
les vertus sont nécessaires aux deux sexes. La
plus faible des femmes aura un jour à supporter, comme un héros, les maux extrêmes
de la vie, la calomnie, la douleur, la mort ;
et elle les supportera peut-être avec plus de
courage, quoique les peuples modernes aient
attaché la gloire à la vertu des hommes, et
l'obscurité à celle des femmes. Par l'injustice
même de ce partage, ils ont fait voir qu'elles
y étaient plus naturellement disposées que les
hommes. Non-seulement la plupart des crimes publics ne sont point leur ouvrage, non-
seulement elles sont plus pieuses, plus humaines, plus douces ; mais il y a dans leurs
actes vertueux une grace touchante qui leur
est particulière. Plusieurs fils ont nourri leur

père dans l'indigence ; mais combien elle est admirable cette jeune femme qui imagina de nourrir de son propre lait, son père condamné à mourir de faim ! Le sénat romain, dit Pline, fut si touché de cette action, qu'il donna le père à la fille, et sur les ruines de la prison, témoin d'un trait aussi touchant, il fit élever un temple à la Piété. Ainsi Rome honorait la vertu. Elle avait accordé de grandes récompenses à celle des hommes : la couronne civique, plus belle que la couronne triomphale, donnait, entre autres priviléges, à celui qui avait sauvé dans une bataille un simple soldat romain, le droit de s'asseoir, aux jeux publics, près des sénateurs qui se levaient à son arrivée. Mais elle rendait à la vertu des femmes des honneurs encore plus grands : on prononçait publiquement l'éloge des vestales à leurs funérailles ; lorsqu'elles marchaient dans la ville, on portait devant elles la masse des préteurs ; si elles venaient à rencontrer un criminel allant au supplice, elles lui sauvaient la vie. La peine du crime était effacée par la présence d'une femme vertueuse. Ce peuple, digne de l'empire de l'univers, avait attaché la gloire aux seules choses utiles à la patrie, ou honorables à l'humanité, et avait laissé à toutes les classes de l'état le droit naturel d'y prétendre.

Parmi nous où tant d'arrêts punissent, où aucun ne récompense, quels respects ne méritent pas les bonnes mères de famille au milieu des désordres de nos villes, et nos vestales obscures qui sacrifient leur jeunesse, leur beauté, leur naissance dans les hôpitaux! que d'exemples ignorés dignes d'une louange publique! N'en choisissons qu'un des plus connus; et dans la vertu qui semble la plus étrangère aux femmes. Une fille a sauvé la France, et ce ne fut ni par un assassinat, ni par une trahison, mais par un courage intrépide qui l'accompagna dans plusieurs batailles, et la suivit jusque sur le bûcher. On eût vu à Rome, sous les empereurs, sa statue soutenant le trône; on l'eût vue, sous les consuls, au Capitole, au-dessus de celle de Manlius; Athènes l'eût placée sur ses autels à côté de celle de Jupiter; Sparte n'eût adoré qu'elle; la Grèce l'eût élevée aux jeux olympiques, et l'infortunée Jeanne d'Arc, plus révérée que

Pallas ; fût devenue la divinité d'une patrie dont elle aurait été à-la-fois la libératrice et la victime. Plus l'homme s'éloigne de son origine, plus il s'écarte de la nature. Dans quel siècle la femme est-elle invitée à le rappeler à ses devoirs ? Ne l'exposons point au dehors : la vertu mérite des autels, mais elle n'a pas besoin d'un théâtre.

La plus belle de toutes les qualités, si elle n'est pas le résultat de toutes les vertus, c'est la bonté. Pour l'inspirer aux enfants, laissez-la se développer en eux ; tous les enfants élevés avec douceur sont bons. Il sera aisé d'augmenter leur bienveillance naturelle en leur citant avec éloge des traits de bienfaisance. Mais quoi ! on craint de parler d'amour devant eux, et on ne craint pas de médire : on donne à leurs jeunes cœurs l'habitude de haïr. Que serait-ce, si dans les arts de goût qu'on se dispose à leur apprendre, on les occupait des difformités dont on s'amuse en morale ? Il faut donc bannir de la conversation les satires, les épigrammes, les anecdotes malignes et si piquantes. Pour enseigner la vertu, il faut commencer par être soi-même vertueux : les

plus fortes leçons sont les exemples. Quand
l'ame commence à sentir, et l'esprit à raisonner, une jeune fille se pénétrera aisément des
hautes maximes de la sagesse. Qu'aux premières approches de l'adversité, une mère
chérie lui dise donc : La vertu est l'obéissance
aux lois suprêmes ; la main qui nous introduit
dans ce monde, en nous invitant à vivre, nous
oblige d'apprendre à mourir ; elle reprend ce
qu'elle nous prête, et fait disparaître toutes
choses pour nous avant que nous disparais-
sions pour elles. La vertu n'est pour personne
une manière d'être indifférente ; tous les hommes y sont forcés, mais vous y êtes appelée
particulièrement pour votre propre bonheur :
c'est par elle qu'un jour vous captiverez votre
époux. La franchise, la douceur, l'indulgence,
la pudeur, le retiendront sous vos lois : les
vices contraires l'éloigneront. Par elle, vous
supporterez le malheur, vous apprendrez à
jouir de la prospérité. Tous les temps seront
heureux pour vous ; le souvenir du passé vous
consolera, et vous vous avancerez vers l'avenir
avec la joie d'une bonne conscience, le premier
des fruits dont le ciel récompense nos efforts.

Mais est-ce à une bouche étrangère à oser
lui dicter ces leçons sublimes? Laissons-lui
deux maîtres toujours sûrs de parler à son
cœur, la religion jointe à l'amour maternel.
Les arts domestiques, que les Grecs, si justes
dans leurs expressions, appelaient de petites
vertus, sont des armes dont elle doit connaître toute la puissance. Elle n'est pas destinée,
comme une vile maîtresse, à ne servir qu'aux
caprices d'un seul homme pendant une courte
durée. Chargée de faire régner autour d'elle
l'ordre, l'abondance; d'assurer pendant toute
sa vie la félicité de ses amis, de ses domestiques, de ses enfants et de son époux; et
d'inspirer à-la-fois la confiance, le respect et
l'amour, montrez-lui de bonne heure l'étendue et la beauté de son empire. D'abord cette
éducation très-variée, convenable à la variété de son caractère, en la rendant plus
heureuse, la rendra plus belle; l'harmonie
des traits du visage vient de celle de l'ame,
et c'est par sa douce influence qu'on peut
expliquer ce phénomène attesté de tous les
voyageurs, qui assurent qu'il n'y a rien de si
laid que les Tartares-Circassiens, et que rien

n'est plus beau que leurs femmes : c'est qu'en
élevant leurs filles pour plaire par tous les arts
domestiques, elles reçoivent une éducation
conforme à leurs inclinations, qui les rend
contentes et belles; tandis que les hommes,
vivant de brigandage, sont laids comme des
bêtes féroces.

C'est des arts domestiques que l'amour
même tire sa plus grande force. Omphale file;
Hercule est vaincu : Lucrèce, au milieu de
ses travaux, enflamme le superbe roi des Romains. La femme de l'antiquité la plus dangereuse dans l'art de séduire, n'employa que
la magie des arts domestiques pour boulever-
ser la république. Par l'ordre des lumières
dans un repas, les apprêts d'une fête, les amu-
sements d'une pêche; par des courses fami-
lières où elle allait déguisée dans les rues
d'Alexandrie, Cléopâtre entraîne comme un
esclave, un triumvir venu pour la subjuguer :
Antoine abandonne pour elle l'empire, la
gloire, et la vertueuse Octavie, aussi belle
que la reine d'Égypte, mais qui, en dame
romaine, avait négligé les arts familiers aux
femmes pour s'occuper d'affaires d'état. L'a-

mour, nous l'avons dit, naît des différences.
Il semble que l'homme, étonné de trouver
dans la femme des inclinations semblables aux
siennes, craigne de rencontrer dans une maîtresse un rival. Depuis la reine de Carthage jusqu'à celle d'Angleterre, les législatrices mêmes
n'ont éprouvé l'amour que pour leur malheur.
Il ne peut donc y avoir dans une femme de
science plus utile et plus agréable pour un
mari, que l'art de plaire par les occupations
domestiques. L'amitié de ses parents lui en
rendra l'étude facile. Sont-ils malades ? elle
prépare pour eux des herbes salutaires, et déjà
elle adoucit leurs maux en y mêlant ses premiers pleurs. Sont-ils rendus à sa joie ? elle
offre au ciel le gâteau qu'elle a pétri de ses
mains ; des amis se rassemblent auprès d'eux ;
elle fait paraître sur la table paternelle les
fruits de l'été, conservés au milieu de l'hiver,
leur jus brille comme le feu des rubis, et les
fleurs cristallisées y étalent de plus vives couleurs que l'améthyste dans les roches de Gol-
conde. Tout porte dans la maison des marques
de son industrie ; aucune main étrangère ne
taille ses habillements. Par un art plus ingé-

nieux, des festons de fleurs entremêlent sur sa couche virginale leurs coupes demi-closes, leurs panaches veloutés, leurs riches étendards; et elle se réjouit de fixer avec son aiguille des couleurs que les vents ne sauraient flétrir. Quelquefois elle entrelace sans y songer le laurier et le myrte. Heureux celui qui méritera ces chiffres! Au delà des mers, au milieu des cours trompeuses, ces gages, talisman plus puissant que les richesses de l'Inde et que la faveur des rois, le rappelleront un jour dans sa patrie aux pieds de l'innocence. Quoiqu'il n'y ait aucun art domestique qui doive lui être inconnu, il est absolument nécessaire de lui donner pour talent celui où elle excellera. Les lois et la religion de plusieurs peuples obligent jusqu'aux souverains de savoir un métier. Parmi nous, les ressources honnêtes sont encore plus rares pour les femmes que pour les hommes. Dans un si grand nombre d'occupations, il est impossible qu'il ne s'en trouve quelqu'une qui ne mérite sa préférence, et l'on fait toujours bien ce que l'on fait avec plaisir. La nature d'ailleurs nous donne à tous des dispositions particulières, que développe une éducation attentive. Un talent sera pour une fille plus précieux qu'une dot ; il éloignera d'elle la cause de tous les crimes, l'indigence du pauvre et l'oisiveté du riche.

Mais si le vice sait tirer parti des occupations de la vertu, nous ne lui abandonnerons pas les arts agréables dont il abuse : un des premiers devoirs de la femme est de plaire.

La danse développe les habitudes du corps, et donne à ses mouvements une harmonie divine. Quand Vénus se présente à Énée sur le rivage de l'Afrique, sa parure, sa beauté, son doux langage, n'en font à son jugement incertain qu'une vierge de Sparte ; mais elle marche, et il reconnaît la déesse des graces.

La musique est un talent de tous les temps et de tous les lieux ; son pouvoir sublime élève l'ame : toutes les religions l'ont employée dans leurs cultes ; et la plupart des législateurs anciens, dans leurs institutions nationales. Polybe, si froid, même en racontant les maux de son pays, s'anime en parlant de musique, au point d'attribuer la dépravation des peuples heureux de l'Arcadie, à cela seul qu'ils avaient

négligé cette partie de leur éducation. On
connaît ses effets à Sparte, quand ses filles
flétrissaient dans leurs chansons les mauvais
citoyens, et que ses guerriers terribles marchaient à l'ennemi en chantant l'hymne de
Castor. Laissez donc une jeune fille faire usage
d'un talent que la nature a donné aux plus
petits oiseaux comme une compensation de
leur faiblesse; sa voix, plus puissante que la
raison, calme ses propres soucis, et les fera
souvent passer dans le cœur du sage.

Mais, excepté les arts destructeurs, y en
a-t-il quelqu'un qui n'appartienne aux arts
domestiques? L'homme a donné le nom de
libéraux à ceux qui flattaient ses passions. Nés
de ses besoins, ils sont tous frères, et ce sont
les femmes qui les ont fait éclore. Autour de
ses foyers la fille de Dibutade trace avec un
charbon le profil de son amant, et donne
naissance à la peinture. L'amour paternel
forme un modèle sur l'esquisse de l'amour,
et présente à Sicyone ravie le premier mé-
daillon.

C'est aux femmes que les hommes doivent
ce qu'ils ont de plus doux : Cérès leur avait

appris à semer le blé, à faire du pain, à vivre
sous de saintes lois ; Flore et Pomone avaient
rassemblé autour de leurs demeures les fleurs
et les vergers ; Palès prépara pour eux le lait
des brebis ; Minerve fila leurs laines, montra
l'art enchanteur de la broderie aux filles de
l'Attique, et couronna ses rochers des rameaux
de l'olivier. Tout ce qui charme les peines de
la vie, tout ce qui est cher aux hommes, les
arts, les vertus, les villes qu'ils ont bâties,
les régions qui les ont vus naître, les arbres,
les rivières, les fontaines, ont porté et portent
encore des noms féminins chez la plupart des
peuples de l'Attique. Les femmes ont étendu
sur toute la nature la puissance des graces.
Mais qui oserait en donner des leçons aux
nôtres ? Qui pourrait dire où finit leur empire ? Que les filles du Nord vantent la fraîcheur de leur teint, celles du Midi les feux
qui les brûlent, l'Anglaise sa douce mélancolie, la Grecque ses proportions ; c'est par
les graces que les Françaises voient l'Europe
à leurs pieds. Elles répandent sur tout ce qui
les environne, et réunissent autour d'elles par
leurs charmes invincibles, tous les ordres de

d'état. Je reconnais encore la médiatrice d'Annibal; elle ne s'étonne ni de la grandeur qu'elle captive d'un sourire, ni de la tyrannie qu'elle effraie d'une chanson : mais sensible au sein même de l'opulence et des plaisirs, elle aime à verser des larmes sur les malheureux. Laissez-la, constante dans les qualités de son cœur, s'exercer à être universelle, et à varier son heureux caractère pour un seul homme qui doit être tout pour elle; mais gardez-vous de l'unir à celui qu'elle n'aimerait pas : le plus grand effort de sa vertu serait de supporter sa destinée sans se plaindre.

Quoi qu'en ait dit un philosophe respectable, l'amour moral ou l'amour de préférence est très-réel. Les animaux mêmes qui, sans préjugés, n'observent que leur instinct, reconnaissent ses lois. Attirés dans leurs espèces par ceux qui sont peints de certaines couleurs, ils s'invitent, ils s'appellent, ils se préfèrent, et refusent toute autre alliance. La nature a mis entre les deux moitiés du genre humain des différences beaucoup plus variées : ces différences sont de vrais rapports, et, pour qu'il en résulte une convenance, le choix est

nécessaire. Mais celles que la dépravation des
sociétés fait naître, sont de véritables oppositions, et elles sont si fortes que, dans une même
nation, un homme diffère quelquefois beaucoup plus d'un autre homme , que l'animal le
plus aimable de l'animal le plus féroce. Quelle
distance , aux yeux tranquilles de la raison,
d'Antonin à Caligula! Que serait-ce aux yeux
de l'amour ? Pour réformer un homme,. une
femme doit donc l'aimer : quand on aime, en
cherche à plaire, et qui sait plaire est sûr de
persuader.

Supposons donc une fille à la fleur de l'âge,
apportant pour dot tous les fruits de son heureuse éducation, la beauté, l'innocence, les
talents, la bonté, le désir d'être aimée et l'habitude d e l'être, et donnons-lui pour époux
un homme préparé par l'éducation vulgaire,
formé par le monde, agité quelquefois par ses
passions, tourmenté sans cesse par celles d'autrui, et devenu de tous les êtres dépravés le
plus difficile à réformer : un homme sans caractère. Le voilà sorti des tourbillons de la
société, semblable à un navigateur qui, après
avoir erré long-temps autour du cap Horn,

au gré des tempêtes qui descendent nuit et
jour de cette terre de désolation, aborde enfin une des îles heureuses de la mer du Sud;
il se repose à l'ombre sur les gazons frais, et
se réjouit d'entendre loin des hommes les flots
mugir sur le rivage. L'ordre de la maison,
les doux travaux, la paix, la concorde, tout
ce qui l'environne, répand dans son ame un
calme inconnu; mais rien n'égale à ses yeux
celle qui préside à son bonheur. Tantôt elle
charme par ses chants sa noire mélancolie;
tantôt elle appelle sous les lilas en fleur ses
anciennes compagnes, et dans des chœurs de
danse, elle aime à faire voir les graces d'une
jeune fille, jointes à la majesté d'une épouse.
Elle fixe son inconstance par sa variété. Ainsi,
s'élevant à l'horizon en forme de croissant, ou
brillant de toute sa lumière au-dessus des forêts, se varie l'astre à qui appartient l'empire
de la nuit. Ce qui résiste à ses graces est surmonté par ses vertus. Quelles touchantes images du devoir s'élèveront dans le cœur de son
époux, lorsqu'il verra autour d'elle ses enfants
consultant ses yeux, appuyés sur son cœur,
et suçant à-la-fois le lait et l'amour! Tendres

mères, s'il n'eût fallu qu'inspirer la vertu avec la vie, je n'aurais demandé qu'à vous seules un peuple nouveau. Épaminondas et Sertorius vous ont dû leur gloire; vous savez donner un frein au despotisme et à la vengeance : à votre voix, Coriolan s'arrête aux portes de Rome; Alexandre, au faîte de la puissance, répond à Antipater : Vous ne savez pas qu'une larme d'Olympias efface toutes vos lettres. Mais pour ramener une ame égarée sous le joug de la vertu, et la retenir sous son empire, ce pouvoir n'est réservé qu'à l'amour conjugal. Lui seul emprunte toutes les voix : il atteste la patrie; il invoque les autels; il supplie comme l'amour filial; il commande en versant des pleurs, comme l'amour maternel; il descend au fond du cœur comme l'amitié; il parle à l'esprit comme la raison; il appelle les jeux et les ris, il badine, il ravit, il entraîne comme l'amour; à lui seul la nature a donné de se servir à-la-fois de la sagesse et de la volupté, de l'espérance et des ressouvenirs, de la vérité et des illusions, des joies de la terre et des consolations du ciel, pour apaiser dans tous les temps les troubles malheureux de l'ame.

Mais, c'est dans les chagrins domestiques d'où sortent tant de passions cruelles, dans ces efforts sans gloire qui demandent tant de courage, dans les maladies qui semblent les réunir tous, et jusque dans la mort, que paraît sa puissance. De tous les maux destinés au genre humain, les uns sont actifs et les autres passifs, comme les sexes qui doivent les supporter. Les femmes, par je ne sais quel charme secret de leur imagination, échappent à ceux-ci en s'y abandonnant ; les hommes s'étonnent, au contraire, quand ils ne peuvent aller au-devant d'eux les saisir par la réflexion. Celui que la vue des armes anime, s'effraie aux approches des évanouissements. C'est au héros à donner l'exemple du courage dans les batailles, et à aller au-devant de la mort : la femme le surpasse à l'attendre dans la maison. Les grands discours de Sénèque dans le bain, valent-ils le mot d'Arie, présentant à son époux le poignard dont elle s'est frappée : Pétus, il ne fait point de mal : *Pete, non dolet ?*

Dans un mariage bien assorti, les ames se communiquent leurs forces mutuelles ; non-seulement l'hymen résiste à tout, mais il forme avec les chagrins et les douleurs, des chaînes plus puissantes que les plaisirs mêmes. C'est en allant au supplice que l'épouse de Sabinus disait à Vespasien : J'ai vécu plus heureuse avec lui dans un souterrain, que toi à la lumière du soleil avec ton empire. La société qui a dérangé les convenances mutuelles, a tout perdu. En suivant les lois de la nature, nous sommes contents au milieu des maux ; en suivant les nôtres, nous sommes misérables même au milieu des biens.

Heureux celui qui trouve dans une femme chérie la sagesse et les graces ! Si, oublié d'une patrie qu'il aime, trompé par les grands, agité par la haine des cabales, troublé par l'inconstance des sages, après de longs travaux sans fortune et sans amis, il est prêt à s'écrier comme Brutus : *O vertu, vous n'êtes qu'un vain nom !* à la vue d'une épouse fidèle, la joie renaît dans son cœur. Il la trouve occupée du soin d'élever sa famille, s'y dévouant tout entière par des ouvrages chers à la vertu, et plus précieux que l'opulence. Elle rend sur la toile, avec des laines, quelqu'un de ces

grands exemples propres à soutenir le courage
dans le malheur. On y voit, d'un côté, les
tours renversées d'une ville, un peuple éper-
du, des bataillons en fureur, un roi féroce, et
les apprêts d'un supplice infâme. Un homme,
plus grand sur les ruines de Calais que Caton
dans les remparts d'Utique, marche à la mort
pour ses concitoyens, après leur avoir con-
sacré sa vie. A ce trait sublime d'héroïsme,
rendu, par l'art de leur mère, avec une expression si touchante, l'amour d'une gloire
immortelle fait déjà palpiter le cœur de ses
enfants : à peine entrés dans la vie, ils vou-
draient la donner pour les infortunés.

Mais leur éducation est son plus bel ouvrage.
La nuit vient; avant de se livrer au sommeil,
ils font passer, par leurs baisers, sur le front
de leur père, la sérénité de leur ame. Le matin, ils s'inclinent à ses genoux, et lui de-
mandant la bénédiction du ciel, ils prient un
Dieu dont leur père est la vivante image. Les
unions parjures remplissent les palais d'amer-
tume; la religion, l'innocence et l'amour,
habitent son humble toit. Est-il dans une
grande fortune ? Il ne voit point sur ses riches

lambris les philosophes et les pères de famille
en peinture, tandis que les méchants sont à
sa table, et les infortunés à sa porte. On ne
s'entretient pas chez lui des intrigues de cour,
on n'y tend pas de piéges à la fortune ou aux
femmes de ses convives; on n'y rit pas de la
douleur d'autrui : mais de jeunes filles, qui
ont à supporter, sans dot, la jeunesse, la
beauté, entourent sa table hospitalière ; elle
s'élèvent autour de son épouse, comme de
fleurs inclinées par l'orage, qui demandent un
support. Elle leur prépare d'heureux maria-
ges; le charme de ses projets touchants anime
ses conversations, et sa bienfaisance se com-
munique à ceux qui l'écoutent. Mais cachant
avec soin le bien qu'elle fait, elle ne loue
que celui que les autres font ; et c'est de sa
bouche que la vertu reçoit des éloges digne
d'elle.

Que d'autres peuplent leurs vastes parc
d'animaux de tous les climats, tandis que le
Français, né dans le pays même, reste sans
asile ! Qu'ils fassent venir à grands frais des
granits de l'Égypte, pour soutenir dans leur
appartements des vases inutiles ! Que ceux-ci

ssent construire des ruines dans leurs jar-
ins, ou dans leurs hôtels de superbes théâ-
tes, pour donner en spectacle des malheurs
imaginaires ! Que ceux-là appellent avec les
festins des troupes de courtisanes, et se pré-
parent de longs repentirs au milieu d'une joie
insensée ! Que d'autres enfin, plus dangereux
pour leur patrie, se plaisent seuls à voir, du
sommet des tours de leurs châteaux, leurs
terres désertes s'étendre jusqu'à l'horizon ! Elle
sait inspirer à son époux des goûts plus nobles
et plus touchants : elle aime à voir des familles de toutes les provinces habiter ses
grands domaines, et les cultiver, chacune à
sa manière de son pays ; elle rassemble les
vieux soldats, les ouvriers sans travail, les
laboureurs sans terre, ces ruines vivantes de
l'état. Sous leurs travaux multipliés, les landes
se couvrent de verdure, des métairies s'élèvent au milieu des forêts ; la brebis chargée
de laine broute le bord des chemins où gé-
missait le mendiant ; la chèvre montre ses mamelles sur le rocher où le brigand se tenait à
l'affût. La campagne, maintenant divisée en
petites propriétés, se cultive et s'embellit ; le

cerisier, tout étincelant de feu, s'élève sur le
bord des ruisseaux; du sein des rochers, le
figuier étale son large feuillage ; les pommiers
sur les collines, se courbent sous leurs beaux
fruits ; sur les bruyères désertes, le châtaignier
solitaire élève sa tête hérissée de ses coques,
et la vigne tapisse de ses grappes jusqu'au toit
du pauvre. Chaque saison apporte ses présents, tandis que les vastes plaines n'offrent
à leurs maîtres avares qu'une moisson en deux
étés.

Mais l'intérêt de sa fortune est le moindre
de ses plaisirs. Elle paraît ! des vieillards, de
pauvres veuves, des orphelins, qui s'exercent
à un travail facile, la comblent de bénédictions en l'appelant leur bienfaitrice et leur
mère. L'urbanité, l'innocence que produit une
vie aisée, l'antique gaieté française, sont rap-
pelées dans nos campagnes. A la vue de leur
fécondité et du bonheur de leurs habitants,
le Russe sorti des sauvages régions du Nord,
le Polonais qui n'a plus de patrie, l'Anglais,
l'Américain, tous ceux qui viennent chercher
de la liberté parmi nous, et qui n'ont vu sur
la terre que des esclaves et des déserts, ou

blient leur pays natal ; ils admirent ces champs où la nature fait croître sous les mêmes lois l'oranger de la Chine, l'olivier de la Grèce.

Chaque jour est pour elle un jour de réjouissance ; mais elle renouvelle pour tous ceux qui l'environnent, ces fêtes destinées à réunir les hommes, et affectées aux malheureux, comme des lieux de repos dans une longue course. Elle distingue de toutes les autres, celle de notre jeune monarque, qui fait dans sa jeunesse le bien que les vieillards méditent; cette fête que vous célébrez, messieurs, par des questions dignes de lui. Déjà l'astre du jour brise ses gerbes dorées à l'entrée des vallons, et enflamme de pourpre l'azur des cieux... au milieu des pelouses que couronnent les hêtres, sur la mousse des fontaines, à l'ombre des saules argentés, se forment mille groupes de danses, et dans leurs chants, les louanges de leur bienfaitrice, mêlées à celles du roi, s'élèvent jusqu'au haut des airs.

Dans l'excès de son ravissement, son époux lui dit : A la vue des heureuses campagnes que vous embellissez, les étrangers oublient leur patrie et leurs ressentiments; le crime et l'in-

digence disparaissent des lieux que vous ha-
bitez. Pour rendre les hommes bons, il faut
les rendre heureux. C'est aux sages à leur
préparer des lois, c'est à vous à les adoucir
par les plaisirs; votre main, plus puissante
que la raison, sait repousser les peines et appeler la félicité. Vous êtes mon bonheur, la
joie de votre maison, le lien des nations, et
le plus beau présent que le ciel ait fait à la
terre. Chère épouse, jouissez du seul bien
digne de vous, le bonheur suprême d'être
aimée.

Il dit, et il la presse contre son cœur; ses
enfants émus l'environnent en pleurant, et la
serrent de leurs petits bras. . . . .
. . . .
. . . .

FRAGMENT

SUR

LA THÉORIE DE L'UNIVERS.

AVIS DE L'ÉDITEUR.

Rᴇᴜɴɪʀ un certain nombre d'observations sur les phénomènes de la nature, c'est former ou enrichir une science ; rattacher ces observations à une grande pensée qui les explique, c'est faire un système. Ainsi, l'étude du mouvement des astres, celle des modifications de la matière, constituent l'astronomie et la chimie ; l'attraction et les affinités ne sont que de brillantes fictions, dont la plus simple découverte peut tout-à-coup nous révéler l'erreur. Le génie invente, et croit deviner ; et c'est souvent par une création sublime, qu'il échappe à la honte d'avouer sa faiblesse.

Ne craignons pas de le dire, sans les idées systématiques, les phénomènes de la nature seraient peu compris. Nous imaginons des lois qui les expliquent, et c'est ainsi que les sciences se forment d'une suite d'observations et de théories. Que ces théories soient généralement adoptées, les savants oublient qu'elles sont l'œuvre de l'imagination ; ils apprennent à les croire, et soudain elles deviennent pour eux l'œuvre de la vérité. Malheur alors au génie libre et hardi qui ose penser ce que d'autres n'ont pas pensé avant lui ! Si ses propres observations lui apprennent à douter des observations déjà faites ; s'il tente de donner une explication plus probable de quelques-unes des lois de l'univers, aussitôt le corps entier des savants se lève pour le repousser, et les adorateurs des systèmes adoptés croient le condamner sans retour en l'accusant de créer un système.

Tel fut le sort de Bernardin de Saint-Pierre : on lui reprocha l'esprit systématique, comme si cet esprit n'était pas celui de toutes les sciences, comme s'il ne faisait pas partie de son admirable talent : non-

seulement il lui doit les plus heureuses découvertes ; mais en se livrant à ses inspira-
tions, il s'ouvre de tous côtés des routes
nouvelles, et nous fait entrevoir une multitude de perspectives aussi ravissantes
qu'inattendues. Dans le nombre de ces
idées systématiques, la plus célèbre sans
doute est la théorie de marées. L'auteur
en fit l'objet d'études longues et profondes.
Paul et Virginie est un délassement de ses
Études ; quelques mois suffirent pour l'a-
chever. La Chaumière indienne fut écrite
en quinze jours ; les Vœux d'un Solitaire
n'ont guère coûté plus de temps ; mais le
système de l'univers était l'idée habituelle
de l'auteur. On en retrouve des traces dans
tous ses écrits : ses lectures, ses recherches, ses observations venaient se confon-
dre dans cette pensée unique : elle fit le
charme de ses beaux jours ; elle le consola
au déclin de la vie ; et c'est d'une main
presque mourante qu'il rassemblait ces dernières preuves de sa théorie de l'univers.

En me livrant à ces études, disait-il, j'é-
chappe aux douleurs de la vieillesse ; la
mort même ne pourra m'en distraire ; et
je ne ferai que passer de la contemplation
de la nature à la contemplation de son Auteur.

Et comment ne se serait-il pas attaché
à des idées qui semblaient expliquer des
phénomènes jusqu'alors inexplicables ?
Quelle théorie avait mieux résolu ces grandes questions que la science se fait encore,
celle des fausses vigies qui intéressent les
marins de toutes les nations ; du flux et du
reflux de l'Euripe ; de la station des mers
méditerranées ; des marées qu'éprouvent
plusieurs lacs et plusieurs rivières qui avoisinent les montagnes à glace ; enfin le retard
des marées de l'Océan, dont la cause est
dans la diminution graduelle des coupoles
glacées dont elles tirent leur origine ? L'auteur n'aurait-il donc imaginé qu'un rappro-
chement ingénieux, en plaçant les sources
de la mer dans ces coupoles immenses qui

hérissent les pôles, comme les physiciens placent la source des fleuves dans les montagnes de granit qui hérissent la terre ? Les balancements du globe sur son axe, l'équilibre des mers, l'existence des courants, semblent une suite nécessaire de la fonte périodique des glaces polaires ; et lors même qu'on ne verrait dans cette théorie qu'une des fictions les plus surprenantes de la science, il faudrait au moins tenir compte à l'auteur d'avoir le premier appelé l'attention des savants sur la direction constante des courants généraux de la mer : heureuse découverte qui doit faciliter la communication des peuples, et aider l'homme à faire la conquête de tous les climats. Mais l'auteur ne s'arrête point à ces spéculations; il peint la nature, lorsqu'il semble ne vouloir que l'expliquer. Tournez vos regards vers les pôles ; figurez-vous un ciel toujours nébuleux, un soleil rougeâtre et qui expire à l'horizon, des montagnes de glaces dont les cimes, couvertes de sombres reflets, apparaissent à peine à travers les brumes épaisses : dans ce vaste empire de l'hiver, on n'entend que les mugissements de la bise et les cris sinistres des pétrels ; on ne voit que de noires baleines qui voguent en silence, vers ces limites de l'univers, où le paisible Groënlandais les attend, immobile sur sa barque. Eh bien ! c'est au milieu de ce chaos des éléments que vous allez entrevoir la source de tous les trésors de la nature, comme vous venez d'y découvrir la cause de ses plus étonnants phénomènes.

Lorsqu'à l'équinoxe du printemps, le soleil vient à frapper ces masses énormes, elles s'ébranlent avec un fracas horrible ; il semble que le continent entier se met en mouvement. Elles partent environnées de fucus et de varechs d'un vert noir et meurtri ; on dirait les longs cordages, les voiles en lambeaux et les débris de quelques vaisseaux naufragés. Mais ces glaces, ces débris sont destinés à conserver, et non à détruire. La main de l'Éternel y a placé les vents

qui rafraîchissent nos climats, et les douces
rosées qui les fécondent ; elle y a rassemblé ces légions de poissons, que déjà les
pêcheurs attendent sur nos rivages. Les
pôles se sont ouverts comme des ateliers
immenses, où la vie était prodiguée. Voilà
la flotte pourvoyeuse de la terre, que la
Providence envoie porter la fraîcheur dans
la zone torride, et la chaleur dans les zones
glacées, où elle refoule les eaux attiédies
de l'équateur. Elle va changer en partant
l'équilibre des pôles du monde, et renouveler les sources de l'Océan.

Séduit par ces tableaux magnifiques, par
ces idées ingénieuses, par ces rapproche-
ments inattendus, on se livre involontaire-
ment aux douces illusions qu'ils font naître,
et l'on éprouve le secret désir d'y trouver
la vérité. Il semble que l'auteur nous ré-
vèle les lois du monde, et les prévoyances
du pouvoir divin qui le gouverne. C'est aux
savants à apprécier ces observations, et au
temps à les juger. Sans doute il est possible

de les combattre ; mais en les combattant, on doit les chérir, car elles sont présentées avec tant de charmes, elles ouvrent un champ si vaste aux spéculations de la science, elles indiquent enfin des moyens si nouveaux d'observer, que ceux mêmes qui veulent n'y voir que l'erreur, doivent au moins convenir qu'elles peuvent mettre sur la voie de la vérité. Puissent les savants qui la gardent, cette vérité, nous la montrer débarrassée de tous les calculs qui la hérissent, et nous faire connaître l'admirable structure d'un monde aujourd'hui parcouru dans tous les sens ! En attendant ces heureuses découvertes, ceux qui doutent encore peuvent écouter sans fatigue, et peut-être avec quelque avantage, les récits d'un simple pilote qui se délasse de ses travaux par les études les plus sublimes, et qui en réunissant toutes les preuves de la théorie de l'auteur, les présente avec autant de séduction que de simplicité. C'est l'entretien d'un marin et d'un vieillard : assis sur le tillac, le pilote ne fait que raconter ce que lui ont appris de longs et de périlleux voyages ; et c'est en présence des phénomènes, qu'il essaie d'en expliquer les causes.

FRAGMENT

SUR

LA THÉORIE DE L'UNIVERS.

———

QUAND le pilote fut parvenu, malgré le courant et les vents contraires, à sortir du labyrinthe de roches et de bancs de sable qui environnent, à l'est, les îles du Cap-Vert, il mit notre vaisseau en pleine mer, à-peu-près à 14 degrés de latitude sud, et à 25 lieues de la côte d'Afrique. Alors le vent vint à tomber, un grand calme lui succéda, et nous étions menacés de retourner en arrière par le simple effet du courant général du sud, lorsque le sage pilote ayant jeté la sonde, et trouvé seulement 35 brasses d'eau, fit carguer toutes nos voiles, et jeter deux ancres à notre avant. Aussitôt notre vaisseau mit le cap au sud, et se raffermit dans sa position en roidissant ses câbles. Il venait alors un léger souffle de vent du côté de la terre, qui nous annonçait le voisinage de celle de Guinée, par le parfum de ses végétaux. C'est l'effet que produisent à une grande distance, sur-tout la nuit, les plantes qui croissent entre les tropiques.

Il pouvait être huit heures et demie du soir; il n'y avait pas une demi-heure qu'on avait changé de quart; la moitié de notre équipage, qui était de service, accablée de fatigues, dormait sur le pont; l'autre moitié était couchée au-dessous dans les hamacs; les passagers étaient endormis; la même tranquillité régnait par-tout; on n'entendait le bruit d'aucune manœuvre; la lune, dans son premier quartier, brillait sur la mer; je sentais une sorte de volupté à voir ses flots, naguère si-élevés et si bruyants lorsqu'ils se brisaient contre notre malheureux vaisseau, maintenant fuir en silence le long de ses flancs, lorsque j'aperçus notre pilote sortir de sa cabane. Il s'avança vers notre avant, et m'ayant aperçu sur le tillac, s'approcha de moi, et me dit : « Voyez-vous ces nuages

ommelés qui s'élèvent rapidement du côté
de l'Afrique, et ce triple anneau lumineux
et pâle qui entoure le disque de la lune?
C'est signe que nous aurons dans peu un
grand coup de vent d'est. Au reste, s'il est
violent, il nous sera peut-être favorable.
Après tant de fatigues passées, lui répon-
dis-je, et celles que vous prévoyez encore,
que n'allez-vous à présent vous reposer? Le
repos d'un pilote, me dit-il, est dans le
travail; je ne me délasse des fatigues du corps
que par l'exercice de l'esprit. Vous m'avez
fait plusieurs fois de fortes objections contre
le système d'attraction, non pas tel que Newton l'a imaginé, mais tel que les newtoniens
l'expliquent. Je vous ai promis d'y répondre
quand j'en aurais la liberté : je l'ai maintenant; et si le sommeil ne vous presse pas
plus que moi, et que vous vouliez me faire
le plaisir de m'entendre, je vais entrer en
matière. La première jouissance de l'homme
est de découvrir une vérité, et la seconde
de trouver une oreille attentive. Puisque vous
mettez, lui dis-je, vos délassements dans les
plaisirs de l'esprit, soyez certain que je par-

tagerai les vôtres autant que la faiblesse de ma raison m'en rendra capable.

Le pilote alors s'assit vis-à-vis de moi sur la culasse d'un canon, et il commença ainsi : Vous avez bien raison de ne vous pas fier à l'intelligence humaine pour pénétrer les secrets de la nature. Il y a une plus grande distance de celle de son Auteur à celle de l'homme, que de celle de l'homme à celle de l'animal le plus brute. C'est sans doute quelque chose que la parole, la géométrie, la poésie, l'invention des arts; mais l'invention des mondes, des générations, de notre propre existence, est infiniment plus étendue. Quelle différence de l'habitant passager d'un petit globe obscur, au créateur et au conservateur de l'univers! Nous pouvons assurer même que la raison divine nous est inaccessible, et qu'il ne nous est donné d'atteindre qu'aux effets et aux résultats qui nous sont nécessaires. Il y a plus, cette raison dont nous sommes si vains, n'est qu'un reflet bien pâle de la lumière naturelle qui doit nous guider. Elle ne se forme et ne se perfectionne que par le concours des siècles et du genre humain; en attendant, elle nous égare dans sa route; et quand, par hasard, nous en saisissons quelque rameau, comme dit un philosophe, elle se termine en éblouissement. Il semble d'abord que nous n'apercevons pas la nature, ou que nous voyons ses ouvrages en sens contraire de celui où ils sont placés. Il n'y a pas un siècle que les botanistes de l'Europe ignoraient que tous les végétaux eussent des fleurs : ils croyaient même que l'intérieur de celles qu'ils avaient observées, n'offrait que des parties inutiles, de simples jeux du hasard. Linnée vint, et démontra que les végétaux étaient, comme les animaux, doués des deux sexes, et qu'ils se reperpétuaient comme eux par les lois divines et incompréhensibles de la génération. Les grands noms ont été encore plus favorables aux erreurs qu'à la vérité. Aristote nous en a transmis plusieurs, qui furent même appuyées de toute l'autorité de nos tribunaux. Si l'eau d'un bassin montait dans un tuyau de pompe aspirante, c'était que la nature avait horreur du vide : mais le hasard ayant fait découvrir à Torricelli que l'eau n'y mon-

tait pas au delà de trente-deux pieds, ce
sage vit clairement que le poids seul de l'atmosphère forçait l'eau du bassin de monter
dans le tuyau, et il en conclut avec raison
que la hauteur de l'atmosphère était en équilibre avec trente-deux pieds d'eau. Aristote
affirmait que la partie occidentale de l'Océan
finissait par un affreux précipice, que la
zone torride était inhabitable, et que le soleil tournait autour de la terre. Les univer-
sités avaient adopté sa doctrine, et le parlement de Paris défendait d'écrire contre elle,
sous peine des galères. Cependant Christophe
Colomb découvrit un nouveau monde au
couchant; Vasco de Gama pénétra aux Indes
dans le sein de la zone torride, qu'il trouva
plus richement peuplée d'habitants que les
autres zones; et Galilée démontra le cours
de la terre autour du soleil, et le confirma
par le cours des autres planètes. Il est vrai
que le bienfait de la vérité attira beaucoup de
persécutions à ces grands hommes, tandis
que les erreurs avaient valu beaucoup d'honneurs et de fortune au précepteur d'Alexandre.
On doit remarquer cependant que ces vérités

vaient été entrevues par les anciens, comme
n le voit dans Sénèque et dans Pline. Les
haldéens croyaient au mouvement de la
rre autour du soleil ; ils pensaient aussi que
s comètes étaient des astres, et non de sim-
les météores, comme nous le prétendions
vant l'astronome Kepler.

Nous avons encore un défaut, nous autres
uropéens, qui nous croyons si savants ; on
ourrait l'attribuer à notre vanité ou à notre
1gratitude, s'il ne venait pas le plus souvent
e notre ignorance : c'est de nous approprier
s découvertes faites par les anciens, ou par
s peuples de l'Asie, qui sont nos pères en
out genre. Par exemple, le savant voyageur
hardin rapporte dans le chapitre de la reli-
ion des Persans, au titre des ablutions,
u'ils distinguent entre les souillures des ani-
naux dont le sang circule, et les souillures
es animaux dont le sang ne circule pas.
Cette double vérité était connue en Asie, du
emps de Mahomet, et peut-être bien avant lui.
Cependant, il n'y a guère plus d'un siècle que
'Europe en a fait honneur au médecin anglais
Harvey, sans qu'il y ait eu la moindre réclama-

tion en faveur de Mahomet. A la vérité, on nou
représente, dès l'enfance, ce prophète, vra
ou faux, comme un ignorant fieffé, et de
médecins anglais comme d'habiles gens. Mai
qu'avait donc de si merveilleux la prétendu
découverte d'Harvey? Quel est l'homme qui
voyant sortir son sang goutte à goutte d'un
légère blessure, et avec impétuosité d'une
simple saignée, puisse croire que le sang es
immobile dans ses veines? C'est la stagnation de ce fluide dans plusieurs espèces d'a-
nimaux, qui, ne paraissant pas naturelle
était une vraie découverte. Elle était connu
des savants arabes, et ne l'est pas encor
des savants de l'Europe.

Combien de sciences et d'arts nous son
venus des peuples civilisés, et même de
sauvages, dont nous nous sommes appropri
l'invention! Combien d'autres plus utile
avons-nous persécutés et rejetés, parce qu'i
y allait de l'intérêt de nos docteurs!

Ce que je dis ici sur ces diversités d'opinions, c'est pour nous mettre en méfianc
des nôtres; car une erreur peut bien s'intro-
duire comme une vérité, et une vérité êt

résentée comme une erreur, par l'influence
un corps ou d'un grand nom. Les hommes
nt comme les enfants; ils n'observent rien
ar eux-mêmes, ils adoptent tout sur la foi
autrui. Mais quand on leur a mis une opi-
ion dans la tête, et qu'elle leur fait entrevoir,
our leur propre personne, de la considéra-
on, des honneurs, des richesses, alors leur
eur en est enivré; l'absurdité devient pour
ux évidence, et l'évidence absurdité;
s en font le mobile de leur vie, quand il
evrait s'ensuivre la ruine du genre humain.
e voudrais donc que dans les écoles, où l'on
résente à nos élèves des traités de doctrines
réfragables, on leur lût, à la fin de leur
ours, un traité d'objections contre ces
êmes doctrines; ils seraient fort surpris
ors de douter de ce qu'ils avaient cru indu-
itable, et de croire ce qu'ils jugeaient im-
ossible. Ils tireraient au moins de leurs étu-
es ce fruit divin de la concorde, la tolérance.

Le système dont je vais vous entretenir
st d'un Français; il me paraît si simple, si
raisemblable, si conforme à mon expérience,
ue j'y rapporte, autant que je le puis, les

principes de ma navigation ; et c'est ce qu[i]
m'attire des disputes fréquentes avec notre ca[-]
pitaine et les passagers, quoique je puisse vou[s]
assurer qu'ils ne comprennent pas plus le[s]
idées de Newton que celles de l'auteur de l[a]
nouvelle théorie.

Mais avant de parler de l'attraction, qui [a]
fait tant d'honneur à Newton, il faut vou[s]
dire qu'il y a long-temps que cette opinio[n]
est connue ; elle l'était avant Plutarque. I[l]
est assez curieux de connaître les objection[s]
par lesquelles ce sage philosophe prétendai[t]
la réfuter. On les trouve dans son livre in-[]
titulé, de la Face qui apparaît dans le rond
de la lune : « Certains philosophes, dit-il,
» ne tiennent-ils pas qu'il y a des antipodes
» qui habitent à l'opposite l'un de l'autre, at-
» tachez de tous costez à la terre, mettant
» dessus ce qui est dessoubs, et dessoubs ce
» qui est dessus, comme si c'estoient des ar-
» tisons ou des chats qui s'attachassent à
» belles griffes ? Ne veulent-ils pas que nous
» mesmes soions posez sur la terre, non pas
» à plomb et à angles droicts, mais penchans
» à costé, comme font ceulx qui sont yvres ?

» Ne font ils pas des comptes, que s'il y avoit
» des fardeaux de mille quintaux qui tombas-
» sent dedans la profondeur de la terre, que
» quand ils seroient arrivez au centre du mi-
» lieu, ils s'arresteroient sans que rien les
» sousteint ny leur vint au devant, et si d'ad-
» venture tombans à force, ils oultre-passoient
» le milieu, ils s'en retourneroient et rebour-
» seroient de rechef en arrière d'eulx-mes-
» mes ?.... Ne supposent ils pas que si un
» torrent impétueux d'eau couloit contre bas,
» et qu'il rencontrast le poinct du milieu,
» lequel ils tiennent estre incorporel, il s'a-
» masseroit tournant en rond, tout alentour,
» demourant suspendu d'une suspension per-
» petuelle et sans fin ?.... Aiants doncques
» sur leurs espaules, et trainnans après eulx,
» je ne dis pas la besasse, mais la gibeciere
» d'un triacleur, et bougette d'un joueur de
» passe-passe, pleine de tant d'absurditez, ils
» disent néantmoins que les autres errent,
» quand ils mettent la lune, qu'ils disent estre
» terre, en hault, et non pas là où est le mi-
» lieu du monde. * »

* Traduction de Plutarque, par Amyot.

9*

C'était à propos de la lune que le bon Plutarque disait ces injures aux stoïciens ; il faut avouer qu'elles n'étaient pas fondées ; et de toutes manières il ne devait pas se les permettre ; mais il était élevé à la façon de nos écoles. Qu'aurait-il donc dit aux newtoniens de nos jours, qui ont fait de cette opinion une loi imperturbable qui gouverne l'univers ? Ils en dérivent non-seulement les lois qui ont formé les astres et qui en règlent les mouvements, mais celles qui donnent aux végétaux et aux animaux l'existence, des formes si variées, des instincts si divers, des passions si opposées. Enfin, ils en tirent l'homme même, doué d'intelligence, des sentiments et des désirs de la gloire et de la vertu ; et le mettent debout en équilibre sur deux jambes, comme un globe entre deux attractions. Ainsi ils tirent tout de la matière, qui se gouverne seule ; et ne laissent plus rien à faire à Dieu, qui cependant, suivant les stoïciens, avait fait les attractions incorporelles.

Mais voyons comment Newton avait conçu cette force, ce premier mobile du monde.

Selon lui, c'était l'ouvrage d'un être infiniment intelligent et puissant, dont il ne prononçait jamais le nom sans l'accompagner d'un témoignage extérieur de respect ; c'est par elle que le soleil attire sans cesse notre terre vers lui. Il appelait aussi cette force centripète; mais comme cette tendance au centre ne tarderait pas à joindre notre planète au soleil, il imagina une seconde puissance, qu'il appelait force de projection. Celle-ci l'en éloigne sans cesse, en poussant toujours la planète en ligne droite. Il regardait notre globe à-peu-près comme une bombe qui, chassée à-la-fois par la poudre à canon et attirée par la terre, décrit dans sa route une parabole. De même la terre, mue par ces deux puissances toujours en activité, l'attraction et la projection, décrit une ellipse autour du soleil. L'auteur du nouveau système nie d'abord la force de projection : si elle existe dans le ciel, dit-il, elle doit être commune à tous les globes, non-seulement à ceux des planètes, mais à celui du soleil ; ils doivent parcourir tous ensemble des lignes parallèles, et tomber tous d'une chute commune. Or, c'est ce qui n'est pas :

le soleil est immobile au centre, et les planètes sont en mouvement autour de lui. Il y a plus, les planètes en sont à différentes distances; il y en a de petites, de grosses et de moyennes, sans qu'elles règlent leur rang sur leur grosseur : c'est, disent les astronomes, qu'elles le règlent par leur poids. Il y en a de grandes qui sont plus près du soleil, parce qu'elles sont plus légères ; et de petites qui en sont plus loin, parce qu'elles sont plus pesantes. Ils portent ce raisonnement jusqu'à vous dire le poids précis de chaque planète, mais c'est une pétition de principe et un cercle vicieux. Newton a très-bien senti le doigt de Dieu dans ce mouvement de projection, dirigé en ligne droite, qui, se combinant avec l'attraction solaire, les force d'aller toujours en avant, et de revenir sans cesse en arrière, en traçant un cercle. Mais où est le foyer de cette force d'impulsion, qui agit sur les planètes, et n'agit pas sur le soleil? c'est ce qu'il n'a pas expliqué.

Pour la force d'attraction, l'auteur français l'adopte, parce qu'il en suppose le foyer dans le soleil, et qu'il en voit des exemples à la surface de la terre, par la chute des corps qui se dirigent vers son centre. Quant à celle que les astronomes attribuent à la lune sur notre océan, et dont ils dérivent les marées, il la nie entièrement. Il prouve d'abord, d'après les propres calculs des newtoniens, que la lune n'ayant qu'une sphère d'attraction de 5000 lieues, ne peut en étendre l'influence sur notre océan, qui en est à plus de 80,000 lieues de distance ; que si cette influence avait lieu, elle attirerait aussi l'atmosphère de la terre, qui en est plus près, et qui est un élément plus léger, plus fluide, plus élastique que l'eau ; que lorsque la lune passe au méridien, et qu'elle soulève la mer, seulement de huit pieds de hauteur, on verrait en même temps, aux mêmes lieux, l'atmosphère s'élever d'un quart de sa hauteur ; parce que, comme la physique nous l'apprend, une colonne d'eau de trente-deux pieds de hauteur est en équilibre avec la hauteur de l'atmosphère, et avec vingt-huit pouces de mercure ; il arriverait encore que le mercure de nos baromètres obéirait à cette subite ascension de l'air, en s'élevant dans

leurs tubes jusqu'à trente-cinq pouces, comme
il y descend jusqu'à vingt et un sur les hautes
montagnes, où l'air qui les couvre est moins
élevé, plus raréfié, et par conséquent moins
pesant que sur les bords de l'eau. Voilà,
dis-je au pilote, des objections d'une grande
force ; mais permettez-moi de vous représenter que les astronomes entendent peut-
être que c'est la terre qui presse son océan
contre la lune ; car ils se servent indifféremment des noms d'attraction ou de gravitation.
Le pilote me répondit : Quoique cette manière d'exprimer la même idée par deux
mots qui ont deux sens contraires, ne soit
point du tout philosophique, les astronomes
n'en expliqueraient pas mieux leur système
lunaire des marées ; car, selon eux, l'attraction ou gravitation de la lune n'a que 5000
lieues d'étendue ; et comment pourrait-elle
l'exercer sur un océan qui en est à plus
de 80,000, sans agir sur son atmosphère ?
Comment peut-elle nous donner une marée
dans l'océan Atlantique, lorsqu'elle gravite,
ou qu'elle attire la mer du Sud, à notre nadir ?
Comment tant de contradictions, que New-

ton lui-même a bien senties, lorsqu'il a avoué qu'il y avait dans le système des marées une cause encore inconnue? Mais notre Français va encore plus loin. Il prouve que l'attraction n'agit que de globe à globe ; que, par exemple, un astre ne peut attirer les objets qui sont à la surface d'une planète, sans quoi tout serait en confusion dans les cieux. Le soleil qui attire tous les corps planétaires à des distances réglées par une sagesse divine, en détacherait aisément tous les corps qui n'y tiennent que par une attraction secondaire. Nous ne verrions qu'anneaux, satellites, océans, atmosphères, détachés du sein des planètes, cédant à la puissance paternelle du soleil, qui les attire elles-mêmes ; on les verrait traverser les cieux, et circuler sans fonctions autour du roi de notre univers. La lune qui, dit-on, s'occupe depuis tant de siècles à soulever des mers, serait enlevée elle-même de son orbite. La bienfaitrice de notre terre, la souveraine de nos nuits, l'épouse du soleil, n'en deviendrait plus qu'une esclave inutile, perdue dans une cour de lumière et de splendeur. Mais voici une expérience qui détruit toute attraction lunaire à la surface de notre terre. Si on suspend une balance romaine, dont le long levier soit en équilibre avec un petit poids, et qu'on l'expose à la lune, il est certain que quand elle passera au méridien de la balance, elle doit agir avec plus de force sur le levier que sur le poids : elle en rompra donc l'équilibre, comme on suppose qu'elle le rompt sur les flots de la mer. Or, c'est ce qui n'arrive pas. Cette expérience a été tentée à Londres, et depuis peu en France, mais fort inutilement.

Il convient au reste que la lune exerce une légère influence sur l'océan, non par son attraction, mais par la chaleur qu'elle réfléchit, avec la lumière du soleil, sur les océans de glace qui couvrent les pôles du monde. Quant aux suppositions admises depuis peu, par quelques astronomes, que la lune, en parcourant son orbite, tourne sur son axe et découvre son autre hémisphère, il s'en rapporte aux voyageurs qui ont fait le tour du monde, s'ils ont jamais vu la face opposée de la lune. Pour ceux qui ajoutent à cette idée, qu'elle nous jette des pierres, au moyen de volcans qui ont des foyers de 5000 lieues d'explosion ; il leur oppose la faiblesse des nôtres, qui ne peuvent en lancer seulement à deux lieues, quoique notre globe soit quatre fois plus gros.

Après avoir nettoyé, si je puis dire, les champs de l'astronomie, obstrués par l'ignorance, les préjugés et la contradiction, l'auteur regarde le soleil comme principe de tout mouvement dans son système planétaire. Il considère cet astre, qui en occupe le centre, comme le premier agent visible de la nature, quoiqu'il soit rempli de facultés qui nous sont inconnues. Il ne s'arrête qu'à une seule, celle de sa lumière ; mais que de merveilles y sont renfermées, qu'on ne peut exprimer dans aucune langue ! Est-ce un esprit ou une matière ? Elle se manifeste à nos yeux de telle manière qu'elle nous fait tout voir, et qu'elle-même ne peut être vue. Nous apercevons l'endroit d'où elle part, et où souvent elle nous éblouit ; nous ne voyons bien que celui où elle arrive. Un rayon parti du soleil, qui éclaire le fond d'une forêt à travers

le feuillage ; une gerbe de sa lumière , qui se
réfléchit sur le disque de la lune , sont invisibles dans le vaste espace du ciel qu'ils tra-
versent. La lumière parcourt l'horizon avec
la rapidité de la foudre. Elle paraît blanche
sur les planètes qu'elle éclaire; mais quand
elle traverse notre atmosphère , elle teint
d'une couleur d'or les objets qu'elle frappe.
C'est un élément qui remplit l'univers ; et
l'on ne peut ni en séparer , ni en renfermer
la moindre parcelle dans un vase. Elle est si
légère , qu'elle n'agite pas même dans sa
course rapide la plus petite feuille sur laquelle
elle s'arrête. La furie des ouragans ne saurait l'ébranler; ni les eaux les plus corrompues , la salir , ni l'éteindre : mais vient-elle
à rencontrer quelque nuage pluvieux ? ce
élément impalpable et invisible s'y réfléchi
en trois couleurs éclatantes , le jaune , le
rouge et le bleu. Le premier type d'une tri-
nité apparut dans une goutte d'eau. Ce mys-
tère fut sans doute connu des Égyptiens et
de Platon ; ils en firent le symbole de la Divinité , sous la forme d'un cercle renfermant
un triangle équilatéral. Ces trois couleurs

primitives engendrent entre elles, dans le
même ordre et par consonnance, trois couleurs intermédiaires, qui sont : l'orangé,
entre le jaune et le rouge; le pourpre, entre
le rouge et le bleu ; le vert, entre le bleu et
le jaune : ainsi elles forment une sphère de
six couleurs. Newton, en les observant dans
le prisme, y en ajoute une septième, le
violet, qui n'est évidemment qu'une teinte
de pourpre où le bleu domine.; et il les appelle toutes primitives, quoiqu'il n'y en ait
réellement que trois : le jaune, le rouge et
le bleu. C'est d'elles seules que dérivent l'o-
rangé, le pourpre et le vert, que mon auteur
appelle intermédiaires. En joignant à chacune d'elles, la couleur de la lumière, qui
est le blanc, on en peut former une infinité
de nuances brillantes, qu'il appelle positives;
et en y mêlant du noir, qui en est la privation, on en forme des teintes sombres, qu'il
nomme négatives. Toute la magie de la peinture naît de l'harmonie de ces couleurs, et de
celle de la lumière et des ombres. Au reste,
dit-il, si Newton est le premier philosophe
qui ait découvert que la lumière se décom-

posait en couleurs, quoique la chose fût évidente depuis long-temps dans l'arc-en-ciel,
il est excusable de s'être trompé dans son
calcul, en admettant sept rayons de couleurs,
lorsqu'il n'y en a que trois. Les sciences sont
des mines, dont la première exploitation est
toujours difficile et de peu de rapport. Il est
digne d'un grand génie d'avoir osé, avec
l'instrument humain du prisme, exploiter
une mine céleste. Notre auteur cherche dans
la nature, des moyens plus sûrs et plus éten-
dues d'analyser la lumière : nous allons en
voir sortir une suite de merveilles.

Il a donc employé un instrument plus savant que le prisme, pour analyser les prodiges
de la lumière; c'est l'œil. Supposez, dit-il,
qu'un horizon soit bien visible du centre à la
circonférence, quand il a seulement une lieue
de diamètre; comptez ensuite combien il y a
de ces horizons sur le globe, quand le soleil
éclaire la moitié de sa surface : vous en trouverez environ un million et demi, dont chacun représente un paysage particulier de
terres, de montagnes, de vallées, de forêts,
de prairies, de roches, de fleuves, de mers;

leurs cieux sont encore plus variés par les nuages, la sérénité, les pluies, les orages. Mais bornons-nous aux simples effets de la lumière ; il n'y en a pas un qui ressemble à l'autre. Vous pourrez au moins quadrupler les aspects de votre sol dans le même jour, en vous tournant du matin au soir, à l'orient, au midi, à l'occident et au nord ; ce qui étendra à six millions au moins les harmonies journalières de la lumière et des ombres dans tous ces horizons. Vous pourrez porter ce calcul bien plus loin, en les multipliant par les trois cent soixante-cinq jours de l'année ; car chaque jour a sa physionomie, qu'il imprime à chaque horizon qu'il éclaire. Voilà pourquoi tant de gens trouvent tant de plaisir à voyager : ce sont les harmonies innombrables et successives de la lumière et des ombres, qui les réjouissent, quoiqu'ils en ignorent la cause.

La nuit vient : la nature offre à votre vue des jouissances encore plus merveilleuses. Vous n'apercevez plus la terre ; mais les distances incalculables des étoiles, le nombre infini de celles qui remplissent la voie lactée,

10*

comme un sable lumineux, une partie des planètes et des brillantes constellations, enfin la moitié du ciel visible, viennent sans confusion se peindre sur notre rétine, qui n'a que quelques lignes de diamètre. Est-ce l'attraction qui a opéré ces miracles? Les astronomes qui la regardent comme la loi unique des astres, lesquels sont si éloignés de nous, expliquent leurs mouvements inconcevables par des moyens mécaniques; mais jamais ils n'ont osé expliquer le phénomène de la vision, qui est si proche de nous, et qui a une cause si éloignée.

Notre Français a remarqué d'abord que les rayons du soleil qui font tout voir, n'étaient point visibles dans leur cours; il observe maintenant que quoiqu'ils animent toute la nature, ils n'ont point de chaleur; il le prouve par la physique. Si l'on monte, dit-il, sur le sommet d'une montagne, haute seulement d'une lieue et demie, dans le sein même de la zone torride, fût-ce à l'heure de midi, on le trouvera couvert de glace et de neige à plus de six cents toises de hauteur. Cet effet a lieu sur le mont Taurus, le pic de

Ténériffe, et dans toutes les parties du globe.
L'air, à cette élévation, n'est plus respirable :
aussi des chimistes habiles prétendent-ils
qu'en tout temps on pourrait faire de la
glace dans la machine pneumatique, par la
seule privation de l'air. Des anciens, non
moins savants, définissaient l'air, la nourri-
ure du feu, *aer pabulum ignis*. Sans son atmosphère, notre terre ne serait qu'un globe
de glace, quoique tout étincelant des rayons
du soleil. Ainsi Newton, dans ses calculs,
s'est encore trompé en disant d'une comète
qui avait passé près du soleil, qu'elle avait
prouvé une chaleur deux mille fois plus forte
que le fer rouge à blanc. Si elle n'avait pas
l'atmosphère, il est certain qu'elle n'a pas
plus senti l'effet de sa chaleur, que notre pôle
au mois de janvier ; et il est probable que si
elle en avait eu une, elle se fût dilatée avec
son océan, et allongée en forme de queue
transparente, à quelques centaines de mille
lieues derrière elle, comme celles de nos comètes. Ainsi la chaleur solaire se fût éloignée
d'elle avec l'air qui la produit. Ce qui me confirme dans cette opinion, c'est que j'ai vu une co-

mète dont la queue, prodigieusement longue, était détachée par un cercle lumineux, très-visible et éclatant, du corps même de l'astre qui, certes, n'avait point l'apparence de brûler. Ce qui m'étonna le plus, c'est qu'il traînait une queue à laquelle les astronomes attribuaient des millions de lieues de longueur, et une vitesse de 650,000 lieues par jour, sans qu'il s'en détachât la moindre partie : fait qui est en contradiction avec leurs nouveaux principes, que la lune qui attire notre océan, ne peut, à cause de leur légèreté, attirer notre atmosphère ni nos nuages; comme si, d'ailleurs, on ne voyait pas la terre attirer à-la-fois son océan et son atmosphère, malgré la prétendue légèreté de cette dernière. Cependant, ils ont eux-mêmes coupé la racine de leur système, en bornant l'attraction de la lune à 5,000 lieues, puisque dès lors cette attraction ne peut plus s'étendre jusqu'à la terre. Ainsi les queues atmosphériques que les comètes traînent en arrière, les préservent de l'incendie que le soleil pourrait allumer par-devant. Peut-être même cette queue est-elle double ou triple par les

vaporations particulières de quelque médi-
erranée, qui se joignent à celles de leur
océan. Telles sont les queues de quelques
comètes qu'on appelle flamboyantes. Ainsi,
l'Auteur de la nature a disposé pour la con-
servation de ses ouvrages, jusqu'aux signes
que l'ignorance et la superstition annonçaient
aux peuples comme des preuves de sa colère.

Ce système d'harmonie avec le soleil, est
bien autrement sensible sur la terre. Elle a
trois éléments qui sont en rapports admi-
rables avec lui : l'air, l'eau et le globe. Jetons un coup-d'œil sur ces rapports pour développer ceux de la lumière. D'abord c'est à
l'air que le soleil doit sa chaleur; l'air est le
premier mobile de la terre. Son second mobile est l'eau. L'état naturel de l'eau est d'être
en glace; mais, par la médiation de l'atmosphère, les rayons du soleil en fondent une
partie en eaux fluides dont se forme l'océan,
et en évaporent une autre que les vents dis-
persent en nuages sur les continents, où les
sommets des montagnes les attirent ; là elles
se résolvent en pluies douces qui en découlent en ruisseaux. Ces ruisseaux forment des

rivières; et les rivières des fleuves qui se déchargent dans les mers, d'où dans l'origine ils s'étaient élevés sous la forme de vapeurs. Ainsi les rayons du soleil, par la médiation de l'air, de la chaleur et de l'eau, sont la source de tous les mouvements, même de celui du globe, comme nous le verrons bientôt. Quant à l'action de la lumière, il suppose qu'elle produit sur la terre un grand nombre d'effets qui y sont inconnus; mais il regarde comme évident celui de la formation des mines, qui y ont tant de rapport par leur éclat, avec les lumières solaires reflétées des planètes, dont elles portent les noms dans la plus haute antiquité. La chose paraît certaine pour la formation de l'or, dont on ne trouve guère de mines que dans les zones torrides, ou dans des lieux qui l'ont été autrefois. L'or semble par sa divisibilité à l'infini, son incorruptibilité, son éclat, une lumière consolidée, comme les rayons du soleil nous paraissent un or volatilisé. Il est encore remarquable que ce riche métal est le premier agent de la société humaine, comme le soleil est celui des harmonies de ce monde. Mais

Voyez quelle influence cet astre exerce. Il fait circuler la sève des végétaux ; il fait éclore les fleurs et en féconde les fruits ; il leur distribue les couleurs, les parfums, les saveurs qui les distinguent à nos sens ; et si dans les repas, nous sommes tout-à-coup ranimés par le vin, c'est que nous buvons des rayons de soleil. Voyez quel est son empire sur les animaux : il anime et fixe les temps de leurs amours, de leurs générations et de leurs naissances. Le soleil est l'astre de la vie : un nuage voile-t-il sa lumière ? la tristesse se répand sur la terre ; disparaît-il lui-même à la fin du jour ? tout languit : la nuit étend un crêpe noir dans les cieux ; l'atmosphère se refroidit ; les évaporations fécondantes de l'Océan se ralentissent ; la sève arrête sa circulation dans la plupart des végétaux ; plusieurs ferment leurs feuilles : un sommeil universel, image de la mort, s'empare de tous les animaux, excepté de ceux de la nuit. Le soleil passe-t-il d'un hémisphère dans l'autre ? celui qu'il abandonne est frappé de langueur ; l'air le plus serein y devient mortel par sa froidure ; les fleuves enchaînés par

les glaces s'arrêtent; les forêts, dépouillée
de leur feuillage, sont sans cesse battues pa
les vents; la plupart des animaux qui les hé
bitaient, vont chercher de plus doux climats
les domestiques seuls restent, mais ne viver
que sous la protection de l'homme; lui seu
est tranquille parmi tous ces enfants de la n
ture, orphelins de l'astre qui en est le père
Il y a plus; l'hiver est pour l'homme la sa
son des jouissances : à l'aide d'un miroir con
cave, ou par le simple frottement, il dégag
en quelques heures, du tronc des arbres, le
rayons de soleil que des siècles y avaient er
chaînés. A la faveur de l'air, ils sortent e
flammes pétillantes, des énormes cylindr
où ils étaient renfermés, et se dirigent ve
le ciel, comme s'ils voulaient retourner a
lieu d'où ils tirent leur origine. L'homme est
seul des êtres animés qui produise à sa v
lonté le feu artificiel, et qui en fasse usag
Le feu est entre ses mains le premier age
de son industrie et de ses plaisirs, comme
soleil lui-même est entre les mains de Die
le premier agent de la nature.

Je n'ai parlé que de quelques qualités de

umière. Sans doute elle en a encore d'autres
qui nous sont inconnues. Par exemple, en
venant du soleil à nous, elle s'épanouit en
éventail, de sorte qu'un rayon d'un pied de
largeur couvre plusieurs arpents en arrivant
sur notre terre ; mais quand il parvient jusqu'à Herschell, il en doit couvrir des lieues
carrées. Nous voyons ici le soleil sous un
angle d'un demi-degré ou de 30 minutes, et
les habitants d'Herschell ne l'aperçoivent que
sous un angle de 2 minutes et demie : on en
doit conclure que l'Auteur de la nature a
multiplié les atmosphères, les lunes, les doubles anneaux, aux planètes, à proportion de
leur distance du soleil ; et selon que la lumière de cet astre y est plus faible que sur
notre terre ; et qu'il en a privé celles qui en
sont plus voisines, où sa lumière est beaucoup plus forte. On peut aussi voir que les
productions de Mercure et de Vénus, qui sont
dans la zone torride du ciel, doivent être
plus précieuses que celles des planètes qui
sont dans sa zone tempérée ou glaciale ;
comme celles de l'Inde l'emportent sur celles
de nos zones, qui sont au delà de nos tro-

torien Tacite, qui assure dans son Traité
des mœurs des Germains, qu'on entendai
tous les soirs, dans le nord de l'Allemagne,
le bruit de ses roues flamboyantes, lors
qu'elles venaient à se plonger dans la mer
Depuis que j'ai été en Russie, j'ai appris qu
ce pétillement qu'on entend dans les airs
ainsi que les flammes de toutes couleurs qu
s'agitent dans les cieux, durant les soirée
d'hiver, sont des effets des aurores boréales
A la vérité, je ne sais pas trop ce que c'est
et pourquoi elles sont de plusieurs couleur
au nord, tandis que les aurores australes n
sont qu'azurées, au pôle sud, suivant le té
moignage du capitaine Rogers. Enfin l'o
m'a enseigné dans le cours de mes études
que le soleil circulait d'abord autour de notr
terre, en faisant 150 millions de lieues pa
jour; et l'on me citait les autorités les plu
respectables à l'appui de cette opinion, et l
témoignage de nos yeux. Mais Copernic
Galilée ayant, par d'autres preuves plus év
dentes, démontré que la terre et toutes le
planètes tournaient autour du soleil, Newto
vint, et nous démontra un peu confusémen

quelques lois de l'attraction que cet astre exerce sur ces corps. Des savants illustres prétendirent que ce globe lumineux n'était qu'une fournaise. Des observateurs crurent y voir des écumes flottantes, dont quelques-unes étaient plus grandes que la terre. Quelques astronomes conclurent de leur mouvement, la rotation du soleil sur ses pôles; ce qui était comme si l'un d'eux, placé dans la lune, et voyant nos glaces du nord descendre au midi, en eût conclu la rotation de la terre du nord au sud. Enfin, un autre savant, célèbre par son éloquence et ses grands travaux, prétendit que la terre, dans son origine, n'était qu'une de ces écumes, détachée par hasard du soleil, et qui s'en était d'abord écartée par l'impulsion qu'elle avait reçue de la queue d'une comète; puis s'était arrondie en tournant sur elle-même par la force d'attraction ou centripète qu'elle avait reçue du soleil. Ce système mécanique séduisit la plupart des académies. On en conclut que la terre, sortie d'une fournaise de verre, devait être aplatie sur ses pôles. Plusieurs académiciens furent envoyés à l'équateur pour en

mesurer des degrés, et quoiqu'ils en rap-
portassent tous des mesures différentes, ils
ne laissèrent pas de confirmer la théorie de
Newton, et de l'étendre à tout l'univers.
Mais que d'objections cependant il y avait à
faire ! D'abord le véridique Bayle avait rapporté dans son dictionnaire, l'expérience d'un
habile physicien qui, dans le repos de son cabinet, avait inutilement essayé de mettre en
équilibre une petite balle de fer entre plusieurs aimants. Comment pouvait-on supposer que le hasard eût mis en équilibre tant
de corps célestes, dont les uns sont fixes, et
les autres mobiles autour de ceux-ci, sans
qu'aucun se dérangeât depuis une multitude
de siècles ? Comment avait-on pu imaginer
que la terre, dans un état de mollesse et de
rotation, se fût aplatie sur ses pôles, tandis
que le soleil, d'où on supposait qu'elle était
sortie, et qui tourne comme elle sans s'être
refroidi, a conservé une parfaite rondeur?
d'où pouvaient venir les éléments que nous
voyons sur la terre, et dont la plupart sont
si étrangers à l'action du feu ? Y a-t-il donc
de l'air et de l'eau, des végétaux, des ani-

maux dans le soleil ? Enfin Herschell vint, et ayant perfectionné le télescope, au point de grossir les objets célestes plus de quatre cents fois au delà de celui de Newton, il vit que le soleil était un corps solide, composé de montagnes de plus de 100 lieues de hauteur, et de 150 lieues de longueur, entouré d'une atmosphère de lumière ondoyante, de 1500 lieues de profondeur, qui s'entr'ouvre de temps en temps, et laisse apercevoir un disque dont l'œil ne peut soutenir l'éclat. Au reste, il est persuadé que le feu du soleil ne brûle pas, et que cet astre est habitable; et quant à moi, j'en suis convaincu par les effets de sa lumière sur les sommets, toujours glacés, de nos hautes montagnes. Herschell, après avoir fait de si savantes et de si consolantes observations sur l'astre qui verse la lumière, en a fait d'aussi intéressantes sur les planètes qui la reçoivent. Il a découvert celle qui en est la plus éloignée, entourée de doubles anneaux et de satellites réverbérants; il méritait de lui donner son nom, que sans doute la justice de la postérité lui conservera.

Mais, croyez-vous, lui dis-je, que les La-

pons eussent découvert cette planète avant
lui, et qu'ils lui eussent donné un nom? L'air
de la Laponie est si pur, son ciel si serein,
son sol est si élevé, que je crois la chose possible. Ils peuvent avoir été aidés par la réfraction de quelques rochers de glace. La
plupart des découvertes doivent leur origine
à des sauvages.

Je suis charmé, reprit-il, de l'intérêt que
vous prenez à ce que je vous dis; mais le sujet qui nous occupe est immense; n'en sor-
tons point, et parlons maintenant des secondes causes de la lumière, telles que celle
de la lune: et ensuite nous nous occuperons
de leurs effets réunis sur le globe.

La lumière de la lune est une réflexion de
celle du soleil; elle participe de ses qualités
dans des proportions qui ne sont pas encore
bien connues, faute d'avoir été bien étu-
diées. Pline, le naturaliste, avait déjà remarqué, d'après les observations des anciens,
qu'elle augmentait, par sa chaleur, la fonte
des neiges. Un professeur de physique de
Rome, il y a quelques années, ayant mis deux
vases pleins d'eau, l'un à la clarté de la lune,

t l'autre à l'ombre, l'eau s'évapora beaucoup plus vite dans le premier que dans le
second. La même expérience fut répétée à
Paris, par un autre professeur, et elle eut le
même résultat. Cette expérience ne produisit
aucun effet sur l'opinion des savants, qui
croyaient alors que la lune n'avait aucune
chaleur, d'après une expérience faite en
hiver avec un miroir ardent, par une nuit
très-froide. Mais un témoignage positif et si
facile à invoquer, est préférable à cent témoignages négatifs, résultant d'une expérience faite avec une machine très-coûteuse.
Toute machine est suspecte dans l'étude de
la nature. Le prisme de Newton lui montre
sept rayons de couleurs primitives dans la
décomposition de la lumière; la nature n'en
montre que trois de primitives, entremêlées
de trois autres intermédiaires. Pour moi, il
me semble que la lune doit avoir une chaleur qui résulte des rayons mêmes du soleil
qu'elle nous réfléchit. Je n'en voudrais pas
d'autre témoignage que le sens commun, et
l'usage qu'en fait la Providence; elle la fait
passer dans l'hémisphère que le soleil aban-

donne, comme pour le dédommager de son absence : quand il est au tropique du Capricorne, elle est à celui du Cancer. La lumière qu'elle nous renvoie est chaude ; ce qui prouve d'abord qu'elle a une atmosphère, sans laquelle elle n'aurait point de volcans, qui ont besoin d'air, ni même de mers, second aliment des volcans. Sa lumière réfléchie n'a pas autant de chaleur que les rayons directs qu'elle reçoit du soleil, parce qu'elle en emploie une partie à son usage. C'est ainsi que sur la terre ils s'incorporent avec les métaux, les forêts, d'où ils sont dégagés par la combustion, et par la corruption même qui fait apparaître tant de lueurs phosphoriques. Notre auteur a cherché à connaître quels rapports il pouvait y avoir entre la lumière du soleil et celle de la lune. Il s'est adressé d'abord à des mathématiciens, mais fort inutilement. Un d'eux seulement avait fait une expérience avec des verres de vitre traversés par un rayon de soleil ; mais il en avait employé une si grande quantité, qu'il n'en résulta qu'une conséquence absurde. Il l'a cependant publiée, parce qu'un peu de calcul couvre les plus grandes erreurs. Il eut ensuite recours à de célèbres peintres, qui ont fait plusieurs fois des clairs de lune d'un effet magique. Mais les grands artistes ne raisonnent guère, ils ne savent que sentir; l'idée même de cette comparaison ne leur était jamais venue. Il faut pourtant en excepter le fameux Vernet, qui imagina une échelle de couleurs sur du papier, pour fixer, sur ses dessins, les nuances fugitives des rayons du soleil couchant, en attendant qu'il les fixât, à loisir, sur la toile; il parvint ainsi à faire des tableaux semblables à la nature. Enfin notre auteur, après avoir vu lui-même l'effet d'un clair de lune dans une chambre obscure, au moyen d'un petit trou percé dans un de ses volets, résolut d'étendre son expérience plus en grand : il observa sous un angle de 45 degrés, c'est-à-dire à une distance égale à sa hauteur, la façade des Tuileries, éclairée la nuit par la pleine lune à son méridien. Il examina attentivement l'ombre de ses colonnes, de ses figures, et même de ses moulures. Peu de jours après, il observa les mêmes objets, éclairé par le soleil en plein midi, et il trouva qu'il fallait s'éloigner plus de douze fois la hauteur de ce monument, pour le voir avec des effets à-peu-près semblables. Cette expérience, qu'il ne donne pas comme géométrique, lui fit d'autant plus de plaisir, qu'elle établit les mêmes proportions entre les lumières de ces deux astres, qu'entre la durée de leur cours particulier, et même qu'entre leurs distances. Par exemple, le cours du soleil est d'un an; celui de la lune est environ d'un mois, qui en est la douzième partie. Le cours annuel du soleil est divisé en quatre époques, qui nous donnent quatre saisons par an : l'équinoxe du printemps, le solstice d'été, l'équinoxe d'automne et le solstice d'hiver; le cours de la lune est divisé tous les mois en quatre temps différents : la nouvelle lune, le premier quartier, la pleine lune et le décours. La principale action du soleil est à l'équinoxe du printemps, et au solstice d'été; ce qu'il attribue, avec beaucoup de vraisemblance, à ce que vers ces époques, l'atmosphère, rafraîchie par l'hiver, est plus dense, plus pure, et donne plus de chaleur à ses rayons. C'est par des raisons analogues que la lumière reflétée de la lune a plus d'action et plus de chaleur sur la terre lorsque cet astre est dans son plein, et que sa plus grande influence est à l'orient et au midi, parce que, durant son décours, sa propre atmosphère est renouvelée par l'absence du soleil. Il évalue la chaleur du soleil, entre les tropiques et au milieu de notre été, à 30 degrés du thermomètre de Réaumur, et à 60 lorsqu'elle est augmentée par les vents de la Ligne, les reflets des sables, et autres causes réverbérantes; il fixe celle de la lune dans son plein, au douzième, c'est-à-dire à 2 degrés et demi, et à 5 lorsqu'il s'y joint des causes qui la multiplient. Au reste, il regarde cette suite considérable de montagnes lunaires, arrondies sur elles-mêmes, renfermant chacune une vallée ronde, au centre de laquelle est un monticule, et qui sont toutes beaucoup plus grandes que des cratères de volcans, comme de véritables réverbères de la lumière du soleil, dirigés tous vers la terre. Il en conclut qu'elle est plus pesante de ce côté-là, et qu'elle nous montre toujours la même face. Si elle tournait sur

*12

un axe, elle dérangerait tous ses foyers de lumière; elle nous apparaîtrait souvent marbrée de toutes sortes de couleurs, comme dans ses éclipses; au lieu que quand nous la voyons dans son plein, dans un beau ciel, elle nous apparaît comme un miroir d'argent poli, avec quelques ombres légères à sa surface, qui sont celles de ses montagnes réverbérantes. Au reste, il remarque que la lumière du soleil est beaucoup plus vivement réfléchie sur la terre par la lune, que par la terre sur le disque de la lune, où à peine elle est sensible. Enfin, il cite les satellites de Jupiter, beaucoup plus lumineux que cet astre lui-même; d'où il conclut que les satellites et leurs anneaux sont organisés pour réfléchir la lumière.

Quant aux effets particuliers de la lumière de la lune sur notre globe, il les évalue, comme je l'ai dit, à un douzième environ de ceux de la lumière du soleil. Cette proportion est sensible dans les couleurs irisées de ses couronnes, de ses arcs-en-ciel, et dans son influence sur l'atmosphère, dont elle dissipe souvent les nuages à son lever. Elle en affai-

it sensiblement les tempêtes ; elle change
uvent la direction du vent, quand elle est
ouvelle ; elle augmente les marées, non en
sant sur l'Océan, ou en l'attirant à elle,
ais en agissant par sa douce chaleur sur les
aces du pôle, que le soleil met en fusion.
on effet est encore plus sensible quand elle
t nouvelle, ou qu'elle est pleine ; époques
sa lumière, comme nous l'avons vu, est
us active, et où sa chaleur se joignant à
lle du soleil, produit ce que nous appelons
s grandes marées.

Quant à son action particulière sur le
obe et ses productions, elle est variée
mme celle du soleil : comme cet astre pro-
it l'or dans les montagnes de la zone tor-
de, la lumière de la lune engendre de
ême l'argent. L'auteur étend cette faculté
produire des métaux aux autres planètes.
abord il observe qu'elles ont donné leurs
ms à ceux qui nous sont connus : le soleil à
r, la lune à l'argent, Mercure au vif-
gent, Vénus au cuivre, Mars au fer, Sa-
rne au plomb. Mais ce qu'il y a de très-
marquable, il observe que la valeur de ces

métaux, parmi les hommes, est en raison composée de la distance de ces planètes au soleil, et de leur voisinage de la terre : il prend pour lieu de comparaison les grandes Indes, situées sous l'équateur; et il trouve que de notre temps, l'or y vaut 1200 fr. la livre; l'argent un 12ᵉ, ou 100 fr. ; le vif-argent 6 fr., ou un 200ᵉ; le cuivre 2 fr., ou un 600ᵉ; le fer 10 sous, ou un 2400ᵉ; le plomb 5 sous, ou un 4800ᵉ.

Comme le soleil exerce un empire sur les grands végétaux, tels que les arbres, qu'il revêt chaque année d'un nouveau cylindre, la lune de même exerce une influence sur les petits, qui en portent l'empreinte tous les mois. Tels sont les roseaux, les herbes, et toutes les plantes tubuleuses et bulbeuses, qui portent dans les nœuds de leurs tiges et les enveloppes de leurs racines ou de leurs ognons, le nombre des mois lunaires qu'elles ont végété. Il en est de même des animaux. Ceux qui ont le sang rouge et chaud, sont sous l'empire du soleil; ils entrent en amours et naissent la plupart aux quatre grandes époques de son cours, les deux équinoxes et le deux solstices, ou à l'année révolue. Les animaux qui ont le sang blanc et froid, tels que les poissons à arêtes, les coquillages, les insectes, naissent et font l'amour à des époques lunaires, telles que la nouvelle lune, le premier quartier, le plein et le décours, et le mois entier ; ceux qui vivent au delà, en portent des marques inaltérables : les huîtres ont leurs coquilles sillonnées de portions de cercles horizontaux et protubérants, qu'elles ont ajoutés chaque mois, les uns aux autres. Quoique l'empire de ces deux astres soit séparé par des lignes très-remarquables, toutefois ils paraissent souvent agir de concert et s'entr'aider. Mais c'est particulièrement dans l'espèce humaine, que leur pouvoir se confond et se partage à-la-fois. Le soleil, aux quatre époques de l'année, fait sentir à l'homme sa puissance ; c'est alors qu'il redouble en lui les facultés vitales ; c'est alors qu'il l'appelle à de grands travaux : en mars, au labour de la terre ; en juin, à la récolte de ses prés ; en septembre, à celle de ses moissons et de ses vergers ; en décembre, aux fatigues de la chasse et à l'exploitation

12*

des forêts. Ces temps sont aussi pour lui les temps de ses plus fortes amours.

Pour la lune, c'est sur la femme qu'elle exerce son pouvoir. Il semble que cet astre, qui répand ses influences sur les productions les plus aimables de la nature, les rassemble toutes sur le sexe qui est la fleur de la vie; elle verse sur les femmes la mélancolie attrayante et les doux caprices. Ce sont encore des périodes lunaires qui déterminent la fécondation : un mois la formation, trois mois le mouvement, neuf mois l'enfantement. Tendre Ilithyie, elle distribue aux mères le lait nécessaire, et partageant avec elles les soins maternels, elle donne aux enfants, à des périodes réglées, la dentition, le marcher et le parler. Telles sont les facultés de la lumière du soleil et de celle de la lune. Il faudrait des traités pour développer ce sujet. Je ne vous en présente ici qu'un aperçu ; mais quelque faible qu'il soit, il nous découvre une infinité de vues. Ainsi, dans une campagne couverte de brouillards, où l'on ne distingue aucun objet, si un rayon de soleil vient à paraître, nous apercevons une multitude de colonnes de bruine et de nuages qui s'élèvent jusqu'aux extrémités de l'horizon.

Maintenant nous allons nous occuper des rapports de la lumière avec notre globe. Redoublez ici d'attention. Je vais vous développer une loi de la nature, très-peu observée, et bien faible en apparence, mais si commune qu'elle est universelle, et si puissante qu'elle donne à la terre son mouvement de rotation : c'est l'évaporation des mers, mise en action par les rayons du soleil.

L'auteur de cette théorie suppose que la terre, dans son origine, était revêtue de tous les éléments qui étaient nécessaires à son développement. Elle était enveloppée d'une atmosphère, et couverte d'un océan qui s'élevait au-dessus de ses plus hautes montagnes. Cet océan était d'abord glacé, car l'état naturel de l'eau est d'être en glace quand elle n'éprouve point de chaleur. Il la compare à un œuf qui, n'ayant point encore joui de la chaleur maternelle, reste immobile, quoiqu'il renferme dans son sein les éléments d'un oiseau, destiné à traverser les airs avec

une rapidité supérieure à celle des vents.
Ainsi gisait notre globe sans mouvement dans
un ciel ténébreux ; mais le soleil parut, lan-
çant au loin les attractions, la lumière et la
vie. La terre, attirée par ses influences pa-
ternelles, s'approcha de lui ; elle lui présenta
d'abord le côté le plus pesant de sa circonférence. Ce fut peut-être, à l'occident, la
chaîne des Cordilières ; ou peut-être, à l'orient,
la chaîne des hautes montagnes de Java, de
Bornéo et de la Nouvelle-Hollande, que nul
mortel n'a encore franchies. Celles-ci, ainsi
que les Indes orientales qui sont dans leur
voisinage, paraissent avoir été visitées les
premières des rayons du soleil, et jouir du
droit d'aînesse par la richesse de leurs productions, supérieures en tout à celles des
Indes occidentales. A peine la terre eut-elle
senti, par la médiation de son atmosphère,
la chaleur de l'astre du jour, que devenue
plus légère dans celui de ses hémisphères
dont le soleil avait fondu les glaces, et plus
pesante dans celui qu'il n'échauffait pas encore, elle tourna sur elle-même, et acheva
sa première révolution. Ce fut alors que ses

ôles s'affermirent par le poids des neiges et
es glaces qui s'accumulaient sur eux; qu'il
e forma autour d'elle un équateur et deux
eintures, l'une de mers fluides, l'autre de
ners en évaporation que les vents dilatés
harriaient dans les airs, en forme de mon-
agnes semblables aux Alpes, et qu'ils al-
aient déposer en neiges épaisses et en glace,
ans les lieux privés du soleil. Ce fut alors
nfin que ses deux hémisphères furent en
quilibre. On peut se former une idée de
ette immense évaporation, en considérant
eulement celle que le soleil occasione,
haque jour, dans les zones torrides, dès
u'il est sur l'horizon, et que les vents trans-
ortent et déposent dans la partie qu'il n'é-
laire pas. Il est certain que la moitié du
lobe, devenant plus légère par la chaleur du
our, en même temps que l'autre moitié de-
ient plus pesante par la fraîcheur de la
uit, la terre doit tourner sur ses pôles; et
omme elle avance toujours son occident
ui est plus pesant, vers le soleil, et qu'elle
baisse son orient qu'il a rendu plus léger,
lle tourne en sens opposé de son attraction

ou de la force qui l'entraîne. Ainsi sa rotation est en équilibre avec son attraction ; car si elle tournait dans le même sens, il n'est pas douteux qu'elle irait se précipiter dans le soleil.

La force de cette évaporation journalière de l'Océan est très-considérable dans la zone torride ; c'est ce qu'on peut voir d'un coup d'œil à la grandeur de ses nuages, semblables aux montagnes des Cordilières, et qui se suivent dans la même direction, par le moyen des vents alizés. Mais quelque transparente que soit son atmosphère d'azur, les vents viennent-ils à changer ? dans l'instant, les vapeurs invisibles qu'elle renfermait, deviennent sensibles sous la forme de nuages qui l'obscurcissent. L'air même y est si humide en tout temps, qu'il rouille l'acier exposé à son action, et qu'on est obligé d'enfermer dans des malles doublées de fer-blanc dont toutes les feuilles sont soudées, les étoffes d'or et d'argent qu'on envoie aux Indes ou qu'on en rapporte : sans cette précaution, elles seraient noircies par l'humidité qui y pénètre. Joignez à l'évaporation des deux zones torrides, celle des deux zones tempérées, et même d'une partie des glaciales; il est évident que le soleil agit à-la-fois sur près de la moitié du globe, qu'il rend plus légère par sa présence. Mais comme les vapeurs qu'il a élevées, retombent en même temps par le froid de la nuit, sur l'hémisphère qu'il abandonne, il s'ensuit que la puissance de rotation en est doublée, un côté du globe devenant plus pesant lorsque l'autre devient plus léger. Ce mécanisme qui produit aussi les nuits à la suite des jours, est semblable à celui qui balance les pôles, et qui nous donne tour-à-tour les saisons opposées : lorsque les glaces de l'un sont plus considérables, elles rapprochent son hémisphère du soleil, et lui donnent l'été; tandis que l'autre qui s'en éloigne, donne l'hiver au sien. Mais celui-ci, redevenant plus pesant à son tour, par les glaces que l'hiver y reproduit, et l'autre plus léger parce que l'été y a fondu une partie des siennes, ils y changent tour-à-tour de températures et de saisons, en se mettant en équilibre du nord au sud et du sud au nord, dans le cours de l'année. Il en est de même du mouvement de la terre d'occi-

dent en orient, qui nous donne successivement les jours et les nuits. Le côté que le
soleil regarde étant toujours le plus léger, et
le côté qui ne le voit pas étant toujours le
plus pesant, il est nécessaire que le globe
tourne sur lui-même.

L'auteur aurait pu, à l'aide de quelques
formules algébriques, donner un air savant
et mystérieux à ses principes; mais il regarde
le calcul comme une science dangereuse,
sur-tout si on l'applique aux lois de la nature; car si cette science part d'un principe
faux, comme il lui arrive souvent, elle se
termine à des erreurs incalculables, encore
qu'elle soit très - régulière dans sa marche.
Dieu seul connaît les premières causes de se
ouvrages; l'homme ne peut s'élever qu'à en
apercevoir des effets et des résultats. L'auteur
s'est donc borné à démontrer l'action perpétuelle de la lumière du soleil sur l'évaporation des mers, et à en conclure la rotation
du globe. Il suppose qu'il roule sur lui-
même à l'opposite du soleil, et il met sa rotation en équilibre avec l'attraction de cet
astre. Ainsi, voilà la force d'impulsion, sup-

osée si gratuitement par les newtoniens, mplacée par une force naturelle et sensible. u reste, il croit que le globe étant rond, il ut tourner dans tous les sens. C'est un isseau céleste qui a sa proue et sa poupe ns toute sa circonférence. Il ne voit point difficulté à croire à la tradition des prêtres l'Égypte, qui apprirent à Hérodote que le leil s'était levé deux fois à l'occident ; ni x annales de la Chine, qui assurent que t astre fut vu cinquante jours de suite sans coucher, d'où il s'ensuivit un déluge uni-rsel. Ceci suppose que la terre avait alors angé sa rotation, et qu'au lieu de tourner r son équateur d'occident en orient, elle urna sur un de ses méridiens du nord au d. Alors les deux pôles se trouvant sous nfluence directe du soleil, les deux océans glace qui les couvraient, fondirent à-la-fois. L'océan glacial est donc l'océan primitif. est de lui que dérivent, par l'action du so-il et de l'atmosphère, l'océan fluide, puis céan aérien, et enfin l'océan souterrain ; tout quatre océans.

Le premier, comme nous venons de le

voir, est placé sur les pôles du monde, et se divise en deux, qui, par leurs fontes et leur poids alternatif, nous donnent tour-à-tour l'été et l'hiver, en se rapprochant ou en s'éloignant du soleil. Cet océan est la source des mers. Il y en a des parties considérables dispersées sur les hautes montagnes, comme les Alpes, les Cordilières, les monts Taurus, Imaüs, et beaucoup d'autres. Ce sont là les sources de la plupart des rivières et des fleuves qui arrosent le continent.

L'océan fluide entoure toute la terre. Il est près de deux fois plus grand qu'elle. Quoiqu'il soit salé, il nourrit une infinité d'animaux, et même de plantes. Il diminue tous les siècles, comme nous le verrons.

L'océan aérien, quoique le moins visible, paraît le plus étendu. C'est à lui qu'il faut rapporter tous les nuages qui parcourent l'atmosphère, et non-seulement la réparation journalière de l'océan glacial, et des glaces qui couvrent les hautes montagnes, mais l'entretien des fleuves et des rivières qui arrosent le globe, et celui des forêts, des prairies, des terres cultivées par

main des hommes. Les nuages qui par-
urent l'atmosphère, les pluies et les neiges
'ils versent sur la terre, ne suffisent pas
ur en donner même un faible aperçu. Sa
rtie la plus transparente est remplie en
ut temps d'humidité. Nous avons vu des
es très-chauds et très-sereins, pendant les-
els il n'est pas tombé une goutte de pluie ;
les arbres des forêts étaient pleins de vi-
eur, les ormes plantés le long de nos
ands chemins étaient couverts de verdure,
oique chacun de ces arbres consumât dans
s vingt-quatre heures plus de cent muids
eau. Leurs feuilles pompaient dans l'atmo-
hère sans nuages cette quantité de fluide,
mme l'ont assuré les mémoires de plu-
urs académies. C'est à l'océan aérien qu'il
ut attribuer la naissance de la rosée, qui
tombe pas toujours du ciel, comme on
croyait autrefois, et qui s'élève aussi de la
rre, comme l'expérience le prouve.
Il verse, la nuit, l'humidité ou le serein
r les parties occidentales de la terre, et les
ndant plus pesantes, force la terre de les
urner vers le soleil, d'où s'éloigne sa partie

orientale devenue plus légère, et par consé
quent moins attirée. Ainsi il est la cause d
mouvement de la terre d'occident en orient
et par conséquent de sa rotation journalière

Le quatrième océan est le souterrain. O
pourrait lui attribuer une partie des effe
de l'océan aérien ; mais nous ne connaisson
guère que son existence. Comment pourrai
il venir au secours des végétaux, à traver
des lits de roches et des carrières ? Cepen
dant j'ai vu beaucoup d'arbres croître dans le
rochers les plus durs. Qui n'a pas vu ave
étonnement, dans les plus fortes chaleurs
des touffes de ravenelles odorantes, et de
mufles-de-veau pleins de fraîcheur, couron
ner nos murs ? Il me paraît plus vraisem
blable que ces plantes pompent l'humidit
de l'air par leurs feuilles, que celle d'un mu
de cailloux par leurs racines. Cependant tou
nous prouve qu'un océan souterrain existe
nos puits sur-tout le démontrent : et il e
probable que c'est à lui qu'il faut attribue
les tremblements de terre qui ont lieu dar
plusieurs contrées. Peut-être y remédierai
on en y creusant des puits. L'homme sembl

appelé sur cette terre à coopérer, non à la formation des ouvrages qui en font l'orne-ment, mais à leurs menus entretiens. Les grands appartiennent au propriétaire, c'est-à-dire, à Dieu. Il a réservé à l'homme, son locataire passager, les petites réparations.

Il ne faut pas se figurer que les glaces qui couvrent les Alpes, les Cordilières, et les mon-tagnes les plus élevées du globe, soient com-parables aux deux océans de glaces qui cou-ronnent ses deux pôles. Celles-là sont dissémi-nées sur le continent, et pour être les sources des grands fleuves qui l'arrosent, et pour en rafraîchir l'atmosphère ; la plupart étant dans les deux zones torrides ou dans leurs environs. Mais les océans de glace, placés aux extré-mités de l'axe de la terre, sont évidemment destinés à être les sources de ses mers, à en renouveler les eaux par leurs courants, à rafraîchir celles qui sont chaudes, à réchauffer celles qui sont froides, et à tenir le globe en équilibre. Considérez un globe de géographie ; il est évident que ses deux hémisphères ne sont pas d'un poids égal. L'hémisphère nord con-tient la plus grande partie du continent et de

13*

ses montagnes, tandis que l'hémisphère sud
renferme la plus grande étendue de ses mers.
On pourrait appeler le premier l'hémisphère
terrestre, et le second l'hémisphère maritime.
L'hémisphère nord est donc le plus pesant.
Ce simple aperçu suffirait pour nous en convaincre, mais vous en trouveriez la première
preuve dans un almanach. La terre présente
cet hémisphère au soleil cinq ou six jours de
plus que l'hémisphère opposé : depuis le 21
mars jusqu'au 22 septembre, qui sont les
deux équinoxes, il y a 186 jours, pendant
lesquels le soleil est au-dessus de l'équateur
dans l'hémisphère nord; et depuis le 22 septembre jusqu'au 20 mars, qu'il est au-dessous
dans l'hémisphère sud, il n'y a que 179 jours.
Voilà donc un bienfait de 7 jours de plus de
chaleur, que nous donne la Providence, dans
le cours d'une année de 365 jours. Ce n'est pas
tout : si notre hémisphère terrestre était toujours plus pesant que celui du sud, il est
certain que se tournant sans cesse du côté du
soleil, il en serait constamment échauffé, ce
qui le rendrait inhabitable ; ce serait comme
si nous avions un jour perpétuel. De même

si l'hémisphère aquatique était toujours plus léger, il serait toujours hors des influences de cet astre ; les glaces le couvriraient sans cesse, et il y régnerait une nuit sans fin. Mais la Sagesse divine ne voulant pas rendre la terre inutile, par l'effet même des lois mécaniques, les a réglées par l'harmonie ; elle a placé au pôle sud un océan de glace beaucoup plus considérable qu'au pôle nord, et qui balance le poids des continents de l'hémisphère terrestre. Le froid que cet océan répand dans tout l'hémisphère maritime, est au moins de quatre degrés plus considérable que dans le nôtre, aux mêmes latitudes ; il est sensible jusque dans la zone torride australe : cette proportion augmente à mesure qu'on s'approche de son pôle. Mais l'illustre capitaine Cook, qui est, je crois, le seul des européens qui en ait fait le tour, peut seul nous en donner une idée. Il rencontra d'abord, à plus de 500 lieues de distance, des îles de glace flottantes qui se dirigeaient vers l'équateur, ainsi que les courants qui les charriaient. Cette observation détruit le système des newtoniens, qui supposent que les pôles du monde sont aplatis, et que les courants et les marées viennent de la Ligne, par la pression ou attraction de la lune. Nous avons fait voir la fausseté de cette opinion et l'expérience de Cook prouve évidemment que la terre est allongée au pôle sud, puisque les courants généraux en descendent dans son été. C'est ce que prouvent encore les observations du baromètre de son vaisseau, qui s'abaissait à mesure qu'on approchait des pôles. Enfin Cook, à force de patience, s'avança jusqu'au 71ᵉ degré 10 minutes de latitude australe, où il fut arrêté par l'immense coupole de glace dont il avait fait le tour. C'était le dernier du mois de janvier, qui répond, dans cet hémisphère, notre mois de juillet : ainsi cette coupole avait éprouvé les plus grandes chaleurs de son été. A cette époque, elle avait encore plus de 5000 lieues de circonférence. Quant à sa hauteur, il la compare à celle des plus hautes montagnes qu'il eût jamais vues; mais comme il n'en apercevait que les bords demi fondus, il n'y a pas de doute qu'elle ne fût beaucoup plus élevée au centre. Ainsi en l'évaluant à 2 lieues de hauteur réduite, il restera encore une coupole immense de glace, formée de simples ruines de cet océan glacial. Mais si on apprécie son étendue et son élévation à la fin de son hiver, c'est-à-dire à l'équinoxe de septembre, on jugera qu'elle était au moins une fois aussi considérable, c'est-à-dire de plus de 6000 lieues de circonférence, et 4 lieues de hauteur réduite. Car comment appliquer les lois du calcul à un objet dont aucun homme n'a pu approcher dans cette saison ? N'est-il pas plus juste de supposer que cet immense océan accumule autant de glaces dans son hiver, qu'il en dissipe dans son été ? Or, voici ce qu'on peut conclure de la relation de Cook, sur la fonte générale de ses glaces. Il est d'abord probable que les vapeurs du vaste océan qui environne ce pôle, s'y déposent nuit et jour, de toutes les parties de sa circonférence, en neige et en brume, et qu'elles s'y fixent, par le froid, en glace solide, comme nous le voyons dans les Alpes, et sur-tout aux Cordilières, où il se forme ainsi, pendant l'hiver, des pyramides de glace de huit

cents toises de hauteur. Il est donc certain
que les îles flottantes de glaces, qui se détachent dans la suite, du pôle sud, ne sont
pas plus formées dans la mer, par la réunion
de leurs débris, que les avalanches qui tombent de nos montagnes à glaces, ne sont formées par les vallées où elles se précipitent. Il
est plus probable que, lorsque la terre présente son hémisphère sud au soleil, et qu'il
est à son équateur, la réfraction de cet astre
agit déjà sur son pôle au moins d'un degré et
demi de plus; qu'alors la dilatation de l'atmosphère polaire, que ses rayons y occa-
sionent, y attire des vents tièdes de la zone
torride; et qu'enfin les flots de la mer, pous-
sés par ces vents, contre les bases et les
flancs de cette coupole, y creusent de profondes cavernes qui en suspendent en l'air
des masses prodigieuses. Ces effets ont été
remarqués aux glaces du pôle nord, dont de
vastes parties sont découpées en arcades, au
lieu appelé par les marins, l'Écueil de glace.
Enfin, soit que la nature emploie à ces vastes
démolitions l'océan souterrain, dont la chaleur est alors plus précoce, on voit déjà des

glaces flottantes vers les pôles , peu avant l'équinoxe de leurs printemps. Ces masses venant à manquer de fondement, s'en détachent par leur poids , et tombent dans la mer qui les environne, avec le bruit du tonnerre. La plupart portent leurs sommets à 2 ou 300 pieds au-dessus de la mer , et y enfoncent leurs bases et leurs flancs à 2 ou 3 mille pieds de profondeur ; le rapport du poids de la glace à celui de l'eau , étant de 9 à 10 , comme le démontrent les physiciens. Ces îles flottantes ont au moins une lieue ou deux de circonférence. Le capitaine Cook en a vu souvent 30 ou 40 à-la-fois sur l'horizon. Jugez combien il y en peut avoir tout autour de la coupole de glace qui les a engendrées. En n'en supposant seulement 900 lieues de circonférence, et en réduisant seulement à une lieue de diamètre chacun de ses horizons , si couverts de brumes épaisses , que Cook assure que souvent on n'apercevait pas sur son bord un homme de la poupe à la proue , nous aurons 900 horizons , renfermant chacun 40 îles de glaces. Ce sont 36,000 éclats de glace , chacun d'une lieue de circonférence , s'en-

fonçant dans la mer de 2000 pieds, et s'élevant dans l'air de plus de 200. Joignez-y une
mer couverte de débris, qui forment, suivant
l'expression de Cook, des champs de glace
de plusieurs lieues d'étendue.

Bientôt le soleil, à l'équateur, embrase de
ses feux dorés la coupole du pôle austral; de
vastes gerbes et des torrents tumultueux en
découlent de toutes parts. Le courant général
part du pied de sa coupole, et diverge à l'équateur. Il s'avance vers ce cercle à la faveur de
l'évaporation des mers torridiennes, et même
de la glaciale, qui l'attirent en abaissant leurs
niveaux; le courant naissant du sud avance
contre le courant expirant du nord. Deux
océans et deux atmosphères se disputent l'empire des flots; les nuages luttent contre les
nuages. Malheur au vaisseau qui se trouve
alors loin du port! avec quel effroi son équipage le voit à moitié penché sur les flots;
d'affreux abîmes s'entr'ouvrent sous sa ca-
rène, et des montagnes d'eaux écumantes
déferlent à la hauteur de ses mâts; c'est alors
que le navigateur fait des vœux tardifs, et
qu'il regrette les ports de sa patrie. Et en

fet, comment ne serait-il pas effrayé de ce terrible bouleversement des mers, lorsque les oiseaux de marine eux-mêmes, qui y cherchent sans cesse leur vie, les redoutent et les fuient? Dans les jours équinoxiaux, ils cherchent des abris en se blottissant sur les rivages, ou bien en s'enfonçant dans les trous des rochers, où, tout couverts de sable et d'eau salée, ils attendent à demi morts la fin des tempêtes. Cependant les glaces du pôle, et le courant général, qui les pousse et les devance, s'engagent en partie dans la mer Atlantique, réfléchis à l'occident par le cap Horn, et à orient par le cap de Bonne-Espérance. Ce courant produit deux marées en vingt-quatre heures, dans ce vaste canal qui a 147 degrés en latitude, et plus de 190 en longitude, d'embouchure. Les mers qui descendent alors du pôle, accompagnées de frimas et de neiges, viennent se briser sur les côtes des Patagons, et y font régner un été plus rude que nos hivers. Pour les îles flottantes de glace, elles ne vont point au delà du cap de Bonne-Espérance; elles s'avancent même rapidement à sa hauteur. Cependant on a l'exem-

ple d'un vaisseau anglais qui, sortant de ce
rade pour aller à Botany-Bay, rencontra pe
dant la nuit qui suivit son départ, une île
glace caverneuse qui pensa l'engloutir.
reste, il y a un autre courant qui, dans ce
saison, descend du même pôle, vient aux I
des, et se réfléchit par le canal de Mozambi
dans l'océan Atlantique; c'est la jonction
ces deux mers qui a rendu le cap de Bonn
Espérance si fameux par ses tempêtes. C'e
par la même raison que tous les lieux suje
aux mauvais temps, sont situés à la rencont
de semblables canaux : les mers du Jap
ont leurs typhons, celles des Indes leurs ou
ragans, les Bermudes et le cap Finistère leu
coups de vent. Quoique ces lieux portent pou
l'ordinaire les noms de quelque cap, ce so
les mers que ces caps divisent, qui sont l
causes de ces terribles phénomènes; et c
causes sont produites dans l'origine, par l
courants qui descendent du pôle de leur h
misphère.

Cependant la mer Atlantique, renforcée d
eaux du canal de Mozambique, remonte ve
le nord. C'est alors la saison favorable po

s vaisseaux de l'Inde, de revenir en Europe.
e vaste courant répand la fraîcheur de sa
mpérature dans toute la zone tempérée aus-
ale. On ne doit pas se figurer qu'il coule à
manière d'un fleuve, dont les flots se pous-
nt successivement. Il faut considérer son
ouvement comme agissant à-la-fois dans
ut son cours. Ainsi, les eaux du pôle sud
n fusion, s'élevant au-dessus de leur niveau
ans la zone glaciale, pressent les mers de la
ne tempérée, et celles-ci ne tardent pas à
gir sur celles des zones torrides. Celles-ci à
ur tour déplacent la mer de la zone tempé-
e boréale; et cette mer, celle de la zone
aciale, laquelle vient enfin expirer au pôle
ord. Cette pression successive des mers se
it sentir d'un hémisphère à l'autre, dans
espace de six semaines au plus. Elles se
euvent, comme je l'ai dit, par la différence
e leur niveau, qui n'est pas dans le fond
e leur bassin, mais à leur surface. La mer
e la zone glaciale qui se fond, est naturelle-
ent plus élevée, puisque les glaces en des-
endent; celle des zones torrides lui est infé-
ieure, par l'évaporation constante du soleil

qui en pompe les eaux; et celle du pôle qui
entre en congélation, est encore plus basse,
par l'effet même de la congélation qui en fait
sortir sans cesse des brouillards épais, connus
par les marins sous le nom de fumées de glace.
Elles sont si abondantes, qu'elles suffisent
pour couvrir en entier le pôle qui les attire,
d'une coupole de glace semblable à celle dont
il était revêtu six mois auparavant.

Si vous me demandez dans quel abîme se
précipite ce grand amas d'eaux, qui va pendant six mois du sud au nord, dans l'océan
Atlantique, je vous dirai qu'il revient en partie
le long de ses rivages; et c'est ce que nous
appelons marées. Les marées pendant l'hiver
sont sur nos côtes des contre-courants du
courant du sud; elles résultent, comme lui,
de l'action du soleil sur le pôle en fusion. Le
courant général en sort pendant six mois,
ou une demi-année; et la marée en découle
pendant douze heures, ou un demi-jour.
Quelquefois elle est unique en vingt-quatre
heures, comme dans l'hémisphère sud; quelquefois elle est divisée en deux marées, chacune de six heures, comme dans l'océan At-

antique. Soit qu'elle remonte au nord en hiver par le reflet des caps Horn et de Bonne-Espérance, soit qu'elle descende au sud dans notre été, elle est le contre-courant du courant général, qui lui-même est divisé par les deux continents. Elle retarde environ de trois quarts d'heure par jour, parce que la coupole de glace dont elle tire sa source, diminue graduellement.

Mais ne perdons pas de vue le courant général du sud : en pénétrant dans les zones torrides, il a poussé devant lui la masse énorme de ses eaux imbibées des feux de l'Afrique, et les verse tièdes et fumantes dans notre zone tempérée. Il circule alors autour d'une partie de l'Europe, redouble la chaleur de ses étés, mûrit les fruits de ses automnes; et lorsque les premiers froids s'étendent sur notre hémisphère, il nous apporte, vers le 10 novembre, ce peu de jours chauds et brumeux qu'on appelle le petit été de la Saint-Martin. De là il s'enfonce dans les mers glaciales du nord, où ses flots viennent expirer sur leurs rivages. On peut le suivre à la trace dans tout son cours. Il balaie les mers qu'il a parcourues

14*

il dépose, dans notre hiver, sur les rivages
de la Vendée et de la Bretagne, des parcelles
d'ambre gris, qu'il a charriées des Indes orientales. C'est lui qui jeta sur les rivages des
Canaries, ces roseaux américains qui firent
soupçonner à Christophe Colomb qu'il existait
à l'occident un autre monde. Il porte, chaque
année, les graines nautiques de la Jamaïque
sur les rivages des Orcades; et riche des dépouilles des mers et de celles de la terre, que
tant de fleuves versent dans son sein, il en
engraisse au nord des légions de turbots, de
morues, de crustacés, de testacés, d'huîtres
délicieuses, qui se nourrissent l'hiver sur ses
rivages. Il rassasie dans le fond du nord la
voracité du grand chien de mer, de la baleine,
de l'ours blanc, des phoques monstrueux, et
d'une infinité d'oiseaux de proie, qui y déposent leurs nids, et qui font leur patrie de ce
vaste cimetière de la terre. Enfin, les flots
expirants y versent les derniers éléments de
tout ce qui a vécu, et en nourrissent les feux
dévorants de l'Hécla. Figurez-vous ce volcan
effroyable qui, par ses noirs torrents de fu-
mée, ressemble à une lampe sépulcrale,

placée au pied des régions polaires, plus élevées que les Alpes et les Cordilières entassées
les unes sur les autres: Représentez-vous les
immenses perspectives de leurs montagnes
escarpées et de leurs vallées profondes, toutes
couvertes de neiges et tendues de blanc,
comme si c'étaient de vastes linceuls. Enten-
dez-vous les gémissements des flots qui minent
leurs rivages, les murmures menaçants des
ours blancs et des animaux de proie? Ne di-
riez-vous pas que ce spectacle est une pompe
funèbre; que l'océan est mort, que voilà son
catafalque, dont la vue ne peut atteindre ni
l'élévation, ni l'étendue? Oui, c'en est un,
sans doute, que les flots du sud ont élevé à
l'océan du nord; mais le retour du soleil va
bientôt faire sortir de son tombeau même un
nouveau berceau, comme des hivers sortent
les printemps, et des générations passées les
générations futures. A peine l'astre de la vie
abandonne le pôle du sud, qu'il ranime celui
du nord; les mers rentrent en congélation sur
le premier, et se dissolvent sur le second;
les courants changent de direction : celui du
nord, attiré par l'évaporation des mers tor-

ridiennes, se dirige vers le sud ; les deux hémisphères changent de contre-poids ; la terre
a rompu son équilibre : elle incline peu-à-peu
son pôle nord vers le soleil, et en éloigne son
pôle sud.

C'est au 20 mars, à l'équinoxe du printemps, que commencent à partir de la zone
glaciale du septentrion, les îles flottantes
qui vont renouveler l'Océan. L'Anglais Ellis,
qui les a très-bien observées dans son voyage
à la baie d'Hudson, dit qu'on les aperçoit à
plus de 20 lieues de distance, au grand éclat
qu'elles jettent à l'horizon, et au froid ex-
trême qu'elles répandent dans l'atmosphère,
lorsque le vent vient de leur côté. Denis,
gouverneur du Canada, dit que les navires
qui vont au printemps à la pêche de la morue,
les rencontrent souvent en route. Elles forment
des chaînes de 150 lieues de longueur, descendant à la suite les unes des autres, hautes
comme les tours de Notre-Dame. Elles sont
si serrées, que les pêcheurs sont obligés de
les côtoyer plusieurs jours de suite à toutes
voiles, et d'attendre qu'elles soient passées
pour traverser l'Atlantique et se rendre

erre-Neuve. C'est leur passage qui occa-
ione les grands froids du Canada. Il en
choue souvent sur le banc de Terre-Neuve,
uoiqu'il ait depuis cinquante brasses jusqu'à
ent de profondeur. Elles s'avancent jusqu'au
ilieu de la zone tempérée. Leur froidure,
nsi que celle des courants qui les entraînent,
flue tellement sur l'atmosphère, qu'elle nous
onne souvent des printemps froids, sur-tout
s mois de mai, toujours accompagnés de
boulées. Enfin elles disparaissent aux ap-
oches de la zone torride boréale. Voici à ce
jet une observation curieuse de notre au-
ur, que j'ai vérifiée moi-même : c'est que
s îles flottantes de glace coulent à fond tout-
coup, entre le 30e et le 40e degré de latitude
ord. Il n'en reste aucun vestige à la surface
e la mer : soit que meurtries par l'action du
leil et des eaux déjà attiédies, où elles
ottent, elles se dissolvent entièrement ; soit
ie leurs bases surchargées de roches et de
aviers sur lesquels elles reposaient dans
urs zones glaciales, n'ayant plus assez de
lace pour les soutenir à flot, elles s'enfon-
ent tout entières dans la mer. On n'en ren-

contre pas un seul débris flottant, comme il devrait arriver dans ces parages. Mais on y trouve fréquemment de grands espaces qui changent la couleur naturelle de la mer, et de bleue la font paraître verte. Aussitôt on crie : *vigie !* et l'on se hâte de jeter la sonde comme sur un haut-fond; mais souvent en vain. Quelquefois cependant elle s'arrête, et on la retire sans aucun indice : alors il ne manque pas de marins qui croient qu'elle est tombée sur le dos d'un grand poisson ; quelquefois elle rapporte de la terre ou de la vase, mais étrangères à ces parages si fréquentés, dont les fonds sont connus. Cependant, on inscrit sur les journaux cette nouvelle vigie, et les géographes ne manquent pas de la marquer sur leurs cartes marines, pour l'instruction des navigateurs ; mais comme elle n'est qu'une glace coulée à fond, l'année suivante on ne la revoit plus. J'ai vu une carte marine d'Europe, remplie, entre les 30e et 40e degrés de ces prétendus hauts-fonds ; mais le géographe avait eu la conscience d'en marquer la plupart du signe de fausse vigie.

En supposant que ces premières glaces flotantes soient parties de la zone glaciale à l'équinoxe du printemps, et qu'elles achèvent de se dissoudre au 40e degré de latitude au solstice d'été, elles auront parcouru en trois mois 1000 lieues, c'est-à-dire de 10 à 12 lieues par jour; et qui est en général la vitesse du cours des rivières. Mais comme je l'ai dit, il faut bien distinguer ce mouvement particulier du mouvement général des mers, qui est incomparablement plus prompt. Elles agissent en masse : notre glaciale, plus élevée, repousse et remplace notre tempérée, qu'elle refroidit au printemps; notre tempérée traverse en partie les deux torridiennes, qu'elle rafraîchit ; ces torridiennes, la tempérée australe, qu'elles réchauffent; et la tempérée australe va se congeler sur le pôle sud, et fait presque le tour du globe par le canal de Mozambique. Ces mouvements, que nous n'apercevons guère plus que celui de la terre qui nous porte, s'opèrent chaque année par les divers niveaux des mers, qui, comme je l'ai dit, sont une suite de leurs évaporations, qui changent deux fois par an, aux deux équinoxes. Pour se former une idée de l'effet subit et rapide de ces masses fluides,

qu'on examine seulement la chute d'une marée dans l'embouchure d'un fleuve : d'abord
elle l'arrête, puis venant à s'élever au-dessus
de lui en forme d'une vague de huit à dix
pieds de hauteur, elle le force de remonter
contre son cours avec une telle vitesse, qu'il
n'y a point de cheval de poste qu'elle ne devance. Ainsi cette pression des mers qui se
déplacent depuis l'équinoxe du printemps
du nord au sud, se fait sentir aux Indes vers
la fin d'avril, y amène le courant général de
mers, et y détermine ce vent favorable aux
marins, qu'on y appelle Mousson. Le contraire arrive six mois après, par un mécanisme contraire, fondé sur les mêmes lois
dont le soleil est constamment le premier
moteur, et dont les glaces polaires sont tour-
à-tour les mobiles.

On pourrait suivre à la piste le courant qui
va du nord au sud, comme celui qui va du sud
au nord. Celui-ci est celui de nos automnes
et de nos hivers, et sous son ciel nébuleux
semble engraisser nos rivages de ses eaux
limoneuses; l'autre semble les embellir par
ses productions à-la-fois utiles et agréables.

» mérite d'être appelé le courant du prin-
umps et de l'été. D'abord il dégorge du fond
a ses écluses septentrionales des légions si-
ncieuses de harengs et de maquereaux, qui
rculent le long des côtes de l'Europe et de
alles de l'Amérique. Des quantités innom-
lables d'oiseaux de marine les pâturent jour et
ajt, et par leurs cris de joie les annoncent de
in aux flottes des diverses nations de l'Eu-
pe, qui viennent partager leur proie. Parmi
escadrons criards des goëlands, des lombs,
s mauves, des aigles marines, les pêcheurs
llandais, suédois, anglais, français, norwé-
ens, font briller le jaune, le rouge, le bleu de
urs pavillons, et remplissent leurs buses à
ge ventre de cette pêche inépuisable. L'été
ive; les oiseaux de marine de l'Inde vien-
int avec d'autres mœurs se joindre aux oi-
aux de marine du Nord. Le flamant, aux
es couleur de rose, élève son nid au sein
une lagune; le pélican mélancolique, perché
r une roche, la tête penchée vers la mer,
r le poids de son long bec et de son large
c, y guette le poisson qu'il destine à ses
itits; l'aigrette vive et légère, dont la tête

est couronnée d'un panache, si cher à no
femmes, y poursuit sur le sable humide le
crustacés dont elle fait sa proie. Vous dirie
alors que l'Océan célèbre une fête sur ses ri
vages ; les pieds des falaises de la Normandie
où il se creuse çà et là des grottes profondes pa
ses marées, se tapissent de festons de varech
et de fucus d'un vert sombre, où brillent le
nérites et les lépas. Les mers ont aussi leu
Flore, peu connue. Quand le soleil, dans l
constellation du lion, remplit les flots de s
chaleur féconde, une multitude de végétau
animés y apparaissent de toutes parts. Le
uns s'élèvent à leur surface sous la forme d
bonnets flamands, dont ils portent le nom
et étalent à l'air leurs couleurs purpurines e
azurées ; ils disparaissent ensuite entre deu
eaux ; ils montent et descendent successive
ment par un mouvement alternatif de respi
ration et d'expiration. Souvent les marées e
échouent des quantités considérables sur le
rivages. D'autres jouissent d'un sort plu
tranquille : fixés sur des rochers, ils s'y épa
nouissent sous la forme des plus brillante
anémones, nom que leur a donné justemen

ur savant observateur Dicquemare. Il en est
ui voguent à la surface des mers, qu'ils courent pendant plusieurs centaines de lieues ;
sous la forme d'une coque d'œuf pleine
air, ils sont surmontés d'une voile bordée
rouge et d'azur, qui tient son équilibre au
oyen de filets purpurins, qui sont d'une
ande causticité. Les uns les appellent orties
arines, à cause de leurs qualités piquantes ;
autres, qui n'ont égard qu'à leur apparence,
nomment des galères. En effet, leurs filets
urent des câbles ; leur forme ovoïde, une
rène ; et leur membrane, tendue de l'avant
l'arrière, une voile. De plus, quoique ces
ties voguent toujours au sud, emportées par
courant, elles orientent toutes leurs voiles
ivant le vent qui souffle : de sorte qu'on
rait d'une flotte qui navigue pour la même
stination. Qui pourrait nombrer la variété
finie des mollusques qu'entraîne le courant
néral du nord, qui se dirige en été vers le
d, moissonne en passant les champs sous-
arins de la Floride, et charrie aussi à la sur-
ce de la mer, dans l'espace de plus de 200
eues, cette herbe si connue des marins,

qu'ils appellent raisins du tropique ? Elle y e
en si grande quantité, qu'elle embarrasse que
quefois les vaisseaux dans leur route ; elle y e
si épaisse, que j'ai vu des petits oiseaux
terre se promener et se reposer sur ces pra
ries flottantes, qui voguent vers les mers
sud. Ces mers, si remplies de tant d'espèc
d'êtres, dont la plupart sont inconnues à n
naturalistes, deviennent tout-à-coup phosph
riques la nuit. Vous diriez que le vaissé
vogue sur un ciel parsemé d'étoiles, comm
la voie lactée, et traversé en tout sens de fe
d'artifice ; en été, ces feux s'étendent jusq
dans les mers du nord. Enfin, ce couran
formé d'eaux attiédies dans les deux zor
torrides, circulant dans la zone tempér
australe si froide, vient la réchauffer dans s
hiver, et rend aux terres de Magellan la f
condité, que leur refusent ses terribles été
Une autre partie de ce courant se détournan
l'orient par le canal de Mozambique, ouv
dans cette saison aux navigateurs de l'Euro
les mers de l'Aurore et la route des Ind
orientales.

C'est avec bien de la raison que notre a

teur appelle le pôle sud le pôle de l'hiver, et celui du nord le pôle de l'été. Les influences générales du premier sont les brouillards, les longues pluies, les grandes tempêtes; celles du second sont les beaux jours, l'abondance, la végétation. Nous avons déjà remarqué que l'été de l'hémisphère sud n'était guère qu'un long hiver; mais quand le pôle nord lui fait sentir son influence, son hiver devient un été. Je me rappelle une observation très-curieuse de Forster, laquelle confirme parfaitement cette théorie. Ce jeune et savant compagnon du capitaine Cook raconte, dans la relation de son voyage, qu'ayant débarqué sur la terre de Magellan, à la fin du mois de janvier, qui est le mois de juin de ce pays, l'équipage, composé de vingt-deux hommes, fut obligé de passer la nuit à terre. Sur le minuit, il s'éleva un vent de sud, si rempli de giboulées et si glacial, que deux hommes périrent de froid en deux heures de temps, malgré les feux allumés autour d'eux, et les secours qu'on s'efforça de leur donner. Comment se fait-il, disait Forster, qu'un climat, dont l'été est plus rigoureux que nos hivers, puisse

15*

d'un autre côté produire des arbres de la plu
belle végétation? Nous en trouvâmes de
quantités, de 60 à 70 pieds de haut, don
nous fîmes des vergues et des mâts. Commen
comprendre cette contradiction de la nature
Mais quand il eut lu avec attention la nou
velle théorie des mers, alors il conçut que le
vents et les glaces qui descendaient du pôl
sud dans son été, devaient refroidir les terre
Magellaniques; mais que le courant du pôl
nord qui les entourait dans leur hiver, deva
les réchauffer en sortant des zones torrides.
fut si frappé de ce coup de lumière, que s
trouvant à Paris, il vint exprès chez l'auteu
le remercier de cette découverte. C'était u
homme de lettres fort sensible et fort ma
heureux; il est mort de mélancolie, victim
à-la-fois des maux de la guerre, de la fortun
et de l'amour conjugal. Mais continuons,
déduire les résultats de ce même princip
c'est-à-dire, de l'action alternative du sol
sur les pôles du monde. Ce ne peut être so
attraction, et encore moins celle de la lune
qui cause les courants et les vents qui flue
six mois aux Indes d'orient en occident,

six mois d'occident en orient. Le soleil et la
lune vont constamment d'orient en occident.
Ce ne peut être l'action des vents appelés
moussons, auxquels les marins modernes attribuent ces révolutions; car pourquoi les
vents changeraient-ils de cours tous les six
mois? D'ailleurs, quoiqu'ils excitent souvent
les tempêtes, ils n'agissent qu'à la surface des
mers, où ils soulèvent les flots dans différentes
directions, et pendant des jours de peu de
durée. Ils sont trop inconstants et trop faibles pour mouvoir en masse des mers profondes, et les faire couler six mois à l'orient,
et six mois à l'occident. L'auteur, loin donc
de convenir que les moussons de l'Inde mettent ces mers en mouvement, dans un espace
qui s'étend en spirale jusqu'autour du globe,
croit au contraire que ce sont ces mers, en
descendant six mois d'un pôle et six mois du
pôle opposé, qui produisent les vents ou
moussons qui les accompagnent, et qui sont
réguliers comme leurs courants.

Rappelez-vous que l'atmosphère qui couvre
l'Océan, y repose sur une base mobile. Si cette
base prend son cours vers une direction, elle

y entraîne nécessairement le fluide qu'e
supporte. C'est par cette raison, que le lo
des côtes de l'Afrique, et sur les rivages
la plupart des terres torridiennes, il règr
constamment une grosse lame qui vient 's
briser : l'évaporation de l'eau y étant pl
forte qu'ailleurs, la pente y est plus rapid
Mais il s'ensuit encore un autre effet aus
général : c'est que quand cette évaporatie
occasionée par le soleil, commence à dev
nir forte, ce qui arrive sur les huit heures
matin, le vent qui souffle au large se détou
ne, et vient souffler sur la côte ; elle y pr
duit ce qu'on appelle brise-du-large ; cet
brise s'y fait sentir constamment jusqu'
coucher du soleil : on l'éprouve sur les riv
ges de beaucoup d'îles, au grand soulageme
de leurs habitants.

Un autre effet de ces mêmes lames qui
précipitent sur les côtes en roulant des ca
loux, est de les réduire en poudre, ainsi q
tous les corps flottants, qu'elles poussent tô
jours à terre. Comme cette opération a lie
jour et nuit, dans un développement de pl
sieurs milliers de lieues de rivages, elle y pr

uit une multitude infinie de sables, que les courants charrient de toutes parts, et dont la nature fait sans cesse de nouveaux ouvrages au sein des mers. C'est ce mécanisme, auquel on ne fait aucune attention, qui autrefois a rempli nos carrières de sables, et qui alimente los volcans des soufres et des bitumes qui nagent dans l'océan. Il ne faut pas douter que le soleil n'ait plus d'activité le long des rivages de la mer que par-tout ailleurs, et que par conséquent l'évaporation des eaux, la chute des lames qui s'y précipitent, n'y aient plus de force. On pourrait démontrer ces effets géométriquement; mais il suffit de l'expérience de ceux qui essuient fréquemment des coups de soleil le long des rivages. Ces effets sont également sensibles le long des bords de la plupart des rivières; et c'est à ces mêmes causes que nous devons attribuer les vents qui suivent leur cours, comme aux courants réguliers de l'Océan, les moussons de l'Inde.

J'ai oublié de vous parler d'une nouvelle preuve de l'existence de ces courants alternatifs. Elle est d'autant plus frappante, qu'elle est visible. Prenez un globe terrestre, et con-

sidérez le bassin qui renferme l'Atlantique
depuis le pôle nord jusqu'au pôle sud. Vous
y verrez son canal tracé comme celui d'un
fleuve, avec des angles saillants et rentrants
opposés les uns aux autres, depuis les baies
d'Hudson et de Baffin, où sont ses premières
sources, jusqu'au cap de Bonne-Espérance
et au cap Horn, où se trouve sa vaste embouchure. Toutes les îles qui se trouvent
dans cet espace, sont pointues par les deux
bouts, comme celles des fleuves, qui ont été
taillées par des courants; et elles gisent dans
des directions qui leur sont parallèles. Les
fluviatiles ne sont souvent pointues que par
leur extrémité supérieure; mais les maritimes le sont presque toujours par leurs deux
extrémités à-la-fois, parce qu'elles ont
éprouvé l'action d'un double fleuve, dont les
sources descendent de deux pôles opposés.
On peut voir sur ce même globe l'action des
courants du pôle sud, qui a taillé dans la mer
des Indes les continents eux-mêmes en longs
caps, dirigés la plupart vers lui. Non-seulement l'océan marin a formé le globe dans son
sein, découpé ses hautes montagnes, et

usé ses profondes vallées; mais il a dé-
pé jusqu'à ses continents et ses îles. L'o-
an aérien, engendré et entretenu par ses
denses évaporations, a, par la chute de
pluies, arrondi les collines latérales, et
usé le lit des fleuves qui devaient mourir
renaître au sein des mers.

On explique par cette théorie tous les phé-
mènes que le système astronomique ne
t expliquer. Par exemple, pourquoi y
il deux marées par jour dans l'océan Attique? c'est qu'il y a deux déversoirs des
ux polaires, celui de l'ancien monde et
ui du nouveau, pour les marées du pôle
rd; et deux autres, le cap de Bonne-Es-
ance et le cap Horn, pour les marées du
e sud. D'où viennent les retards de la
part de ces marées? de ce que les cou-
es de glace d'où elles s'écoulent, s'éloi-
ent de plus en plus. Pourquoi n'y a-t-il
une marée de douze heures en vingt-
tre heures, dans l'hémisphère sud? parce
sa coupole de glace ne déverse point ses
ntes par des détroits, mais par gerbes régu-
res comme le cours du soleil; de sorte que

ehaque port ou île qui reçoit la marée, dan
cet hémisphère, en est arrosé pendant u
demi-jour ; tandis que dans l'hémispher
nord, les marées qui viennent de son pôle
s'échappent en deux temps, d'un quart'd
jour chacun : mais au bout du compte d
durée de ces marées est toujours la même
c'est-à-dire, d'un demi-jour; ce qui prou
qu'elles sont dues à l'action journalière du s
leil sur chaque hémisphère. Quand la lun
aurait pu étendre sa faible attraction de 5 mil
lieues sur notre océan, qui en est à plu
de 80 mille, pourquoi l'effet en serait-il born
à six heures sur notre Atlantique, qu'el
éclaire souvent toute une nuit ? et commen
lorsqu'elle est à notre nadir, sur la mer d
Sud, agit-elle sur notre Atlantique ?

L'Euripe est un petit bras de mer, situ
entre Négrepont et le continent de la Grèc
Sept ou huit fois par jour, on voit ses eau
bouillonner et courir de côté et d'autre av
beaucoup de rapidité. Spon et Wallis, de
savants que l'amitié avait unis, malgré la re
semblance de leurs études et la différence d
leurs nations, voyageaient ensemble da

l'Archipel. Spon était Français, et Wallis Anglais. Ils eurent la curiosité d'aller examiner les marées de l'Euripe, phénomène très-ancien, et toujours inexplicable. Spon fut témoin de ses effets, et s'en alla dans l'admiration ; mais Wallis voulut rester pour connaître la cause de mouvements si inattendus et si irréguliers. Son ami fut l'attendre dans un village voisin. Pour lui, il traversa l'Euripe dans une barque, et vit de l'autre côté, avec un grand étonnement, une espèce de digue, d'une demi-lieue de longueur et d'une demi-lieue de largeur, d'un seul rocher, percé çà et là de sept ou huit grandes cavernes, d'où sortaient tour-à-tour des torrents d'eau d'un volume considérable, qui agitaient une partie du détroit. Il fut d'abord tenté de croire que c'était un ouvrage des hommes ; mais à la vue de ce rocher d'un seul bloc, et de ces cavernes d'une demi-lieue de profondeur, il jugea qu'il ne pouvait être que l'ouvrage de la nature. Il revint donc trouver Spon, qui en a fait le récit dans la relation de son voyage. Notre auteur ayant lu la description de ce phénomène de l'Euripe, réputé

16

insoluble, lui appliqua la théorie du mouvement des mers par la fonte des glaces; et tout
de suite il le résolut avec la plus grande facilité. Il examina une carte de l'Archipel, du
savant géographe d'Anville, et il y trouve
que le môle qui borde l'Euripe, le séparait
des marais de la Thessalie, qui ont plus
de 80 lieues d'étendue; que ces marais étaient
plus ou moins inondés par la fonte des glaces
des hautes montagnes du grand Olympe, au
pied duquel ils sont situés; que leurs sommets couverts de neige en tout temps, se
fondaient en partie suivant les divers aspects
du soleil; enfin, que ces flux intermittents se
reproduisaient à l'embouchure des cavernes
qui les dégorgeaient dans l'Euripe. Cette explication lui parut, sans contredit, plus simple et plus vraisemblable que celle qu'en
donne, par l'action de la lune, un jésuite
cité par Spon, qui avoue franchement qu'il
n'y comprend rien. Quant au rocher percé
de sept ou huit ouvertures énormes, c'est
sans doute l'effet des eaux courantes, qui s'y
sont creusé un canal à l'époque où le rocher
était encore dans un état de mollesse. On en

ait de fréquents exemples dans les monta-
nes de la Suisse, où des rivières même s'en-
gouffrent dans la terre, et vont ressortir à
ne grande distance de là, à travers des
ochers.

Pour notre auteur, il ne doute pas de l'exis-
ence des courants maritimes, produits par
a fonte des glaces polaires. Il en a eu des
reuves particulières, qu'il a fait insérer dans
ifférents journaux. Il n'a pas en cela con-
ité sa tranquillité, persuadé, comme il
était, qu'il attaquait de vieilles opinions en-
acinées dans des corps fort intolérants ; mais
a eu égard à l'utilité qui pouvait résulter
u succès de ses expériences pour de mal-
eureux naufragés. Il a conseillé de mettre
es lettres dans des bouteilles, et de les aban-
onner aux courants de la mer dans des sai-
ons convenables. A peine avait-il publié ce
onseil, qu'un Anglais sortant de la baie de
Cadix pour aller aux Indes, voulant donner
sa sœur une dernière marque de son sou-
enir, confia aux flots une bouteille, qui,
près plusieurs mois, fut déposée sur les côtes
e Normandie, où des pêcheurs la remirent

entre les mains du juge de l'amirauté d'A
romanches, qui la fit parvenir à son adress
Plusieurs autres lettres sont parvenues pa
ce même moyen, à la Guadeloupe, et jusqu'
l'Ile-de-France, où elles ont été déposée
dans les archives : sans doute, un plus gran
nombre se seront perdues, les fragiles véhi-
cules qui les renfermaient, ayant été se brise
contre des rochers, ou échouer sur des rive
sauvages. Le ministre de la marine de Franc
de ce temps-là, prit cette expérience en co
sidération. Il voulut faire fabriquer des projectiles plus solides que des bouteilles, e
donna ordre à tous les capitaines de navir
d'en faire des essais dans leurs voyages; mai
les corps, dont les systèmes étaient dérangé
par ces expériences, les tournèrent en ridicule, et ils firent si bien, que les ordres d
ministre furent inutiles. Cependant, s'i
avaient aimé les hommes, ils auraient dû
rappeler que deux roseaux, d'une espèce in
connue, jetés par les courants sur les rivag
des Açores, découvrirent à Christophe Co
lomb un nouveau monde. L'auteur pouva
joindre à l'autorité des faits, celle de plusieu

hommes célèbres qui ont approuvé sa théorie des mers; mais les noms les plus illustres ont donné tant de crédit aux erreurs les plus absurdes, qu'il n'a pas voulu faire usage de ce moyen. Cependant plusieurs de ces témoignages lui auraient fait honneur. Tel est celui de Buffon, ce grand naturaliste, qui avait publié que le pôle nord était navigable dans son été, et qu'on y pouvait trouver un passage pour aller à la Chine. Ayant lu une partie de ce que vous venez d'entendre, il répondit à ses amis qui lui en demandaient son sentiment : *L'auteur pourrait bien avoir raison.*

Le doute d'un homme de génie vaut mieux que l'affirmation d'un corps d'ignorants, qui ne croient que sur la foi d'autrui ; mais quand le doute contredit une opinion qu'il a lui-même publiée, alors il devient une véritable autorité. Je pourrais joindre au témoignage de Buffon, celui du lieutenant Johnston, le compagnon du capitaine Vancouver, qui a reconnu une nouvelle mer glaciale méditerranée, au nord-est de la Californie ; celui du comte de Bentinck, qui a soutenu à Londres,

16*

par ses écrits, les vérités que vous venez d'entendre; et ceux de quantité d'autres marins célèbres, Anglais, Hollandais et Français: mais le temps nous presse; hâtons-nous de jeter un coup-d'œil général sur l'utilité que les hommes peuvent tirer de ces observations au physique et au moral.

Les fontes des glaces polaires périodiques et les courants qui en dérivent, circulent autour du globe, et renouvellent par-tout l'océan. Sans ce mouvement général, il se putréfierait, malgré les vents qui agitent sa surface. Il y a apparence que les pestes qui ont désolé le genre humain, comme la peste d'Athènes, celle d'Orient, la peste noire et tant d'autres, étaient sorties de quelques golfes ou marais obstrués par les travaux imprudents des hommes. C'est sûrement de la même source que sortent encore les pestes de l'Égypte, la fièvre jaune de New-York, l'atmosphère des îles Antilles, qui rouille l'acier à 200 lieues de distance, l'air putride de la Hollande, etc. Souvent il suffit d'une digue favorable à un port, pour arrêter le battement salutaire des flots le long d'un grand rivage, et y favoriser la stagnation toujours funeste des eaux. Celles qui circulent sont toujours pures, quelques métamorphoses qu'elles éprouvent.

Le mouvement, sur-tout celui de l'évaporation du soleil, les dégage de tout corps étranger, même de l'infusion du sel et du bitume, pour les rendre à leur principe. Ces immenses glaciers polaires, qui se forment des vapeurs des mers salées, ne renferment que des eaux d'une douceur parfaite. L'océan est l'ame de la terre par l'action du soleil, comme une goutte d'eau est, par la même influence, l'ame d'un végétal, d'un fruit, d'un aromate : elle se combine avec eux ; mais sa destinée est toujours de naître et de mourir goutte d'eau : elle revient toujours, comme l'Océan lui-même, à sa pureté primitive, par la sagesse des lois de la nature. Peut-être, les atomes innombrables dont les mers sont imprégnées, dans les zones torrides et dans nos étés, ont des périodes semblables ; peut-être ce sont les premiers germes de tout ce qui aura une vie ; mais sans nous engager et nous perdre dans la science des éléments de la

nature, qui n'appartient qu'à la raison divine, bornons-nous à leurs résultats, qu'el
a disposés pour nos besoins, et auxquels el
a permis à la raison humaine d'atteindre.

Il n'est pas douteux que les hommes
puissent tirer les plus grands avantages de
connaissance des courants réguliers de
mer; les marins sur-tout y puiseraient
nouvelles lumières. Cette partie si essentiel
n'offre, dans leurs journaux, que de la co
fusion. Quelques-uns, et des plus habiles,
s'arrêtent qu'aux parages et aux latitudes t
ils observent ces courants, sans distingu
aucunement les saisons, quoique cependa
ils changent avec elles, et qu'ils ne soie
pas les mêmes l'hiver et l'été. D'autres n'en
ploient que des moyens insuffisants po
connaître leur vitesse et leur direction.
plupart veulent les rapporter au cours de
lune, qui n'a souvent aucun rapport a
eux. Quelle utilité résulterait pour toutes
nations maritimes, d'une carte océanique
les courants seraient marqués avec leurs va
riations dans chaque saison! On dit que
lieutenant Johnston a déjà commencé

nd ouvrage : puisse-t-il bientôt l'achever !
Europe verrait aborder, presque sans frais,
ses rivages, avec les courants et les glaces
l'Atlantique, les forêts qui périssent de
illesse au nord de l'Amérique et dans les
ontagnes de la Norwège. Les Sauvages
us ont déjà donné l'exemple de ces trans-
rts maritimes. Ceux de Labrador choisis-
t l'embouchure d'un fleuve ; ils y coupent
arbres qui ont coutume d'y croître, et les
semblent en trains solides, à l'aide de leurs
anches et de leurs écorces ; ils profitent
suite d'une grande marée pour les mettre
lot, puis ils les abandonnent au courant
la mer, en les remorquant avec leurs pi-
gues ; enfin, ils les débarquent, à trente
quarante lieues de là, où ce bois leur est
cessaire. Je crois que c'est l'infortuné Ker-
elen, habile officier de la marine fran-
se, obligé, par la haine de son corps,
ller chercher du service en Hollande, qui
pporte ce fait comme témoin oculaire, dans
relation imprimée de son voyage au Nord.
uelles richesses nous recueillerions si, à
xemple de ces Sauvages, nous profitions

des bienfaits d'une nature prodigue! No
verrions des flottes immenses de bois, mou
ler chaque printemps à l'embouchure de n
fleuves, remonter leur cours, et remplir l
chantiers de nos capitales. J'ai vu, moi-mêm
sur le Rhin, descendre un train de bois
chêne, d'une grandeur prodigieuse. Il ven:
des montagnes les plus reculées et les pl
hautes de l'Allemagne, et il était desti
pour Amsterdam. Il y avait environ quat
cents personnes qui le manœuvraient av
des chaloupes. On me dit que ce train re
fermait de quoi construire deux cents va
seaux. Il fut environ six mois en route. Il
arrive un semblable tous les ans. Je suis ce
tain que la descente des bois du Nord par
courant de la mer, au printemps, serait pl
prompte, plus facile, et exigerait moins
monde que par le courant d'un fleuve rem
de détours, de bancs de sable, et qui ma
que souvent d'eau, sur-tout en été.

Voilà à-peu-près ce que j'avais à vous di
sur l'océan. Quoique la mer Atlantique n'
fasse qu'une partie, c'est celle qui intéresse
plus le genre humain. Elle est par rapport

...e du globe, ce qu'était autrefois la Médi-
...ranée, qui en est une dépendance. Celle-
...renfermait les Pélasges, les Phéniciens,
...Égyptiens, les Carthaginois, les Grecs,
...Romains. Joignez-y de nos jours, les
...ples qui leur ont succédé : les Génois,
...Vénitiens, les Turcs, les républiques bar-
...esques, les chevaliers de Malte; ajoutez-y
...me ceux qui naviguent sur la mer Balti-
..., qui est une autre petite méditerranée,
...ie comme la première du sein de l'Atlan-
...e; tels sont les Danois, les Suédois, les
...ses, et les villes anséatiques. Toutes ces
...ions ont eu sans doute de bons marins,
...nt un commerce assez étendu. Mais quelle
...érence de celles qui habitent, en Europe,
...bords de l'Atlantique, comme les Anglais,
...Français, les Hollandais, les Espagnols,
...Portugais! Leur commerce s'étend par
...te la terre, et leur marine est formidable.
...se sont emparés des meilleures portions
...globe. Les puissances maritimes sont
...me les poissons; elles ne deviennent
...ndes que dans les grandes mers.
...l'auteur a donc démontré la rotation jour-

nalière du globe sur son axe, par la simpl
action du soleil, qui rend successivement
moitié de sa circonférence plus légère le jo
par sa présence, et l'autre moitié plus p
sante la nuit par son absence : il s'ensuit q
sa révolution entière est d'occident en orie
C'est de la même loi que dérive le balanc
ment alternatif de ses pôles, de 23 deg
et demi vers le soleil, six mois du sud
nord, et six autres mois du nord au su
balancement qui nous donne les saisons,
moyen de deux énormes coupoles, qui fc
dent en partie tour-à-tour aux deux ext
mités de son axe, et lui servent de cont
poids. C'est encore par cette même loi
l'évaporation des eaux, plus grande sur
rivages de l'Océan que par-tout ailleurs, q
a déduit l'action perpétuelle du battement
flots, même dans les plus grands calmes
des brises de mer pendant le jour ; comm
mathématicien la Hire avait entrevu l'act
du soleil, par sa simple chaleur. Il a
placé le matin, sur le dôme des Invalid
un instrument d'astronomie ; mais le soir il
le trouva plus dans la même direction

pétera plusieurs fois la même expérience ; enfin, il s'aperçut que ce n'était pas l'instrument qui avait remué, mais le dôme entier, qui, réchauffé d'un côté par le soleil, et rafraîchi de l'autre par son ombre, faisait sur lui-même une espèce de révolution. Notre auteur, enhardi par sa théorie, en a étendu les principes jusqu'au mouvement des planètes. Si Mars, dit-il, paraît souvent d'une forme irrégulière, c'est qu'une partie de son océan est tantôt en congélation, et tantôt en évaporation. Ainsi, une portion de son disque est brillante, et l'autre obscure. Si Jupiter paraît aplati sur ses pôles, ce n'est pas qu'il ait éprouvé les effets d'une force centripète, qui n'aurait pas plus agi là que sur son équateur, et qui d'ailleurs ne s'observe nulle part, pas même dans le soleil ; mais c'est que ses pôles, n'ayant pas de mers, ne sont pas resplendissants, et par conséquent, ils nous sont invisibles à une si grande distance. Il se rappelle, à cette occasion, une erreur des astronomes, qui supposent que les terres que l'on aperçoit en mer sont lumineuses, tandis que les mers qui les environnent sont

17

obscures ; parce que, disent-ils, l'eau absorb
la lumière, et que la terre la réfléchit. C'es
précisément tout le contraire; on peut s'er
convaincre par l'expérience. L'eau, soit fluide
soit glacée, est le véhicule de la lumière ; u
seau plein d'eau, mis au soleil, en réfléch
les rayons. Regardez un paysage traversé pa
une rivière : les terres et les forêts qui son
au loin, paraissent obscures; et la rivièr
qui y coule, brille, au milieu, comme u
ruban d'argent et d'azur. Quant à Saturne
les cinq bandes dont son disque est bordé
changent du blanc à l'obscur, et de l'obscu
au blanc. Cette variation arrive toujou
toutes les demi-années du cours annuel d
cette planète. Elle ne peut s'expliquer qu'è
supposant qu'elle a des mers et des terre
divisées par anneaux, d'orient en occiden
Dans son hiver, ses cinq mers sont couverte
des brumes obscures de la congélation, (
ses terres des neiges qui en proviennen
Dans son été, c'est le contraire : les mer
fluides reprennent l'éclat qui leur est propr
et les terres leur obscurité naturelle . Enfir
il pense que les comètes sont des astres nai

ants et imparfaits, qui ne sont point encore
u centre de leurs principaux éléments. Il
egarde leur nébulosité, leurs rayons et leurs
ongues queues, comme des mers en évapo-
ation, confondues avec leur atmosphère,
u'elles traînent après elles. Il n'est point de
'avis de quelques astronomes, qui considè-
ent les comètes comme des pelotons de fil
ui vont toujours se déroulant dans les cieux,
isqu'à ce qu'elles soient réduites à rien. Car,
omment pourraient-elles apparaître des trois
iois de suite, parcourant plus de cinq cent
iille lieues par jour, sans qu'aucune partie
e leur longue queue s'en détache, malgré
espace que cette queue occupe, et la vitesse
ont elle court? Il croit encore moins,
omme Newton, que ces astres vont quel-
uefois se brûler dans le soleil. La preuve
iu'il en donne, c'est que le soleil même n'é-
hauffe pas sans la médiation de l'air, comme
ious le voyons sur les sommets de nos hautes
iontagnes. Si donc un corps comme la terre
renait à s'en approcher de trop près, son at-
nosphère d'abord en serait dilatée, son océan
prouverait ensuite le même effet, et tous

deux confondus, ils s'en éloigneraient dans
sens contraire au soleil, en forme de quer
Peut-être même cette queue serait-elle doub
ou triple par l'évaporation particulière
quelques mers méditerranées, comme ce
des comètes qu'on appelle flamboyante
mais le côté du disque qui recevrait les rayor
dépouillé de son atmosphère, ne pourr
plus s'embraser; alors on apercevrait une a
réole, formée par la lumière du soleil, a
tour de la planète, et à la naissance de
queue même.

C'est sous cet aspect que plusieurs comèt
ont apparu dans diverses parties du ci
Mais de dire comment cette queue si longu
continue de leur être adhérente, malgré
vitesse de leur course, c'est ce qui est con
de la raison divine, à laquelle ne peut a
teindre la raison humaine. Il lui suffit
connaître que l'air et l'eau entrent comm
éléments principaux dans leur construction
leurs mouvements, ainsi que sur le glo
que nous habitons. Au reste, il pense que
soleil est le régulateur de tous ces mouv
ments; qu'il y a une multitude d'astres na

tants, jeunes et vieux, grands et petits, qui tournent autour de lui, auxquels il donne la vie, et que nous ne voyons pas. Il pense encore que cet astre étend son attraction et sa lumière à des milliards de lieues : et ce ne serait que pour 7 à 8 planètes qui se meuvent d'un cours régulier, dans le plan de son équateur ! Réunies toutes ensemble, elles ne peuvent entrer en comparaison avec lui, ni par leur poids ni par leur grandeur : le réverbère est donc plus grand que la maison. A quoi sert au soleil une circonférence d'un million de lieues, une forme parfaitement sphérique, des régions polaires aussi éclatantes que le reste de son disque, et que la force centripète n'a point aplaties, quoique les astronomes supposent qu'il en est la source, et qu'il est composé d'une matière en fusion ? Un simple anneau lumineux suffirait pour échauffer des planètes qui ne sortent point de l'écliptique, et dont les plus éloignées sont entourées de satellites et d'anneaux qui réverbèrent sur elles ses rayons. Pourquoi n'a-t-il pas un plus grand nombre de planètes autour de lui ? et pourquoi ses pôles

n'en animent-ils aucune ? Dieu ne fait rien
en vain sur la terre; pourquoi n'en serait-il
pas de même dans les cieux ? Ah! sans doute
les comètes vagabondes sont des astres nais-
sants, que les pôles du soleil façonnent jusqu'à ce que, revêtues de leurs éléments naturels, elles circulent autour d'eux, dans des
orbites régulières. Les siècles futurs verront
les cieux briller de nouveaux astres, plus
chers aux hommes, par leurs noms, que ceux
de Mercure et de Mars. L'œuvre de la création n'est pas encore achevée; cette terre
même n'est pas parfaite. L'océan, qui en
couvre les deux tiers, est beaucoup trop
étendu pour ses besoins actuels; il a été un
temps où il l'était bien davantage. Dans l'origine des choses, il surpassait les plus hautes
montagnes. Il a pétri les granits qui les cou-
ronnent, et amalgamé, sans les altérer, les
grains de diverses espèces dont ces granits
sont formés. Il a creusé les profondes vallées, et nivelé les vastes plaines; il les a flan-
quées de montagnes calcaires; il a déposé,
par couches horizontales, dans les entrailles
de la terre, les coquillages, les plâtres, les

marbres, les minéraux, les sels, les mica, les ardoises, les métaux : on dirait qu'ils ont été versés dans un état de fluidité. Il a transporté des blocs énormes de roches à plus de 300 lieues de leur carrière, sans doute par les glaces flottantes : tel est ce bloc de marbre, que le savant et modeste minéralogiste Patrin a vu au milieu des plaines de la Sibérie ; tel est encore celui de granit qui sert aujourd'hui, à Pétersbourg, de base à la statue de Pierre-le-Grand, et qu'on a trouvé isolé dans la Finlande, qui d'ailleurs en est remplie.

L'océan préparait ce globe, dès son origine, pour les besoins futurs du genre humain ; ses eaux ont diminué depuis ce temps, d'année en année. Aujourd'hui même, des observateurs prétendent que la mer Baltique baisse de 40 pouces tous les cent ans. Ce qu'il y a de certain, c'est que l'ancienne Scandinavie, qui formait une grande île du temps des Romains, par les détroits de laquelle les navigateurs de la Baltique communiquaient avec la mer Glaciale, est entièrement réunie au continent qui l'envi-

ronne. Il en est de même des fleuves : ceux
qu'Homère a cités, ne sont plus aujourd'hui
que de faibles ruisseaux. Le Nil, qui ava
sept embouchures, n'en a plus que trois, e
ses débordements ne suffisent plus pour fé-
conder les terres qu'il parcourt. Pour moi,
je n'ai point vu de mers ni de rivières qui n
soient maintenant à de grandes distances d
leurs anciens rivages : on cite, à la vérité
quelques terrains envahis par la mer; mai
ce ne sont que des débordements occasionn
par des tremblements de terre particulier.
Ils sont en très-petit nombre, et ne peuve
entrer en comparaison avec la diminutio
universelle de l'océan, qui paraît une l
générale. Un jour viendra, où une multitud
de rochers et de hauts-fonds, qui sont à présent, à la surface des eaux, l'effroi des m
rins, deviendront l'asile des bergers; un jou
la nature joindra à la France l'Angleterre
ses îles. Il en sera de même des développe-
ments du genre humain, que de ceux d
globe; car le genre humain marche au
vers sa perfection.

En vain les poëtes supposent que l'âge d'

gnait dans les premiers temps du monde ;
uvait-il naître sur une terre où les éléments
aient encore confondus ? Lisez l'histoire ;
yez combien malheureux devaient être des
mmes sans expérience, manquant de tout,
ignorant les arts de première nécessité. Liés, par leurs besoins, à toutes sortes de
ces et de défauts, que la plupart de leurs
scendants ne connaissent plus aujourd'hui ;
ntôt despotes, tantôt esclaves, ils étaient
urbes, voleurs, féroces, anthropophages,
olâtres ; les opinions les plus absurdes et les
us terribles de la Divinité, les gouvernaient
les maintenaient dans des guerres perpé-
elles au profit de quelques tyrans. Tel est
brégé de l'histoire de tous les Sauvages.
n en retrouve des traces profondes dans les
mps que nous appelons héroïques et sacrés,
même dans notre histoire. Peu-à-peu les
tions se sont perfectionnées par leurs pro-
es malheurs : leur raison, ce rayon divin,
st accrue de celle de leurs voisins. Le ciel
leur a donnée en commun ; les siècles
sont épurés. L'œuf qui contient le genre
main est près d'éclore ; le phénix qu'il

renferme apparaît avec toutes ses propor
tions.

Ne regrettons donc point l'antiquité ; ell
n'est que l'enfance imbécille et barbare d
monde : nos aïeux ont traversé l'âge de fe
l'âge d'or est devant nous. Mais qui sait
cette vie mortelle n'est pas pour chacun d
nous en particulier un apprentissage d'une v
divine qui doit la suivre ? Qui sait si nous i
passons pas de monde en monde, en passa
de mort en mort ? Peut-être notre destinée e
liée avec toutes les zones célestes du systèn
solaire, comme elle l'est ici-bas avec cell
qui composent notre terre ; peut-être, ava
d'y arriver, avons-nous vécu dans les crépu
cules et les aurores d'Herschell et de Saturn
D'autres siècles et de nouveaux rayons de l
mière nous ont transportés dans les demi-jou
de Jupiter et de Mars, couleur de sang. De
nous sommes venus, pleins d'ignorance
d'humeur guerrière, sur cette terre, o
combattent notre raison et nos passions. D'i
nous passerons dans la brillante Vénus et da
Mercure, voisins du soleil, où se perfectio
neront nos idées et nos vertus. Enfin, apr

...oir parcouru tous les étages de l'existence ...maine, nous arriverons purifiés dans l'astre ...où jaillissent sans cesse le mouvement, les ...mes, les amours et les générations. Com- ...en de lois inconnues y sont renfermées ! ...attraction mécanique, la seule loi que les ...ronomes supposent, peut-elle les avoir va- ...es en tant de genres et en tant d'espèces, ...avec une si profonde intelligence ? Aux ...mes degrés de latitude, dans l'hémisphère ...d et dans l'hémisphère sud, dans l'ancien ...onde et dans le nouveau, ce ne sont plus les ...mes animaux ni les mêmes herbes. Quelle ...iété donc d'une planète à l'autre, dans ...rs productions ! Qui sait même si ces glo- ...s matériels, visibles et invisibles, ne sont ...s créés à l'image du soleil, comme on dit ...e les hommes le sont à l'image de Dieu ? ...i sait si leurs productions les plus belles ne ...nt pas aussi des images faibles et passagères ...s réalités ineffables et éternelles que cet astre ...nferme dans son sein ? Je crois cette idée de ...aton ; ce qu'il y a de certain, c'est que tout ...qu'il y a de plus utile, de plus beau, de ...us fort, de plus précieux sur la terre, en

aliments, en arbres, en animaux et en m
taux, ne se trouve que dans la double zo
que le soleil enrichit toute l'année par l'i
fluence de ses rayons. Ceci posé, à la mo
cette terre ténébreuse reçoit nos corps da
son sein, et s'enrichit de leurs cendres ; no
lui rendons ce que nous en avons emprunt
pourquoi le soleil ne donnerait-il pas aussi
dernier asile à nos ames, qui sont de mê
nature que sa lumière? Elles en ont emprur
ce qu'elles avaient de meilleur, le sentim
de la gloire, de l'amour, de la bienfaisan
et celui de l'existence d'un Dieu. N'est-il
déjà la récompense de nos vertus, qui ne s
que les attraits des ames bienfaisantes et n
heureuses, vers l'être invisible qui les a crée
Ah ! sans doute, il n'a posé le soleil, si éc
tant de lumière, au milieu des mondes,
comme un prix pour les vainqueurs au mil
des jeux de la vie.

Ainsi parla le pilote; j'étais si ému de
discours, que, me levant avec effort, je l'e
brassai de mes faibles bras : Vous m'avez
dis-je, rendu nouvelle une vie qui s'en
loin de moi, et vous me faites aimer la m

s'en approche. Vous venez de soulever
sur mes yeux affaiblis un des voiles de la na-
re; si nous étions au temps des Platon et
de Pythagore, je vous dirais que vous mé-
tez que les Néréides vous couronnent de
corail et de perles orientales. A présent je ne
puis vous offrir que des vœux stériles pour le
progrès de vos lumières, si consolantes pour
le genre humain. Je vous le répète, me répli-
qua-t-il avec un peu de vivacité, cette théorie
des mers ne m'appartient pas; mais je suis
pénétré de sa vérité : cependant, loin de dé-
ser quelque marque de distinction pour son
auteur, je ne lui souhaite que l'obscurité la
plus profonde. Nous vivons dans un temps et
avec des hommes parmi lesquels nous devons
craindre la destinée des Platon et des Pythagore. Vous savez que l'un fut vendu pour
l'esclavage par son ami Denys, et l'autre mas-
cré par les Calydoniens, pour avoir appris
de nouvelles vérités aux hommes; Socrate fut
aussi leur victime pour les avoir éclairés. Les
temps n'ont point changé : vous savez ce qui
arriva à Galilée, et à tant d'autres bienfaiteurs
du genre humain. Dans les pays où les erreurs

sont honorées comme des vérités, les vérité[s]
sont persécutées comme des erreurs. Il fau[t]
garder le silence sur tout ce que vous ven[ez]
d'entendre ; pour moi, je n'en parle jama[is]
qu'à ceux dans lesquels je trouve encore de[s]
sentiments d'homme.

Mais la lune va se coucher, le ciel continu[e]
de se couvrir, nous ne tarderons pas à avo[ir]
une tempête ; il est tard, je vais prendre un pe[u]
de repos ; imitez-moi. Alors il m'aida à rega[g-]
gner l'abri de ma chaloupe, et il prit cong[é]
de moi en m'embrassant.

MÉMOIRE

SUR

LES MARÉES.

MÉMOIRE

SUR

LES MARÉES.

———

J'EXPLIQUE la direction de nos marées en été, vers le nord, par les contre-courants du courant général de l'océan Atlantique, qui, dans cette saison, descend de notre pôle, dont les glaces se fondent en partie par l'action du soleil qui l'échauffe pendant six mois. Je suppose que ce courant général, qui court alors au sud, se trouvant resserré par le cap Saint-Augustin en Amérique, et par l'entrée du golfe de Guinée en Afrique, produit de chaque côté des contre-courants, qui nous donnent les marées qui remontent au nord le long de nos côtes. Ces contre-courants existent en effet dans ces mêmes lieux, et sont toujours produits aux deux côtés d'un détroit par où

18*

passe un courant. Mais je n'ai pas besoin de supposer les réactions du cap Saint-Augusti et de l'entrée du golfe de Guinée, pour fair remonter nos marées jusque bien avant dar le nord. La simple action du courant généra de l'Atlantique, qui descend du pôle nord court au sud, en déplaçant devant lui un gran volume d'eau, qu'il repousse à droite et à gau che, suffit pour produire, le long de son cour ces réactions latérales, d'où sortent nos ma rées qui remontent au nord.

J'avais cité à ce sujet deux observation dont la première est à la portée de tout monde. C'est celle d'une source qui, en déchargeant dans un bassin, fait naître s les côtés de ce bassin, un remous ou contr courant qui ramène les pailles et les aut corps flottants à la source même.

La seconde observation est tirée du Charlevoix, dans son Histoire de la Nouvel France. Il rapporte que, quoiqu'il eût le ve contraire, il fit huit bonnes lieues dans jour sur le lac Michigan, contre son coura général, à l'aide de ses contre-courants la raux.

Mais M. de Crèvecœur, auteur des Lettres d'un Cultivateur américain, va encore plus loin; car il assure, tome III, page 433, qu'en remontant l'Ohio le long de ses bords, il fit 422 milles en quatorze jours, ce qui fait plus de x lieues par jour, « A l'aide, dit-il, des remous, qui ont toujours une vélocité égale au courant principal. » Voilà la seule observation que j'ajouterai aux observations précédentes, à cause de son importance, et de l'estime que je porte à son auteur.

Ainsi l'effet général des marées est mis dans le plus grand jour, par l'exemple des contre-courants latéraux de nos bassins où se déchargent des sources, de ceux des lacs qui reçoivent des rivières, et de ceux des rivières elles-mêmes, malgré leurs pentes considérables, sans qu'il soit besoin de détroit particulier pour opérer ces réactions dans toute l'étendue de leurs rivages, quoique les détroits augmentent considérablement ces mêmes contre-courants ou remous.

A la vérité, le cours de nos marées vers le nord en hiver, ne peut plus s'expliquer comme un effet des contre-courants latéraux de l'o-

céan Atlantique qui descend du nord, pui
qu'alors son courant général vient du pô
sud, dont le soleil fond les glaces. Mais
cours de ces marées vers le nord se conço
encore plus aisément par l'effet direct du co
rant général du pôle sud, qui va droit
nord. Dans cette direction, ce courant aussi
passe presque toujours d'un lieu plus lar
dans un lieu plus étroit; s'engageant d'abo
entre le cap Horn et le cap de Bonne-Esp
rance, et remontant jusque dans les baies
méditerranées du nord, il pousse à-la-fois d
vant lui tout le volume des eaux de l'océ
Atlantique, sans permettre qu'aucune colon
s'en échappe à droite ou à gauche. Cependar
s'il rencontrait dans sa route quelque cap
détroit qui s'opposât à son cours, il ne fa
pas douter qu'il n'y formât un contre-coura
latéral, ou des marées qui iraient en sens co
traire. C'est aussi l'effet qu'il produit au ca
Saint-Augustin en Amérique, et au-dessus
golfe de Guinée, vers le dixième degré de l
titude nord, en Afrique; c'est-à-dire, aux deu
endroits où ces deux parties du monde se ra
prochent davantage : car dans l'été du pô

d, les courants et les marées, loin de se
rter au nord au-dessous de ces deux points,
tournent au sud du côté de l'Amérique, et
urent vers l'est de l'Afrique tout le long du
lfe de Guinée, contre toutes les lois du sys-
me lunaire.

Je pourrais remplir un volume de nouvelles
euves en faveur de la fonte alternative des
aces polaires, et de l'allongement de la terre
x pôles, qui sont des conséquences l'une
l'autre; mais j'en ai cité précédemment
us qu'il n'en faut pour constater ces vérités.
silence même des académies sur des objets
importants, est une preuve qu'elles n'ont
en à m'objecter. Si j'avais eu tort en rele-
nt l'étrange erreur par laquelle elles ont
nclu que les pôles de la terre étaient aplatis,
après des opérations géométriques qui mon-
ent évidemment qu'ils sont allongés, elles
auraient pas manqué de journaux, qui leur
nt dévoués la plupart, pour réprimer la
ix d'un solitaire. Je n'en ai trouvé qu'un
ul qui ait osé me donner la sienne. Parmi
ant de puissances littéraires qui se disputent
empire des opinions, et qui croisent sur leurs

mers orageuses, en tâchant de couler à for
tout ce qui ne sert pas sous leurs drapeau
un journaliste étranger a arboré en ma f
veur le pavillon de l'insurgence. C'est cel
de Deux-Ponts, que je nomme, suivant n
coutume de reconnaître publiquement des se
vices particuliers, quoique celui-ci ait é
rendu à la vérité bien plus qu'à moi, qui su
personnellement inconnu à cet écrivain,
estimable par son impartialité.

D'un autre côté, si les académies ne se so
pas expliquées, il faut considérer l'embarr
où elles se trouvent de se rétracter publiqu
ment d'une inconséquence géométrique, d
si ancienne et si répandue. Elles ne peuve
approuver mes résultats, sans condamner l
leurs; et elles ne peuvent condamner les mien
parce que leurs propres travaux les justifier
Je n'ai point été moi-même moins embarrass
lorsqu'en publiant mes observations, je n
suis vu dans l'alternative de choisir entre le
estime et leur amitié; mais j'ai été entraîné p
le sentiment de la vérité, qui doit l'empor
sur tous les ménagements politiques. L'int
rêt de ma réputation, je l'avoue, y est au

tré pour quelque chose ; mais pour la moin-
e part. L'utilité publique a été mon principal
jet. Je n'ai employé ni le ridicule, ni l'en-
ousiasme contre des hommes fameux, sur-
s dans l'erreur. Je ne me suis point enivré
ma propre raison. Je me suis approché
ux, comme je me serais approché de Platon
dormi sur le bord d'un précipice, craignant
r réveil, et encore plus leur assoupisse-
nt. Je n'ai point rapporté leur aveuglement
uelque défaut de lumière, dont le reproche
 si sensible aux savants ; mais à l'éblouis-
nent des systèmes, et sur-tout à l'influence
l'éducation et des habitudes morales, qui
lent notre raison de tant de préjugés. J'ai
né, dans l'Avis de mon premier volume
 Études, l'origine de cette erreur, que
wton a le premier mise en avant ; et sa ré-
ation géométrique, dans l'explication des
res à la fin du cinquième volume du même
rage.

'ai lieu de craindre que ma modération et
n honnêteté ne soient pas imitées. Il a
u, dans le Journal de Paris, une critique
nyme fort amère des Études de la Nature.

Elle commence à la vérité par les louer e[n]
général, mais elle détruit en détail tout le bi[en]
que la voix publique semble l'avoir forcée d[e]
dire. Elle avait été précédée, peu de tem[ps]
auparavant, de quelques autres lettres anon[y]
mes, où mon ouvrage n'était pas nomm[é]
mais sur lequel elles répandaient, en passa[nt]
un poison froid et subtil, propre à faire s[on]
effet à la longue. J'ai vu avec surprise s'o[u]
vrir, à mon égard, cet évent de la haine d'[un]
ennemi obscur; car enfin, j'ai tâché de bi[en]
mériter de tout le monde, et je ne suis s[ur]
le chemin de personne. Mais lorsque j'ai a[p]
pris que plusieurs de mes amis avaient p[ré]
senté inutilement au Journal de Paris le[ur]
prose et leurs vers pour ma défense; que bi[en]
auparavant on avait refusé d'y insérer [des]
morceaux de littérature, où l'on me donn[ait]
quelques éloges, j'ai été convaincu qu'il y av[ait]
un parti formé contre moi. Alors j'ai eu reco[urs]
au Journal général de France, dont l'imp[ar]
tial rédacteur a bien voulu insérer ma défe[nse]
et ma réclamation, dans sa feuille du 29 [no]
vembre, n° 143.

Voici donc ce que j'ai répondu au criti[que]

qui a employé l'anonyme et le sarcasme contre des vérités physiques, et qui a pris, pour
l'attaquer, le poste des faibles et l'arme des
méchants.

Monsieur le Rédacteur du Journal général de
France.

« MONSIEUR,

» Un écrivain qui se cache sous le nom de
Solitaire des Pyrénées, jaloux, je pense, de
l'accueil dont le public a honoré mes Études de la Nature, en a inséré, dans le Journal de Paris, une critique pleine d'humeur.

» Il y trouve sur-tout fort mauvais que j'aie
accusé des académiciens de s'être trompés,
lorsqu'ils ont conclu de l'agrandissement des
degrés vers le pôle, que la terre y était aplatie; que j'attribue la cause des marées à la
fonte des glaces polaires, etc... Pour affaiblir
mes résultats, il les présente sans preuves.
Il se garde bien de parler de ma démonstra-
tion si simple et si évidente, où j'ai fait voir
que lorsque les degrés d'un arc de cercle

»s'allongent, l'arc de cercle s'allonge aussi
»et ne s'aplatit pas. C'est ce que prouvent
»les pôles d'un œuf, ainsi que ceux du monde.
»Il n'y dit pas que les glaces de chaque pôle
»ayant cinq à six mille lieues de circonférence
»dans leur hiver, et deux à trois mille seule-
»ment dans leur été, j'ai été fondé à conclure
»de leurs fontes alternatives tous les mouve-
»ments des mers. Il n'y parle pas de la mul-
»titude des preuves géométriques, nautiques
»géographiques, botaniques, et même acadé-
»miques, dont j'ai appuyé ces importantes
»nouvelles vérités. C'est à mes lecteurs à ju-
»ger si elles sont bonnes. Comme il est clair
»que l'anonyme n'a observé la nature que
»dans des livres à système; qu'il n'oppose que
»des noms à des faits, et des autorités à des
»raisons; qu'il y suppose décidé ce que j'ai
»réfuté; qu'il m'y fait dire ce que je n'ai
»pas dit; que ce genre de critique est à la por-
»tée de tout homme superficiel, oisif et de
»mauvaise foi; que ma santé, mon temps et
»mon goût, ne me permettent pas de réfuter
»des diatribes de cette espèce, quand même
»l'auteur aurait la loyauté de s'y nommer;

déclare donc qu'à l'avenir je ne répondrai à aucune critique de ce genre, sur-tout dans les papiers publics.

» Cependant, si quelque ami de la vérité découvre des erreurs dans mon ouvrage, où il y en a sans doute, et qu'il veuille me faire l'amitié de m'en instruire directement, je les corrigerai dans mon livre, et le citerai avec éloge; parce que, comme lui, je ne cherche que la vérité, et que je n'honore que ceux qui l'aiment.

» Je suis seul, Monsieur. Comme je ne tiens à aucun parti, je ne puis disposer d'aucun journal. J'ai déjà éprouvé que je n'avais pas le crédit de faire rien publier dans celui de Paris, même pour le service des malheureux. Je vous prie donc d'insérer dans vos feuilles si impartiales, ma réponse pour le présent, et ma protestation de silence pour l'avenir.

» Au reste, en me plaignant de l'anonyme qui a attaqué mon ouvrage avec tant de fiel, je suis obligé de convenir qu'il a fait un éloge excessif de mon style. Cependant, je ne sais comment cela se fait, je me sens encore plus

» humilié de ses louanges, que choqué de so
» mauvais ton.

» J'ai l'honneur d'être, etc.

» *Signé*, DE SAINT-PIERRE.

» A Paris, ce 22 novembre 1787. »

L'anonyme promettait de s'étendre encor
aux dépens de mon ouvrage, dans les feuille
suivantes du Journal de Paris; mais le publi
ayant murmuré de me voir attaqué indécem
ment dans une lice fermée à mes amis, le ré
dacteur de ce journal, pour donner une preuv
de son impartialité, a publié aussitôt un frag
ment d'une épître en vers à ma louange. C
éloge est aussi l'ouvrage d'un anonyme ; ca
les bons se cachent pour faire le bien, comm
les méchants pour faire le mal. Les vers qu'o
en a détachés, sont très-beaux ; mais il y e
a, selon moi, encore de plus beaux dans l
reste de l'épître. Je les louerais de bon cœu
si je n'y étais beaucoup trop loué. Cepen
dant la reconnaissance m'oblige de dire qu
sont de M. Théresse, avocat au conseil, qu
m'a donné, il y a un an, au mois de janvie

un témoignage particulier de son amitié et de ses rares talents.

Revenons au point qui intéresse le plus les académies. Pour se convaincre que les pôles de la terre sont allongés, il ne s'agit pas de résoudre quelque problème de la géométrie transcendante, tout hérissé d'équations, tel que la quadrature du cercle; mais il suffit des notions les plus communes des éléments de la géométrie et de la physique. Avant de rassembler les preuves que j'en ai données, et d'y en joindre de nouvelles, je vais dire deux mots des moyens qui peuvent nous servir à nous assurer de la vérité, autant pour mon instruction que pour celle de mes critiques.

Nous sommes au sein de l'ignorance, comme les marins au milieu d'une mer sans rivages. On y voit çà et là quelques vérités éparses comme des îles. Pour reconnaître des îles en pleine mer, il ne suffit pas de savoir leur distance au nord ou à l'orient. Leur latitude donne un cercle entier, et leur longitude un autre; mais l'intersection de ces deux mesures détermine précisément le lieu où elles sont. On ne

s'assure de même de la vérité, qu'en la considérant sous plusieurs rapports. Voilà pourquoi un
objet que nous pouvons soumettre à l'examen
de tous nos sens, nous est beaucoup mieux
connu que celui auquel nous ne pouvons
en appliquer qu'un seul. Ainsi nous connaissons mieux un arbre qu'une étoile, parce que
nous voyons et touchons l'arbre ; la fleur de
l'arbre nous fournit plus de connaissances que
son tronc, parce que nous pouvons l'examiner
de plus avec le sens de l'odorat ; et enfin nos
observations se multiplient sur le fruit, parce
que nous le goûtons, et que nous pouvons
l'observer avec quatre sens à-la-fois. Quant
aux objets vers lesquels nous ne pouvons diriger qu'un seul de nos organes, tel que celui
de la vue, nous n'en acquérons la science
qu'en les considérant sous différents aspects.
Vous dites : Cette tour à l'horizon est bleue,
petite et ronde. Vous en approchez, et vous
la trouvez blanche, grande et anguleuse.
Vous concluez alors qu'elle est carrée ;
mais vous en faites le tour, et vous voyez
qu'elle est pentagonale. Vous jugez qu'il
est impossible d'en mesurer la hauteur

ans un instrument, parce qu'elle est fort élevée. Prenez un objet de comparaison accessible, celui de votre ombre avec votre hauteur; vous y trouverez le même rapport entre l'ombre de la tour et son élévation, que vous jugiez inaccessible.

Ainsi la science d'une vérité ne s'acquiert qu'en la considérant sous divers rapports. Voilà pourquoi il n'y a que Dieu qui soit véritablement savant, parce qu'il connaît seul tous les rapports qui existent entre les choses; et qu'il n'y a encore que Dieu qui soit le plus universellement connu de tous les êtres, parce que les rapports qu'il a établis entre les choses le manifestent dans tous ses ouvrages. Toutes les vérités s'enchaînent. Nous n'en acquérons la science, qu'en les comparant les unes aux autres. Si les académiciens avaient fait usage de ce principe, ils auraient reconnu que l'aplatissement des pôles était une erreur. Il ne s'agissait que d'en appliquer les conséquences à la distribution des mers. Si les pôles sont aplatis, leurs rayons étant les plus courts du globe, toutes les mers doivent s'y rendre comme au lieu le plus bas de

la terre : d'un autre côté, si l'équateur est
renflé, toutes les mers doivent s'en éloigner
et la zone torride doit présenter dans toute sa
circonférence une zone de terre sèche, de six
lieues et demie d'élévation à son centre ; puisque le rayon du globe à l'équateur, surpasse
de cette dimension le rayon aux pôles, suivant les académiciens.

Or, la configuration du globe nous présente
précisément le contraire : car les mers les
plus grandes et les plus profondes sont précisément sous son équateur ; tandis que du côté
de notre pôle, la terre se prolonge fort avant
dans le nord, et que les mers qu'elle renferme ne sont que des méditerranées remplies
de hauts-fonds.

A la vérité, le pôle sud est environné d'un
vaste océan ; mais comme le capitaine Cook
n'en a approché qu'à 475 lieues, nous igno-
rons s'il y a des terres qui l'avoisinent. De
plus, il est vraisemblable, ainsi que je l'ai
dit ailleurs, que la nature qui contraste et
balance toutes choses, a compensé l'éléva-
vation en territoire du pôle nord, par une
élévation équivalente en glace au pôle sud.

n effet, Cook a trouvé la coupole glaciale
 pôle sud, beaucoup plus étendue et plus
evée que celle qui couvre le pôle nord, et
 ne veut pas qu'on établisse à cet égard de
mparaison. Voici ce qu'il dit à l'occasion
une de ses extrémités solides, qui l'empê-
a de pénétrer au delà du 71ᵉ degré sud, et
i était semblable à une chaîne de monta-
es s'élevant les unes sur les autres et se
rdant dans les nuages. « On n'a jamais vu,
e pense, de montagnes de glace comme
elles-ci dans les mers du Groënland ; du
moins, je ne l'ai lu nulle part et je ne l'ai
 oint ouï dire : de sorte qu'on ne doit pas
établir une comparaison entre les glaces du
 nord et celles de ces parages. *»

 Cette prodigieuse élévation de glaces, dont
ook n'a vu qu'une extrémité, peut donc
quivaloir à l'élévation de territoire du pôle
 rd, constatée par les travaux mêmes des
 académiciens. Mais, quoique les mers gelées
  pôle sud se refusent aux opérations de la
 éométrie, nous allons voir tout à l'heure,

* Cook, année 1774, janvier.

par deux observations authentiques, que
mers fluides qui l'environnent sont plus él
vées que celles de l'équateur, et sont au mêi
niveau que celles du pôle nord.

Vérifions maintenant l'allongement c
pôles, par la même méthode qui vient'
nous servir à démontrer leur aplatissemé
Cette dernière hypothèse a acquis un no
veau degré d'erreur, en l'appliquant à la d
tribution des terres et des mers du glob
celle de l'allongement des pôles va gag
de nouveaux degrés de certitude, en l'éte
dant à différentes harmonies de la nature.

Rassemblons pour cet effet les preuves q
sont dispersées dans mes ouvrages. Il y en
de géométriques, de géographiques, d'a
mosphériques, de nautiques et d'astron
miques.

1° La première preuve de l'allongement
la terre aux pôles, est géométrique. Je l'
insérée dans l'explication des figures, à la
du tome v des Études : elle suffit seule po
jeter sur cette vérité le dernier degré d'é
dence. Il ne fallait pas même de figure po
cela. On conçoit fort aisément que si, dai

cercle, les degrés d'une portion de ce cercle s'allongent, la portion entière de ce cercle s'allonge aussi. Or, les degrés du méridien s'allongent sous le cercle polaire, puisqu'ils y sont plus grands que sous l'équateur, suivant les académiciens : donc l'arc polaire du méridien, ou, ce qui est la même chose, la courbe polaire s'allonge aussi. J'ai déjà fait usage de cet argument, auquel on ne peut bien répondre, pour prouver que la courbe polaire n'était pas aplatie; je puis bien m'en servir aussi pour prouver qu'elle est allongée.

2° La seconde preuve de l'allongement de la terre aux pôles, est atmosphérique. On sait que la hauteur de l'atmosphère diminue à mesure qu'on s'élève sur une montagne. Et cette hauteur diminue aussi à mesure qu'on avance vers le pôle. J'ai à ce sujet deux expériences du baromètre : la première, pour l'hémisphère nord, et la seconde, pour l'hémisphère sud. Le baromètre, à Paris, baisse d'une ligne à onze toises de hauteur; et il baisse aussi d'une ligne en Suède, si on s'élève seulement à dix toises un pied six pouces quatre lignes. Donc l'atmosphère de la Suède est

plus basse, ou, ce qui revient au même, so
continent est plus élevé que celui de Pari
Donc la terre s'allonge en allant vers le nor
Cette expérience et ses conséquences ne pe
vent être rejetées des académiciens ; car ell
sont tirées de l'Histoire de l'académie d
Sciences, année 1712, page 4. [*]

3° La seconde expérience de l'abaisseme
de l'atmosphère aux pôles, a été faite vers
pôle sud. C'est une suite d'observations bar
métrales faites chaque jour dans l'hémisph
sud par le capitaine Cook, pendant les a
nées 1773, 1774 et 1775, où l'on voit q
le mercure ne s'élevait guère au-dessus
29 pouces anglais, au delà du 60ᵉ degré
latitude sud, et montait presque toujour
30 pouces, et même plus haut, dans le v
sinage de la zone torride ; ce qui prouve q
le baromètre baisse en allant vers le p
sud, ainsi que vers le pôle nord, et que
conséquent, l'un et l'autre sont allongés.

On peut voir la table de ces observati

[*] Voyez l'explication des figures, Hémisph
Atlantique, tome v des Études.

rométrales, à la fin du second voyage du
pitaine Cook. Celles du même genre, qui
t été recueillies dans le voyage suivant, ne
ésentent entre elles aucune différence ré-
lière, quelle que soit la latitude du vais-
au ; ce qui prouve leur inexactitude, occa-
onée probablement par le désordre que dut
traîner la mort successive des observateurs,
est-à-dire, du savant Anderson, chirurgien
u vaisseau, et ami particulier de Cook ; de
grand homme lui-même ; du capitaine
lerke son successeur : et peut-être aussi
r quelque partisan zélé de Newton, qui
ra voulu jeter des nuages sur des faits si
ntraires à son système de l'aplatissement
es pôles.

4°. La quatrième preuve de l'allongement
es pôles, est nautique. Elle est formée de
x expériences de trois différentes espèces.
es deux premières expériences sont prises
le la descente annuelle des glaces de chaque
ôle, vers la Ligne ; les deux secondes, des
ourants qui descendent des pôles pendant
eur été ; et les deux dernières, de la rapidité
t de l'étendue de ces mêmes courants, qui

20

font le tour du globe alternativement pendant six mois : trois sont pour le pôle nord et trois pour le pôle sud.

La première expérience, tirée de la descente des glaces du pôle nord, est citée dans le tome Ier des Études, Étude quatrième. J'ai rapporté les témoignages des plus célèbres marins du nord; entre autres, de l'Anglais Ellis, des Hollandais Linschoten et Barents, du Hambourgeois Martens, et de Denis, gouverneur français du Canada, qui attestent que ces glaces sont d'une hauteur prodigieuse, et qu'on les rencontre fréquemment au printemps, à des latitudes tempérées. Denis dit qu'elles sont plus hautes que les tours de Notre-Dame, qu'elles forment quelquefois des chaînes flottantes de plus d'une journée de navigation, et qu'elles viennent échouer jusque sur le grand banc de Terre-Neuve. La partie la plus septentrionale de ce banc ne s'étend guère au delà du 50e degré; et les marins qui vont à la pêche de la baleine, ne trouvent en été les glaces solides du nord que vers le 75e degré. Mais en supposant que ces glaces solides s'étendent en

ver depuis le pôle jusqu'au 65e degré, les
aces flottantes qui s'en détachent parcour-
ient 375 lieues dans les deux premiers mois
printemps. Ce n'est point le vent qui les
usse vers le midi, puisque les vaisseaux
cheurs qui les rencontrent, ont souvent le
nt favorable; des vents inconstants les por-
raient indifféremment au nord, ou à l'est,
à l'occident : mais ce sont les courants
nord qui les amènent constamment cha-
e année vers la Ligne, parce que le pôle
où ils sortent est plus élevé.

5°. La seconde expérience de la même es-
ce, pour le pôle sud, est tirée des Voyages
capitaine Cook, année 1772, 10 décem-
e. « Le 10 décembre, à huit heures du main, nous découvrîmes des glaces à notre
uest; » à quoi M. Forster ajoute : « et à
environ deux lieues au-dessus du vent, une
autre masse qui ressemblait à une pointe de
erre blanche. L'après-midi, nous pas-
âmes près d'une troisième, qui était cubi-
que, et qui avait 2000 pieds de long, 400
le large, et au moins 200 d'élévation. »
Cook était alors au 51e degré de latitude

sud, et à 2 degrés ouest de longitude du ca
de Bonne-Espérance. Il en vit beaucou
d'autres jusqu'au 17 janvier 1773 ; mais étan
à cette époque, par 65 degrés 15 minutes d
latitude sud, il fut arrêté par un banc d
glaces brisées, qui l'empêcha d'aller plu
avant au sud. Ainsi, en supposant qu
la première glace qu'il rencontra le 10 dé
cembre, fût partie de ce point le 10 octobre
temps où je suppose que l'action du soleil
commencé à dissoudre les glaces du pôl
sud, elle aurait parcouru vers la Ligne 1
degrés, ou 350 lieues en deux mois ; c'est-
dire, fait dans le même temps, à-peu-près l
même chemin que les glaces qui descender
du pôle nord. Le pôle sud est donc, ain
que le pôle nord, plus élevé que l'équateu
puisque ses glaces descendent vers la zo
torride.

6°. La troisième expérience nautique d
l'allongement du pôle nord, vient de se
courants mêmes, qui sortent directeme
des baies et des détroits du nord avec la rap
dité des écluses. J'ai cité à cet égard l
mêmes marins du nord, Linschoten et Ba

...ts, envoyés par les Hollandais pour trou-
...r un passage à la Chine par le nord-est;
...t Ellis, chargé par les Anglais de chercher
...e passage à la mer du Sud, au nord-ouest,
...ans le fond de la baie d'Hudson. Ils ont
...ouvé au fond de ces mers septentrionales,
...s courants qui sortaient des baies et des
...troits, en faisant huit à dix nœuds par
...ure, entraînant une multitude prodigieuse
...e glaces flottantes; et des marées tumul-
...eeuses qui, ainsi que les courants, se pré-
...pitaient directement du nord, du nord-est
...t du nord-ouest, selon le gisement des
...rres. C'est d'après ces faits constants et
...ultipliés, que je me suis convaincu que la
...inte des glaces polaires était la cause se-
...onde du mouvement des mers, le soleil la
...ause première, et que j'ai formé ma théorie
...es marées. *

7°. Les courants de la mer du Sud pren-
...ent également naissance dans les glaces du
...ôle austral. Voici ce qu'en rapporte Cook,

* Voyez, tome v des Études, l'explication des
figures. Hémisphère Atlantique.

20*

année 1774, janvier. «A la vérité, c'éta
» mon opinion, ainsi que celle de la plupa
» des officiers, que cette glace s'étendait ju
» qu'au pôle, ou que peut-être elle toucha
» à quelque terre, à laquelle elle est fixée d
» les temps les plus anciens ; qu'au sud de
» parallèle, se forment toutes les glaces q
» nous trouvions çà et là au nord ; qu'elles
» sont ensuite détachées par des coups
» vent, ou par d'autres causes, et jetées
» nord par les courants, que dans les la
» tudes élevées nous avons toujours reconn
» porter vers cette direction. »

Ainsi cette quatrième expérience nautiq
prouve que le pôle sud est allongé comme
pôle nord ; car si l'un et l'autre étaient ap
tis, les courants se dirigeraient vers eux,
lieu de porter vers la Ligne.

Ces courants australiens ne sont pas si v
lents à leur origine que les septentrionau
parce qu'ils ne sont pas, comme eux, r
semblés dans des baies, et ensuite dégor
par des détroits ; mais nous allons voir qu
s'étendent tout aussi loin.

8° La cinquième preuve nautique de l'é

...ation des pôles au-dessus de l'horizon de ...utes les mers, vient de la rapidité et de la ...ngueur de leurs courants, qui font le tour ...u globe. On peut voir à ce sujet l'étendue ...e mes recherches et de mes preuves, à la ...n du tome v des Études, dans l'explica-...ion des figures, Hémisphère Atlantique. J'ai ...té d'abord le courant de l'océan Indien, ...ui flue six mois vers l'orient, et six mois vers ...occident, suivant le témoignage de tous les ...arins de l'Inde. J'ai fait voir que ce courant ...lternatif et semi-annuel, ne pouvait s'attri-...uer en aucune manière au cours de la lune et ...u soleil, qui vont toujours d'orient en oc-...ident; mais à la chaleur combinée de ces as-...res, qui fondent pendant six mois les glaces ...e chaque pôle.

...J'ai ensuite apporté deux observations ...rès-curieuses, pour constater qu'un pareil ...ourant semi-annuel et alternatif existait dans ...océan Atlantique, où jusqu'à présent, on ...e l'avait pas soupçonné. La première est celle ...e Rennefort qui trouva, au mois de juillet ...666, au sortir des îles Açores, la mer cou-...erte des débris d'un combat naval qui s'était

donné neuf jours auparavant entre les Angla[
et les Hollandais, à la hauteur d'Ostende[
ces débris avaient fait dans neuf jours pl[
de 275 lieues vers le midi, ce qui fait pl[
de 34 lieues par jour; et c'est une cinquièn[
expérience nautique qui prouve, par la rap[
dité des courants du nord, l'élévation cons[
dérable de ce pôle sur l'horizon des mers.

9° Ma sixième expérience nautique démo[
tre particulièrement l'élévation du pôle su[
par l'étendue de ses courants, qui remonte[
en hiver jusqu'aux extrémités de l'Atlantiqu[
C'est l'observation de M. Pennant, célèb[
naturaliste anglais, qui rapporte que la m[
jeta sur les côtes d'Écosse le mât du Tilbur[
vaisseau de guerre qui brûla à la rade de [
Jamaïque; et qu'on recueille tous les an[
sur les rivages des îles qui avoisinent l'Écos[
des graines de plantes qui ne croissent qu'à [
Jamaïque. Cook assure aussi dans ses Voy[
ges comme un fait constant, qu'on trou[
tous les ans sur les côtes d'Islande, quant[
de grosses semences plates et rondes, app[
lées des yeux de bœuf, qui ne viennent qu'[
Amérique.

10° et 11° Les preuves astronomiques de
llongement des pôles, sont au nombre de
is. Les deux premières sont lunaires.
est la double observation de Tycho-Brahé
de Kepler, qui ont vu dans les éclipses
ntrales de la lune, l'ombre de la terre allon-
e sur ses pôles. Je l'ai citée, tome 1er des
udes, Étude quatrième. On ne peut rien
poser au témoignage de la vue de deux
rônomes aussi célèbres, dont les calculs,
n d'être favorisés, se trouvaient dérangés
r leurs observations.

12° La troisième preuve astronomique de
llongement des pôles, est solaire, et re-
rde le pôle nord. C'est l'observation de Ba-
ts, qui aperçut de la Nouvelle-Zemble,
r le 76e degré de latitude nord, le soleil à
orizon, quinze jours plus tôt qu'il ne s'y at-
ndait. Le soleil, dans ce cas, était de 2 de-
és et demi plus élevé qu'il ne devait l'être.
n donnant un degré pour la réfraction de
atmosphère en hiver, au 76e degré de lati-
de nord, et même un degré et demi, ce
ui est très-considérable, il resterait un degré
n moins pour l'élévation extraordinaire de

l'observateur sur l'horizon de la Nouvel
Zemble. J'ai relevé, à cette occasion, u
erreur de l'académicien Bouguer, qui
fixe qu'à 34 minutes la plus grande réfracti
du soleil pour tous les climats. Je ne me s
pas, comme on voit, de tous les avanta
que me donnent ceux dont je combats
opinions. *

Ces douze preuves, tirées de différen
harmonies de la nature, s'accordent mutu
lement à démontrer que les pôles sont,
longés. Elles sont appuyées d'une multitu
de faits , dont je pourrais augmenter
nombre , tandis que les académiciens
peuvent appliquer à aucun phénomène de
terre, de la mer ou de l'atmosphère, le
résultat de l'aplatissement des pôles , sa
en reconnaître aussitôt l'erreur. D'aille
la géométrie seule suffit pour les en co
vaincre.

A la vérité, ils y ont fait cadrer les vib
tions du pendule ; mais cette expérience

---

* Voyez , tome v des Études, l'explication
figures, Hémisphère Atlantique.

ette à mille erreurs. Elle est au moins
si suspecte que celle du miroir ardent, qui
r a servi à conclure que les rayons de la
e n'avaient pas de chaleur, tandis que le
ntraire a été prouvé à Rome et à Paris,
des professeurs de physique. Le pendule
llonge par le chaud, et se raccourcit par
froid. Il est bien difficile de compenser
variations, par un assemblage de verges
différents métaux. D'un autre côté, il est
n facile à des hommes prévenus dès l'ence pour l'attraction, de se méprendre de
lques lignes en sa faveur. D'ailleurs, tous
petits moyens de la physique, sujets à
de mécompte, ne peuvent contredire en
une manière l'allongement des pôles de la
e, dont la nature nous présente les mê-
s résultats sur la terre, sur la mer, dans
r et dans les cieux.

L'allongement des pôles prouvé, le cou-
t des mers et des marées s'ensuit naturel-
ent. Plusieurs personnes, voyant régner
re nos marées et les phases de la lune, les
nes accroissements et les mêmes diminu-
s, sont persuadées que cet astre en est

le premier mobile par son attraction ; m[...]
ces accords n'existent que dans une par[...]
de la mer Atlantique. Ils proviennent, n[...]
de l'attraction de la lune sur les mer[...]
mais de sa chaleur réfléchie du soleil sur l[...]
glaces polaires, dont elle augmente les ef[...]
sions, suivant certaines lois particulière[...]
nos continents. Par-tout ailleurs, le nombl[...]
la variété, la durée, l'irrégularité et la [...]
gularité des marées, n'ont aucun rapp[...]
avec les phases de la lune, et s'accordent [...]
contraire avec les effets du soleil sur les g[...]
ces polaires, et la configuration des pôles [...]
la terre. C'est ce que nous allons prouv[...]
en employant le même principe de com[...]
raison qui nous a servi à réfuter l'erreur [...]
académiciens sur l'aplatissement des pôl[...]
et à démontrer la vérité de ma théorie [...]
leur prolongement.

Si la lune agissait par son attraction [...]
les marées de l'Océan, elle en étendrait l[...]
fluence sur les méditerranées et les l[...]
Or, c'est ce qui n'est pas, puisque les m[...]
terranées et les lacs n'ont point de maré[...]
du moins de marées lunaires ; car nous a[...]

servé que les lacs, situés au pied des mon-
nes à glace, ont, en été, des marées so-
es ou un flux comme l'Océan. Tel est le
de Genève, qui a un flux régulier l'après-
di. Cet accord du flux des lacs voisins des
ntagnes à glace, avec la chaleur du so-
, jette déjà la plus grande vraisemblance
ma théorie des marées ; et, au contraire,
discordance de ces mêmes flux avec les
ases de la lune, ainsi que la tranquillité
méditerranées lorsque cet astre passe
eur méridien, rendent déjà son attraction
s que suspecte. Mais nous allons voir que
s le vaste Océan même, la plupart des
rées n'ont aucun rapport ni avec son at-
ction, ni avec son cours.

J'ai déjà cité à la fin du tome v des Étu-
, dans l'explication des figures, le navi-
eur Dampier, qui rapporte que la plus
nde marée qu'il éprouva sur les côtes de
Nouvelle - Hollande, n'arriva que trois
rs après la pleine lune. Il assure, ainsi
tous les navigateurs du midi, que les
rées s'élèvent fort peu entre les tropi-
s, et qu'elles sont tout au plus de quatre

à cinq pieds aux Indes orientales, et d'
pied et demi seulement, sur les côtes de
mer du Sud.

Je demande maintenant pourquoi ces m
rées entre les tropiques, sont si faibles et
retardées sous l'influence directe de la lun
pourquoi la lune nous fait éprouver, par s
attraction, deux marées par jour dans no
mer Atlantique, et qu'elle n'en produit qu'u
seule dans beaucoup d'endroits de la mer
Sud, qui est incomparablement plus lar
Pourquoi, dans cette même mer du Sud
a-t-il des marées diurnes et semi-diurn
c'est-à-dire, de douze heures et de six h
res? Pourquoi la plupart des marées y ar
vent-elles constamment aux mêmes heur
et s'élèvent-elles à une hauteur régulière pr
que toute l'année, quelles que soient les ir
gularités des phases de la lune? Pourquoi y
a-t-il qui croissent dans les quadratur
tout comme dans les pleines et nouvelles
nes? Pourquoi sont-elles toujours plus for
en approchant des pôles, et se dirigent-e
souvent vers la Ligne, contre le princ
prétendu de leur impulsion?

Ces problèmes, impossibles à résoudre par la théorie de l'attraction de la lune à l'équateur, cessent de l'être par la chaleur alternative du soleil sur les glaces des deux îles.

Je vais d'abord prouver cette diversité des marées, par le témoignage même des compatriotes de Newton, partisans zélés de son système. Mes témoins ne sont pas des hommes obscurs; ce sont des savants, des capitaines de la marine du roi d'Angleterre, chargés successivement par le vœu de leur nation et le choix de leur prince, de faire le tour du monde, et d'en rapporter des connaissances utiles à l'étude de la nature. Ce sont les capitaines Byron, Carteret, Cook, Clerke, et l'astronome Wales. J'y joindrai le témoignage de Newton lui-même. Examinons d'abord ce qu'ils rapportent sur les marées de la partie méridionale de la mer du sud.

A la rade de l'île de Massafuero, par le 6° degré 45 minutes de latitude sud, et le 0° degré 22 minutes de longitude ouest, du méridien de Londres...... « La mer verse

»douze heures au nord, et reverse ensuit
»douze heures au sud.* »

Comme l'île de Massafuero est dans la par
tie australe de la mer du Sud, ses marée
qui vont au nord en avril, vont donc vers l
Ligne, contre le système lunaire : de plu
ses marées sont de douze heures ; autre diff
culté.

A l'anse Anglaise, sur la côte de la Nou
velle-Bretagne, vers le 5e degré de latitud
sud, et le 152e degré de longitude, « la mar
»a son flux et reflux, une fois dans ving
»quatre heures.** »

A la baie des Iles, dans la Nouvelle-Zé
lande, vers le 34e degré 59 minutes de lat
tude sud, et le 185e degré 36 minutes
longitude ouest, « d'après les observatio
»que j'ai pu faire sur la côte relativement a
»marées, il paraît que le flot vient du sud.**

Voici encore des marées en pleine mer q
vont vers la Ligne, contre l'impulsion de
lune. Elles descendaient dans cette saison

---

* Cap. Byron, année 1765, avril.
** Cap. Carteret, année 1767, août.
*** Cap. Cook, année 1769, décembre.

a Nouvelle-Zélande, du pôle sud, dont les courants étaient alors en activité ; car c'était l'été de ce pôle, au mois de décembre. Celles de Massafuero, quoique observées au mois d'avril par le capitaine Byron, avaient aussi la même origine ; parce que les courants du pôle nord, qui ne commencent qu'à la fin de mars, à l'équinoxe de notre printemps, n'avaient pas encore arrêté l'influence du pôle sud dans l'hémisphère austral.

A l'embouchure de la rivière Endeavour, dans la Nouvelle-Hollande, par le 15ᵉ degré 26 minutes de latitude sud, et le 214ᵉ degré 42 minutes de longitude ouest, où le capitaine Cook radouba son vaisseau, après avoir échoué, « le flot et le jusant n'étaient considérables qu'une fois dans vingt-quatre heures, ainsi que nous l'avions éprouvé tandis que nous étions sur le rocher.* »

A l'entrée du havre de Noël, dans la terre de Kerguelen, vers le 48ᵉ degré 29 minutes de latitude sud, et le 68ᵉ degré 42 minutes de longitude est, « tandis que nous étions à

* Cap. Cook, année 1770, juin.

» l'ancre, nous observâmes que le flux vena
» du sud-est, avec une vitesse d'au moin
» deux milles par heure.*»

Ainsi voilà encore une marée qui descer
dait directement du pôle sud. Il paraît qu
cette marée était régulière et diurne, c'est-à
dire, de douze heures; car Cook ajoute quelqu
pages après : « On y a la haute mer à envir
» dix heures, dans les pleines et les nouvell
» lunes, et les flots s'élèvent et retombe
» d'environ quatre pieds. »

Aux îles de O-Taïti, par le 17ᵉ degré
minutes de latitude sud, et le 149ᵉ degré
minutes de longitude ; et de Uliétea, par
26ᵉ degré 45 minutes de latitude sud, « No
» fîmes aussi quelques observations sur
» marées, sur-tout à O-Taïti et à Uliét
» Nous voulions déterminer leur plus gran
» élévation sur la première de ces îles. D
» rant mon second voyage, M. Wales c
» avoir découvert que les flots y montai
» par - delà le point que j'avais trouvé
» 1769 ; mais nous nous assurâmes cette

* Cap. Cook, année 1776, décembre.

que cette différence n'avait plus lieu ; c'est-
à-dire, que la marée s'élevait seulement
de douze à quatorze pouces au plus. Nous
observâmes que la marée est haute à midi
dans les quadratures, aussi bien qu'à l'é-
poque des pleines et des nouvelles lunes.* »

Cook donne dans cet endroit de son journal, une table des marées dans ces îles, depuis le 1er jusqu'au 26 de novembre, où l'on
voit qu'il n'y avait qu'une marée par jour, qui,
dans tout le cours du mois, se trouvait à sa
hauteur moyenne, entre onze heures et une
heure. Ainsi, il est clair que des marées si
régulières, à des époques si différentes de la
lune, n'avaient aucun rapport avec les phases
de cet astre.

Cook était à Taïti en 1769, au mois de
juillet, c'est-à-dire, dans l'hiver du pôle sud ;
il s'y retrouvait en 1777, au mois de décembre, c'est-à-dire, dans son été : ainsi il est
possible que les effusions de ce pôle étant
alors plus abondantes et plus voisines de Taïti
que celles du pôle nord, les marées fussent

* Cap. Cook, année 1777, décembre.

plus fortes dans cette île en décembre qu'e
juillet, et que l'astronome Wales eût raiso

Observons maintenant les effets des ma
rées dans la partie septentrionale de la m
du Sud.

A l'entrée de Nootka, sur la côte d'Amé
rique, par le 49ᵉ degré 36 minutes de latitud
nord, et le 233ᵉ degré 17 minutes de long
tude est, « la mer est haute à douze heur
» vingt minutes, dans les nouvelles et plein
» lunes ; elle s'élève de huit pieds neuf pouce
» Je parle de l'élévation qui a lieu durant le
» marées du matin, et deux ou trois jou
» après les nouvelles et pleines lunes. Le
» marées de nuit montent alors deux pied
» plus haut. Cette élévation plus considéra
» ble, fut très-marquée dans la grande maré
» de la pleine lune, qui eut lieu bientôt apr
» notre arrivée. Il nous parut clair qu'il e
» serait de même lors des marées de la nou
» velle lune. Au reste, nous ne relâchâme
» pas assez long-temps dans l'entrée de Noot
» ka, pour nous en assurer d'une manière
» positive. *»

* Cap. Cook, année 1778, avril.

Ainsi voilà deux marées par jour, ou semi-[di]urnes, de l'autre côté de notre hémisphère, [co]mme dans le nôtre ; tandis qu'il paraît [qu']il n'y en a qu'une dans l'hémisphère aus[tra]l, c'est-à-dire, dans la mer du Sud seule[m]ent. De plus, ces marées semi-diurnes dif[fèr]ent des nôtres, en ce qu'elles arrivent à la [m]ême heure, et qu'elles n'éprouvent d'ac[cr]oissement que deux ou trois jours après la [pl]eine lune. Nous donnerons bientôt la rai[so]n de ces phénomènes, inexplicables suivant [le] système lunaire.

Nous allons voir dans les deux observations [su]ivantes, ces marées du nord de la mer du [Su]d, observées en avril, devenir, à des lati[tu]des plus élevées sur la même côte, plus [fo]rtes en mai, et encore plus en juin ; ce [qu]i ne peut se rapporter en aucune manière [a]u cours de la lune, qui passe alors dans [l']hémisphère austral ; mais au cours du so[le]il, qui passe dans l'hémisphère septentrio[n]al, et échauffe de plus en plus les glaces du [p]ôle nord, dont la fonte croît à mesure que [l]a chaleur de cet astre augmente. D'ailleurs, [l]a direction de ces marées du nord vers la

Ligne, et d'autres circonstances, vont confirmer pleinement qu'elles tirent leur origine
du pôle.

A l'entrée de la rivière de Cook, sur la
côte de l'Amérique, vers le 57e degré 5
minutes de latitude nord, « nous éprouvâmes
» ici une marée très-forte, qui portait au
» sud en dehors de l'Entrée. C'était le moment
» du reflux ; il faisait de trois à quatre nœuds
» par heure, et la mer fut basse à dix heures.
» La marée entraîna hors de l'Entrée une
» quantité considérable d'algues marines et
» de bois flottants. L'eau était devenue épaisse
» comme celle des rivières ; mais ce qui nous
» excita à continuer notre route, nous la trou-
» vâmes, à la mer basse, aussi salée que l'O-
» céan. La vitesse du flot fut de trois nœuds,
» et le courant remonta jusqu'à quatre heures
» du soir. * »

Les marins entendent par nœuds, les divisions de la corde du loch, et par loch, un
petit morceau de bois qu'on jette à la mer
attaché à une corde, pour mesurer la course

* Cap. Cook, année 1778, mai.

un vaisseau. Lorsque, dans une demi-mi-
te, il s'écoule hors du vaisseau trois divi-
ns ou nœuds de cette corde, ou en con-
t que le vaisseau ou le courant fait par
ure trois milles ou une lieue.

En remontant la même entrée dans un lieu
elle n'avait que quatre lieues de largeur,
la marée avait une vitesse et une force
rodigieuses. Elle était effrayante pour nous,
ui ne savions pas si l'agitation de l'eau
tait occasionée par le courant, ou par le
hoc des vagues contre les bancs de sable ou
s rochers... Nous demeurâmes à l'ancre
endant le reflux, dont la vitesse était de
rès de cinq nœuds par heure (une lieue
eux tiers). Jusqu'ici nous avions trouvé le
ême degré de salure à la mer basse et à
mer haute ; et à ces deux époques, les
agues avaient été aussi salées que l'eau de
Océan. Nous eûmes bientôt des indices
ue nous remontions une rivière. L'eau que
ous puisâmes à la fin du reflux, était beau-
oup plus douce que celle que nous avions
oûtée auparavant : je fus convaincu que
ous étions dans une grande rivière, et non

»pas dans un détroit qui communiquât ay
»les mers du nord. *»

Ce que Cook appelle l'Entrée, à laque
on a depuis donné le nom de grande riviè
de Cook, n'est, par son cours et ses ea
saumaches, ni un détroit ni une rivière; m
une véritable écluse du nord, par où s'éco
lent les effusions des glaces polaires dans l'
céan. On en trouve de semblables au fond
la baie d'Hudson. Ellis y avait été trompé,
les avait prises pour des détroits qui comm
niquaient de la mer du Nord à la mer
Sud. C'était pour dissiper les doutes
étaient restés à ce sujet, que Cook avait te
le même examen au nord des côtes de la (
lifornie.

Suite de la reconnaissance de l'intéri
de l'Entrée ou grande rivière de Cook. « Lo
»que nous eûmes atteint la baie, le flot p
»tait avec force dans la rivière du Retour
»le jusant eut une force plus grande enco
» La mer tomba de vingt pieds tandis q
» nous étions à l'ancre. ** »

* Cap. Cook, année 1778, 30 mai.
** Cap. Cook, année 1778, 30 mai.

Ce que Cook nomme le jusant ou le reflux, me paraît être le flot ou le flux lui-même, puisqu'il était plus tumultueux et plus rapide que ce qu'il appelle le flux ; car la réaction ne peut jamais être plus forte que l'action. La marée descendante, même dans les rivières, n'est jamais aussi forte que la marée montante. Celle-ci y produit pour l'ordinaire une barre ; ce que ne fait pas l'autre.

Cook, prévenu en faveur du préjugé que la cause des marées est entre les tropiques, ne pouvait se résoudre à regarder ce flot qui venait de l'intérieur des terres, comme une véritable marée. Cependant, dans la partie opposée de ce même continent, je veux dire au fond de la baie d'Hudson, le flot ou la marée vient de l'ouest, c'est-à-dire, de l'intérieur des terres.

Voici ce que rapporte à ce sujet l'introduction du troisième voyage de Cook.

« Le capitaine Middleton, chargé d'un voyage à la baie d'Hudson, entrepris en 1741 et 1742, avait trouvé entre le 65ᵉ et le 66ᵉ degré de latitude, une entrée fort

» considérable, dirigée vers l'ouest, dans la
» quelle il pénétra avec ses vaisseaux. Aprè
» avoir examiné les marées à diverses ri
» prises, et s'être efforcé, durant trois se
» maines, de découvrir la nature et la dire
» tion intérieure de l'ouverture, il reconu
» que le flot venait toujours de l'ouest, et q
» c'était une grande rivière, à laquelle i
» donna le nom de Wager.

» M. Dobbs contesta l'exactitude ou plu
» la fidélité de ces détails. Il soutint que la r
» vière de Middleton est un détroit, et n
» pas une rivière d'eau douce ; que si Midd
» ton l'avait examinée convenablement, i
» aurait trouvé un passage à l'océan oc
» dental d'Amérique. Le peu de succès
» l'expédition ne servit donc qu'à fournir
» M. Dobbs de nouveaux arguments pour te
» ter ce passage encore une fois ; et aya
» fait accorder par un acte du parlement l
» vingt mille livres sterling de récompen
» dont on a parlé plus haut, il parvint à d
» terminer une société d'armateurs et de n
» gociants à équiper *le Dobbs* et *la Californ*
» On espéra que ces vaisseaux viendraien

out de pénétrer dans l'océan Pacifique,
ar l'ouverture que le voyage de Middleton
vait indiquée, et sur laquelle on supposait
ue ce navigateur avait trompé le public
ans son rapport.

Cette nouvelle expédition n'eut pas plus
e succès que les autres. On sait que le
oyage du *Dobbs* et de *la Californie** con-
rma, au lieu de les détruire, les assertions
e Middleton. On apprit que le prétendu
étroit n'était qu'une rivière d'eau douce,
t on détermina exactement jusqu'à quel
oint elle est navigable du côté de l'ouest.»
Ainsi la rivière le Wager produit une véri-
ble marée de l'ouest, parce qu'elle est une
s écluses qui viennent du nord dans l'océan
antique : il est donc clair que la grande
ère de Cook produit, de son côté, une
ritable marée de l'est, parce qu'elle est
ssi une des écluses du nord dans la mer
Sud.

D'ailleurs, l'élévation et le tumulte de ces

---

* M. Ellis fut du voyage, et c'est lui qui en a écrit
relation que j'ai citée plus d'une fois.

marées de la grande rivière de Cook, sen[blables] à celles du fond de la baie d'Hudso[n] du détroit de Waigats, etc., l'affaiblisseme[nt] de leur salure, leur direction générale v[ers] la Ligne, prouvent qu'elles sont formées [en] été dans le nord de la mer du Sud, ainsi q[ue] dans le nord de la mer Atlantique, de la fon[te] des glaces du pôle nord.

Dans la suite du Voyage de Cook, ache[vé] par le capitaine Clerke, nous allons trouv[er] deux autres observations sur les marées, do[nt] le système lunaire ne peut pas mieux rend[re] raison.

Aux îles Sandwich, à l'observatoire angl[ais] dans la baie de Karakakoo, par le 19ᵉ deg[ré] 28 minutes de latitude nord, et le 204ᵉ [de] longitude est, « les marées sont très-rég[u]» lières ; le flux et le reflux sont de six heur[es] » Le flot vient de l'est, et la mer est hau[te] » dans les pleines et les nouvelles lunes, [à] » trois heures quarante-cinq minutes, tem[ps] » apparent. * »

A la bourgade de Saint-Pierre et de Sai[nt]

---

* Cap. Clerke, année 1779, mars.

Paul, au Kamtschatka, par le 53ᵉ degré 38 minutes de latitude nord, et le 158ᵉ degré 43 minutes de longitude est, « la mer fut haute dans les pleines et nouvelles lunes à 4 heures 35 minutes, et sa plus grande élévation était de cinq pieds huit pouces. Les marées arrivent de douze heures en douze heures, d'une manière très-régulière. * »

Le capitaine Clerke, imbu, ainsi que Cook, du système de l'attraction de la lune dans la zone torride, s'efforce en vain de rapporter aux phases irrégulières de cet astre, les marées qui arrivent à des heures régulières dans la mer du Sud, ainsi que leurs autres phénomènes. L'astronome Wales, qui accompagna Cook dans son second voyage, est forcé d'avouer à ce sujet l'insuffisance de la théorie de Newton. Voici ce qu'il en dit dans un extrait inséré dans l'Introduction générale du dernier voyage de Cook.

« Les lieux où l'on a observé, pendant ces voyages, l'élévation et l'époque des marées, sont en très-grand nombre, et il en résulte

---

Cap. Clerke, année 1779, octobre.

22*

»des détails utiles et importants. Dans l
»cours de ces observations, quelques fai
»très-curieux et même très-imprévus se sor
»offerts à nous. Il suffira d'indiquer ici l
»hauteur extrêmement petite du flot au mi
»lieu de l'océan Pacifique : nous l'y avon
»trouvée de deux tiers au-dessous de la quan
»tité à laquelle on aurait pu s'attendre d'a
»près la théorie et le calcul. » Les partisan
du système newtonien seraient bien autre
ment embarrassés, s'il leur fallait expliqu
d'une manière claire, d'abord, pourquoi il
a par jour deux marées de six heures dan
l'océan Atlantique ; ensuite, pourquoi il n
en a qu'une de douze heures dans la parti
australe de la mer du Sud, comme à l'île d
Taïti, sur la côte de la Nouvelle-Hollande,
sur celle de la Nouvelle-Bretagne, à l'île d
Massafuero, etc.... ; pourquoi, d'un autr
côté, dans la partie septentrionale de cett
même mer du Sud, les deux marées de si
heures reparaissent chaque jour égales au
îles Sandwich; inégales sur la côte d'Amérique, à l'entrée de Nootka ; et vers cette
même latitude, réduites à une seule marée

douze heures sur la côte d'Asie, au Kam-
chatka.

J'en pourrais citer d'autres encore plus
extraordinaires. Ce sont ces dissonances très-
marquées et très-nombreuses du cours des
marées avec celui de la lune, dont Newton
cependant ne connaissait qu'un petit nombre,
qui l'ont forcé de reconnaître lui-même, ainsi
que je l'ai dit ailleurs, « qu'il fallait qu'il y
eût dans le retour périodique des marées,
quelque autre cause mixte qui a été inconnue jusqu'ici. * »

Cette autre cause inconnue jusqu'ici est la
fonte des glaces polaires, qui ont cinq à six
mille lieues de circonférence dans leur hiver,
deux à trois mille au plus dans leur été.
Ces glaces, en s'écoulant alternativement
dans le sein des mers, en opèrent tous les
phénomènes. Si, dans notre été, il y a deux
marées par jour dans l'océan Atlantique,
c'est à cause du déversement alternatif des
deux continents, l'ancien et le nouveau, qui
se rapprochent au nord, dont l'un verse le
jour et l'autre la nuit, les eaux des glaces

* Philosophie de Newton, chap. XVIII.

que le soleil fait fondre sur le côté orienta
et occidental du pôle qu'il circuit chaqu
jour de ses feux, et qu'il échauffe pendar
six mois. S'il y a un retard de vingt-deux m
nutes d'une marée à celle qui la suit, c'e
parce que la coupole des glaces polaires e
fusion diminue chaque jour, et que ses e
fluences sont retardées par les sinuosités d
canal de l'Atlantique. Si, dans notre hivei
il y a aussi deux marées retardées par jou
sur nos côtes, c'est que les effluences du pôl
sud, entrant dans le canal de l'Atlantique
éprouvent encore deux déversements à so
embouchure; l'un en Amérique, au ca
Horn, et l'autre en Afrique, au cap de Bonne
Espérance. Ce sont, je pense, ces deux dé
versements alternatifs des courants du pôl
sud, qui rendent ces deux caps, qui en re
çoivent la première impulsion, si tempé
tueux et si difficiles à doubler, pendant l'ét
de ce même pôle, aux vaisseaux qui sorten
de l'océan Atlantique; car alors ils rencon
trent de front les courants qui descenden
du pôle sud. C'est par cette raison qu'il leu
est fort difficile de doubler le cap de Bonne

espérance en novembre, décembre, janvier, février et mars, pour aller aux Indes; et qu'au contraire, ils le passent aisément dans nos mois d'été, parce qu'alors ils sont aidés des courants du pôle nord, qui les poussent hors de l'Atlantique. Ils éprouvent le contraire à leur retour des Indes, dans nos mois d'hiver.

Je suis porté, par ces considérations, à croire que les vaisseaux qui vont à la mer du Sud, éprouveraient moins d'obstacles à doubler le cap Horn dans son hiver que dans son été; car ils ne seraient pas repoussés alors par les courants du pôle sud dans l'Atlantique, et ils seraient aidés, au contraire, à en sortir, par ceux du pôle nord. Je pourrais appuyer cette conjecture de l'expérience de plusieurs vaisseaux. On pourrait m'objecter celle de l'amiral Anson; mais il ne doubla ce cap qu'aux mois de mars et d'avril, qui sont d'ailleurs deux des mois les plus tempétueux de l'année, à cause de la révolution générale de l'atmosphère et de l'Océan, qui arrive à l'équinoxe, lorsque le soleil passe d'un hémisphère dans l'autre.

Expliquons maintenant par les même
principes, pourquoi les marées de la mer d
Sud ne ressemblent pas à celles de la mer A
lantique. Le pôle sud n'a point, comme
pôle nord, de double continent, qui sépai
en deux déversements les effluences que l
soleil fait couler chaque jour de ses glace
Il n'a même aucun continent : il n'a poii
par conséquent de canal où ces effluence
soient retardées. Ainsi ses effusions s'écoi
lent directement dans la vaste mer du Sud
formant sur la moitié de ce pôle une suite d
gerbes divergentes qui en font le tour e
vingt-quatre heures, comme les rayons d
soleil. Lorsqu'une gerbe de ces effusions rei
contre une île, elle lui apporte une maré
de douze heures, c'est-à-dire de la mêm
durée que celle que le soleil met à échauffé
la moitié de la coupole glaciale, par laquell
passe le méridien de cette île. Telles sont le
marées des îles de Taïti, de Massafuero, d
la Nouvelle-Hollande, de la Nouvelle-Bre
tagne, etc. Chacune de ces marées dure au
tant que le cours du soleil sur l'horizon, e
est régulière comme ce cours. Ainsi, pendai

e le soleil échauffe, douze heures de suite,
ses feux verticaux les îles australes de la
r du Sud, il les rafraîchit par une marée
douze heures, qu'il fait sortir des glaces
pôle sud par ses feux horizontaux. Des
ets contraires viennent souvent de la même
use.

Cet ordre des marées n'est plus le même
ns la partie septentrionale de la mer du
d. Dans cette partie opposée de notre hé-
sphère, les deux continents se rapprochent
core vers le nord. Ils versent donc tour-à-
ur, en été, dans le canal qui les sépare,
deux effusions semi-diurnes de leur pôle,
ils y rassemblent tour-à-tour, en hiver,
les du pôle sud; ce qui y produit deux
rées par jour comme dans la mer Atlan-
que. Mais comme ce canal, formé au nord
la mer du Sud par les deux continents, est
-évasé au-dessous du 55ᵉ degré de latitude
d, ou plutôt qu'il cesse d'exister par l'é-
tement presque subit de l'Amérique et de
ie, qui vont en divergeant à l'est et à
uest, il arrive qu'il n'y a que les lieux si-
s dans le déversement de la partie septen-

trionale de ces deux continents, qui éprouvent deux marées par jour. Telles sont les
îles Sandwich, situées précisément au con-
fluent de ces deux courants, à des distances
proportionnelles de l'Amérique et de l'Asie,
vers le 21ᵉ degré de latitude nord. Lorsque
ce lieu est plus exposé au courant d'un continent qu'à celui de l'autre, ses deux marées
semi-diurnes sont inégales comme à l'entrée
de Nootka, sur la côte d'Amérique : mais
lorsqu'il est tout-à-fait hors de l'influence de
l'un, et entièrement sous celle de l'autre, il
ne reçoit qu'une marée par jour, comme à
Kamtschatka, sur la côte d'Asie ; et cette
marée est alors de douze heures, comme
l'action du soleil sur la moitié du pôle, dont
les effusions n'éprouvent plus alors de partage.

D'où l'on voit que deux ports peuvent être
situés dans la même mer et sous le même
parallèle, et avoir, l'un deux marées par
jour, et l'autre une seule, et que la durée de
ces marées, soit doubles, soit simples, soit
doubles égales, soit doubles inégales, soit
régulières, soit retardées, est toujours

ouze heures dans vingt-quatre heures ; c'est-à-dire, précisément du temps que le soleil met à échauffer la moitié de la coupole polaire d'où elles s'écoulent ; ce qui ne peut se rapporter au cours inégal du soleil entre les tropiques, et bien moins encore à celui de la lune, qui n'y est souvent que quelques heures sur l'horizon.

J'ai donc établi par des faits simples, clairs et nombreux, la discordance des marées, dans la plupart des mers, avec l'attraction prétendue de la lune à l'équateur ; et au contraire, leur concordance avec l'action du soleil sur les glaces des pôles.

J'en demande pardon au lecteur, mais l'importance de ces vérités m'engage à les récapituler.

1° L'attraction de la lune sur les eaux de l'Océan est contredite par l'inertie des eaux des méditerranées et des lacs, qui n'éprouvent jamais aucun mouvement, lorsque cet astre passe à leur méridien et même à leur zénith. Au contraire, l'action de la chaleur du soleil qui fait sortir des glaces des pôles les courants et les marées de l'Océan, se vé-

23

rifie par son influence sur les montagnes
glace, d'où sortent en été des courants
des flux, qui produisent de véritables maré
dans les lacs qui sont à leur pied, comme
le voit dans le lac de Genève, situé au b
des Alpes Rhétiennes. Les mers sont les la
du globe, et les pôles en sont les Alpes.

2° L'attraction prétendue de la lune su
l'Océan, ne peut s'appliquer ni aux deux m
rées de six heures ou semi-diurnes de la m
Atlantique, parce que cet astre ne passe ch
que jour qu'à son zénith; ni à la marée
douze heures ou diurne de la partie austra
de la mer du Sud, parce qu'il passe chaq
jour au zénith et au nadir de cette vaste mé
ni aux marées tant semi-diurnes que diurn
de la partie septentrionale de cette mêm
mer; ni à la variété de ces marées q
croissent ici dans les pleines * et nouvell

* Je reconnais, ainsi que Pline, que la lune fo
par sa chaleur les glaces et les neiges. Ainsi, qua
elle est pleine, elle doit augmenter la fonte
glaces polaires ou les marées. Mais, si celles-ci cro
sent sur nos côtes quand la lune est nouvelle,
pense que ces fontes surabondantes ont encore

nes, et là plusieurs jours après ; qui aug-
entent ici dans les quadratures, et là dimi-
nent ; ni à leur égalité constante dans d'au-
es lieux ; ni à la direction de celles qui vont
ers la Ligne ; ni à leur élévation qui aug-
ente vers les pôles, et s'affaiblit sous la zone
ême de l'attraction lunaire, c'est-à-dire,
ous l'équateur. Au contraire, l'action de la
haleur du soleil sur les pôles du monde, ex-
lique parfaitement la grandeur des marées
ès des pôles, et leur faiblesse près de l'é-
uateur ; leur divergence du pôle d'où elles
écoulent, et leur concordance parfaite avec
s continents d'où elles descendent ; étant
oubles en vingt-quatre heures, lorsque l'hé-
isphère qui les verse ou qui les reçoit est
paré en deux continents ; doubles et iné-
ales, lorsque le déversement des deux con-

casionées par la pleine lune, et sont retardées dans
ur cours par quelque configuration particulière d'un
s deux continents. Au reste, cette difficulté n'est
as plus difficile à résoudre par ma théorie que par
lle de l'attraction, qui ne peut expliquer d'ailleurs
plupart des phénomènes nautiques que je viens de
pporter.

tinents est inégal ; simples et uniques, lors
qu'il n'y a qu'un seul continent qui les vers
ou qu'il n'y en a point du tout.

3° L'attraction de la lune, qui va toujou
d'orient en occident, ne peut s'appliquer e
aucune manière au cours de la mer des Ir
des, qui flue six mois vers l'orient et six mo
vers l'occident ; ni au cours de la mer Atlar
tique, qui flue six mois au nord et six mo
au midi. Au contraire, l'action de la chalei
semi-annuelle et alternative du soleil autor
de chaque pôle couvert d'une mer de gla
de 5 ou 6000 lieues de circonférence en h
ver, et de 2 ou 3000 en été, s'accorde pa
faitement avec le courant semi-annuel et a
ternatif qui descend de ce pôle, en fluant ve
le pôle opposé, selon la direction des con
nents et des archipels qui lui servent de 1
vages.

J'observerai à ce sujet que, quoique la m
du Sud ne semble présenter aucun canal a
cours des effluences polaires, par la grand
divergence de l'Amérique et de l'Asie, o
peut cependant y en entrevoir un sensibl
ment formé par la projection de ses archipel

qui sont en correspondance avec les deux continents. C'est par le moyen de ce canal que les îles Sandwich, qui sont dans la partie septentrionale de la mer du Sud, vers le 21ᵉ degré de latitude, éprouvent deux marées par jour par le déversement de l'Amérique et de l'Asie, quoique le détroit qui sépare les deux continents soit au 65ᵉ degré de latitude nord. Ce n'est pas que ces îles et ce détroit du Nord soient tout-à-fait sous le même méridien : mais les îles Sandwich sont placées sur une courbe correspondante à la courbe sinueuse de l'Amérique, et dont l'origine serait au détroit du Nord. On pourrait prolonger cette courbe à des archipels plus éloignés de la mer du Sud, qui éprouvent deux marées par jour ; et elle y exprimerait le courant formé par le déversement de l'Amérique et de l'Asie, comme nous l'avons dit ailleurs. Toutes les îles sont au milieu des courants. En considérant donc sur un globe le pôle sud à vue d'oiseau, on entrevoit une suite d'archipels dispersés en ligne spirale jusque dans l'hémisphère du nord, qui indique le courant de la mer du Sud ; comme la projection des deux conti-

23*

nents du côté du pôle nord, indique le courant de l'Atlantique. Ainsi le cours des mers
d'un pôle à l'autre est en spirale autour du
globe, comme le cours du soleil de l'un à
l'autre tropique.

Cet aperçu ajoute un nouveau degré de
vraisemblance à la correspondance des mouvements de la mer avec ceux du soleil. Ce
n'est pas que la chaîne des archipels qui se
projette en spirale dans la mer du Sud, ne
soit interrompue en quelques endroits ; mais
ces interuptions ne proviennent, à mon avis,
que de l'imperfection de nos découvertes.
Nous pourrions, ce me semble, les étendre
bien plus loin, en nous guidant pour la découverte des îles inconnues de cette mer,
sur la projection des îles que nous connaissons déjà. Ces voyages ne devraient pas se
faire en allant directement de la Ligne au
pôle sud, ou en décrivant le même parallèle
autour du globe, ainsi qu'on a coutume,
mais en suivant la ligne spirale dont je parle,
suffisamment indiquée par le courant général même de l'Océan. Il ne faudrait pas négliger d'observer les fruits nautiques que l

ourant alternatif des mers ne manque jamais de porter d'une île à l'autre, souvent à
des distances prodigieuses. C'est par ces
moyens simples et naturels, que les anciens
peuples du midi de l'Asie ont découvert tant
d'îles dans la mer du Sud, où l'on reconnaît encore leurs mœurs et leur langage.
Ainsi, en s'abandonnant à la nature, qui
nous sert souvent mieux que notre savoir,
ils ont abordé, sans octant et sans carte, à
une multitude d'îles dont ils n'avaient même
jamais ouï parler.

J'ai indiqué ailleurs ces moyens faciles de
découvertes, et de communications entre les
peuples maritimes. C'est dans l'explication
des figures, au cinquième volume des Études,
en parlant de l'hémisphère Atlantique, et au
sujet de Christophe Colomb, qui, près de
périr en pleine mer, à son premier retour de
l'Amérique, mit la relation de sa découverte
dans un tonneau qu'il abandonna aux flots,
dans l'espérance qu'elle serait portée sur quelque rivage. J'ai dit à cette occasion, « qu'une
simple bouteille de verre pouvait la conserver des siècles à la surface des mers,

»et la porter plus d'une fois d'un pôle
»l'autre. » Cette expérience vient de
réaliser en partie sur les côtes de l'Europe
Elle est rapportée par le Mercure de France

« J'invite les marins qui s'intéressent aux progrè
des connaissances naturelles, de réitérer cette exp
rience si facile et si peu coûteuse. Il n'y a point
lieu où les bouteilles vides soient plus communes
plus inutiles que sur un vaisseau. Lorsqu'il sort du po
il y a beaucoup de bouteilles pleines de vin, de bièr
de cidre et d'eau-de-vie, dont la plupart sont vidé
au bout de quelques semaines, sans qu'on ait
quoi les remplir de tout le voyage. En en jetant quel
ques-unes à la mer, on pourrait y adapter perpend
culairement une baguette surmontée d'un petit mo
ceau de toile, ou de quelque plume blanche. Ce sign
la détacherait du fond azuré de la mer, et la fer
apercevoir de loin. Il serait à propos de la garnir
cordes, pour l'empêcher de se briser en attérissant s
les rivages, où les courants et les marées la port
raient tôt ou tard. Ces essais paraîtront des jeux d'e
fants à nos savants; mais ils peuvent devenir de
plus grande importance pour les gens de mer. Il
peuvent servir à leur faire connaître la direction
la vitesse des courants, d'une manière bien pl
certaine et beaucoup plus étendue que le loch qu
l'on jette à bord des vaisseaux, ou que les bateau
que l'on y met à la mer. Ce dernier moyen, quoiqu

samedi 12 janvier 1788, n° 2, pages 84
85, partie politique.

« Au mois de mai de cette année, des

ployé fréquemment par le célèbre Cook, ne peut
ais donner que la vitesse relative du bateau et
vaisseau, et non la vitesse intrinsèque du courant.
in ces essais, tout hasardeux qu'ils sont, peuvent
vir aux navigateurs à donner de leurs nouvelles à
rs amis, à de grandes distances de la terre, comme
le voit dans l'expérience de la baie de Biscaye, et
ur obtenir des secours pour eux-mêmes, s'ils ve-
ent à faire naufrage sur quelque île déserte.
ous ne nous fions pas assez à la nature. On pour-
t employer préférablement à des bouteilles, quel-
es-uns des trajectiles dont elle se sert dans diffé-
ts climats, pour entretenir la chaîne de ses cor-
pondances par tout le globe. Un des plus répan-
s sur les mers des tropiques, est le coco. Ce fruit
souvent aborder à cinq ou six cents lieues du ri-
ge où il est né. La nature l'a fait pour traverser les
rs. Il est d'une forme oblongue, triangulaire et
énée, en sorte qu'il vogue sur un de ses angles
mme sur une quille, et, passant à travers les dé-
its des rochers, il vient échouer sur les grèves,
il ne tarde pas à germer. Il est préservé du choc
s abordages par une enveloppe appelée caire, qui
n pouce ou deux d'épaisseur dans la circonférence
fruit, et trois ou quatre à sa partie pointue, qu'on
ut considérer comme sa proue, avec d'autant plus

» pêcheurs d'Arromanches près Bayeu:
» trouvèrent en pleine mer une petite b

de raison, que l'autre extrémité est aplatie com
une poupe. Ce caire est couvert, à l'extérieur, d'u
membrane unie et coriace, sur laquelle on peut t
cer des caractères; et il est formé, à l'intérieur,
filaments entrelacés, et mêlés d'une poussière se
blable à de la sciure de bois. Au moyen de cette
veloppe élastique, le coco peut être lancé par les fl
au milieu des rochers, sans se briser. De plus,
coque intérieure est d'une matière plus flexible q
la pierre, et plus dure que le bois, impénétrable à l'e
où elle peut rester très-long-temps sans se pour
ainsi que son caire, dont les Indiens font, par ce
raison, d'excellents câbles pour les vaisseaux. La
que du coco est si dure, que son germe n'en pour:
jamais sortir, si la nature n'avait ménagé à sa par
pointue, où le caire est renforcé, trois petits trous
couverts d'une simple pellicule.

Il y a encore bien d'autres végétaux volumineu
que les courants de la mer portent à des distanc
prodigieuses, tels que les sapins et les bouleaux
Nord, les doubles cocos des îles Séchelles, les ba
bous du Gange, les gros joncs du cap de Bonne-I
pérance, etc. On peut écrire aisément sur leurs tig
avec la pointe d'un coquillage, et les rendre rem:
quables sur la mer par quelque signal éclatant.

On peut trouver de semblables ressources parmi l
amphibies, tels que les tortues, qui se transporte

...eille bien bouchée : impatients de voir ce
...'elle contenait, ils la cassèrent ; c'était

...loin au moyen des courants. J'ai lu quelque part
...s l'histoire de la Chine, qu'un de ses anciens rois,
...ompagné d'une foule de peuple, vit un jour
...ir de la mer une tortue, sur le dos de laquelle
...ient écrites les lois qui font aujourd'hui la base
...gouvernement chinois. Il est probable que ce lé-
...ateur avait profité du moment où cette tortue
...t venue à terre, suivant l'usage, reconnaître le
...où elle devait faire sa ponte, pour écrire sur son
...s les lois qu'il voulait établir, et qu'il saisit pareil
...ent le jour d'après cette reconnaissance, où cet
...mal ne manque pas de retourner au même lieu
...dre ses œufs, pour pénétrer un peuple simple de
...pect pour des lois qui sortaient du sein de la mer,
...la vue des tablettes merveilleuses sur lesquelles
...s étaient écrites.

...es oiseaux de marine peuvent fournir encore des
...es plus promptes de communication, d'autant que
...r vol est très-rapide, et qu'ils sont si familiers sur
...rivages déserts, qu'on les prend à la main, comme
...ai éprouvé à l'île de l'Ascension. On peut leur at-
...her, avec un billet, quelque signe remarquable,
...choisir de préférence ceux qui arrivent dans di-
...ses saisons, et qui parcourent différents rivages,
...même les oiseaux de terre de passage, comme les
...miers.

»une lettre dont ils ne purent lire l'adress
»conçue en langue anglaise. Ils la portèr
»au juge de l'amirauté, qui la fit déposer à s
»greffe. La suscription annonçant qu'elle a
»partenait à une dame anglaise, il s'assu
»de son existence, et prit les mesures que
»prudence dictait pour lui faire parvenir s
»rement sa lettre. Le mari de cette dar
»(homme de lettres connu dans sa patrie p
»plusieurs ouvrages justement estimés) vie
»d'écrire ; et, en marquant au juge sa reco
»naissance avec les expressions les plus fo
»tes, il lui apprend que la lettre dont il s'
»git est du frère de son épouse, allant a
»grandes Indes. Il avait voulu donner de
»nouvelles à sa sœur. Un vaisseau qu'il av
»vu dans la baie de Biscaye, et qui paraî
»sait aller en Angleterre, lui en avait don
»l'idée. Il comptait pouvoir en approche
»mais le vaisseau s'étant éloigné, il av
»imaginé de mettre la lettre dans une bo
»teille, et de la jeter à la mer. »

Enfin, les journaux viennent, avec la fo
tune, à l'appui de ma théorie.

Dans le désir de donner à un fait aussi i

rtant toute l'authenticité dont il est sus-
tible, j'ai écrit en Normandie à une dame
mes amies, qui cultive avec beaucoup de
ût l'étude de la nature, au sein de sa famille,
ur la prier de demander au juge de l'ami-
té d'Arromanches, quelques éclaircisse-
nts dont j'avais besoin, en Angleterre. J'ai
féré même, en attendant sa réponse, l'im-
ssion de cette dernière feuille pendant
s de six semaines. La voici telle que le
é de l'amirauté d'Arromanches a eu la
mplaisance de la lui envoyer, et qu'elle a
la bonté de me la faire parvenir, ce 24
rier 1788.

« La bouteille fut trouvée à deux lieues en
er, au droit de la paroisse d'Arromanches,
stante elle-même de deux lieues nord-est
e la ville de Bayeux, le 9 mai 1787, et
éposée au greffe de l'amirauté le 10 du
même mois.

» M. Elphinston, mari de la dame à laquelle
a lettre était adressée, marque qu'on n'est
as bien sûr si c'est l'auteur de la lettre qui
s'a embouteillée dans la baie de Biscaye, le
7 août 1786, latitude 45°, 10 minutes

»nord, longitude 10ᵉ, 56 minutes ouᵉ
»comme elle est datée ; ou si quelqu'un,
»vaisseau passant l'a confiée aux ondes.

» Quant au vaisseau, il l'appelle Naquᵉ
»Celui qui allait au Bengale se nommait *l'I*
» *telligence*, sous les ordres du capitaine Lá
»ton.

» Les noms des pêcheurs sont Charles
»Romain, maître du bateau ; Nicolas Fresnᵉ
»Jean-Baptiste le Bas et Charles l'Ami, maᵗ
»lots, tous de la paroisse d'Arromanches

Signé PHILIPPE DE DELLEVILLE.

La paroisse d'Arromanches est environ
1 degré de longitude ouest du méridien
Greenwich, et à 49 degrés 5 minutes de l
titude nord. Ainsi la bouteille jetée à la mᵉ
au 10ᵉ degré 56 minutes de longitude ouesᵗ
et au 45ᵉ degré 10 minutes de latitude norᵈ
a parcouru à-peu-près 10 degrés en longⁱ
tude, qui, dans ce parallèle, à 17 lieues eᵐ
viron par degré, font 170 lieues vers l'orienᵗ
De plus, elle a remonté au nord de 4 degréᵉ
puisqu'elle a été pêchée à 2 lieues au noᵈ
d'Arromanches, c'est-à-dire, à 49 degrés 1

nutes de latitude, ce qui fait 100 lieues au
d, et pour toute sa route, 270 lieues. Elle
mployé à faire ce trajet 266 jours, depuis
17 août 1786, jusqu'au 9 mai 1787, ce qui
t à-peu-près une lieue par jour. Cette vi-
se sans doute n'est pas comparable à celle
ec laquelle les débris du combat d'Ostende
scendirent aux îles Açores, en faisant plus
35 lieues par jour, ainsi que je l'ai rap-
rté à la fin du cinquième volume de mes
rdes. Le lecteur pourrait révoquer en doute
te observation de Rennefort, et en même
mps la conséquence que j'en ai tirée pour
nstater la vitesse du courant général de
céan, si je ne l'avais prouvée d'ailleurs
r plusieurs autres faits nautiques, et si les
rnaux des marins n'étaient remplis d'expé-
nces semblables, qui attestent que les cou-
nts et les marées font souvent faire aux
isseaux trois à quatre milles par heure, et
me s'écoulent avec la rapidité des écluses,
sant huit à dix nœuds par heure, dans les
troits voisins des glaces polaires en fusion,
ivant les témoignages d'Ellis, de Linscho-
n et de Barents. Mais je puis dire que la

lenteur avec laquelle la lettre jetée à l'entr[é]
de la baie de Biscaye, est parvenue sur l[es]
côtes de Normandie, est une nouvelle preu[ve]
de l'existence et de la vitesse du courant a[l]
ternatif et semi-annuel de l'océan Atlantiqu[e]
jusqu'à présent méconnu, que j'ai assimilé [à]
celui de l'océan Indien, et expliqué par [la]
même cause.

On peut s'assurer en pointant la carte, q[ue]
le lieu où la bouteille anglaise fut jetée à [la]
mer, est à plus de 80 lieues du continent,
précisément dans la direction du milieu [de]
l'ouverture de la Manche, où passe un br[as]
du courant général de l'Atlantique, qui port[e]
en été, les débris du combat d'Ostende ju[s]
qu'aux Açores. Or, ce courant portait au[ssi]
au sud lorsque le voyageur anglais lui con[fia]
une lettre pour ses amis du nord; puisq[ue]
c'était le 17 août, c'est-à-dire, dans l'été [de]
notre pôle, lorsque la fonte de ses glac[es]
s'écoule vers le midi. Cette bouteille vog[ua]
donc vers les Açores, et sans doute bien [au]
delà, pendant la fin du mois d'août et tout [le]
mois de septembre, jusqu'à ce que la révol[u]
tion de l'équinoxe, qui fait rétrograder

...urs de l'Atlantique par les effusions du pôle ...stral, la ramena vers le nord.

...Ainsi on ne doit calculer son retour que ...u mois d'octobre, où je la suppose dans le ...isinage de la Ligne, dont les calmes ont ... l'arrêter, jusqu'à ce qu'elle ait éprouvé ...nfluence du pôle sud, qui n'acquiert d'ac-...vité dans notre hémisphère que vers le mois ... décembre. A cette époque, le cours de ...Atlantique, qui va alors au nord, étant le ...ême que celui de nos marées, elle a pu être ...pprochée de nos rivages, et y être exposée ...eaucoup de retardements, par le dégorge-...ent des fleuves qui traversaient son cours ... se jetant dans la mer, mais sur-tout par ... réaction des marées ; car si leur flux porte ... nord, leur reflux ramène au midi.

...Il est donc essentiel de faire ces sortes ...xpériences en pleine mer, et sur-tout d'a-...ir égard à la direction du courant de l'O-...an, de peur d'envoyer au midi des lettres ...e l'on destine pour le nord. Dans la saison ...a ce courant n'est pas favorable, on peut ...servir des marées qui vont souvent en sens ...ntraire ; mais, comme je viens de le dire,

24*

il y a ce grand inconvénient, c'est que si le
flux porte au nord, leur reflux ramène
midi.

Les marées ont dans leur flux et ref
même, une consonnance parfaite avec
courants généraux de la mer et le cours
soleil. Elles fluent pendant douze heures da
un jour, soit qu'elles soient partagées en de
marées de six heures par le déversement
deux continents, comme dans l'hémisph
nord ; soit qu'elles coulent pendant dou
heures consécutives, comme dans l'hé
sphère sud : de même le courant général d'
pôle flue six mois dans l'espace d'un an. Ai
les marées, qui sont de douze heures da
tous les cas, sont d'une durée précisém
égale à celle que le soleil emploie à échau
fer la moitié de l'hémisphère polaire d'
elles découlent, c'est-à-dire, d'un den
jour ; comme le courant général qui sort
ce pôle, flue précisément pendant le mê
temps que le soleil échauffe cet hémisph
en entier, c'est-à-dire, pendant une den
année. Mais comme les marées, qui ne so
que des effusions polaires d'un demi-jo

nt des reflux égaux à leurs flux, c'est-à-dire, de douze heures ; de même les courants généraux, qui sont des effusions semi-annuelles d'un pôle entier, ont des reflux égaux à leurs flux, c'est-à-dire, de six mois, lorsque le soleil met ceux du pôle opposé en activité.

Si le temps et le lieu me le permettaient, je ferais voir comme ces mêmes courants généraux, qui sont les seconds mobiles des marées, portent nos navigateurs tantôt en avant et tantôt en arrière de leur estime, suivant la saison de chaque pôle. J'en trouverais une multitude de preuves dans les voyages autour du monde, entre autres, dans le deuxième et le troisième voyage du capitaine Cook. Souvent ces courants apportent les plus grands obstacles à l'atterrissement des vaisseaux. Par exemple, lorsque Cook partit de l'île de Taïti, en décembre 1777, pour aller faire des découvertes au nord, il découvrit sur sa route les îles Sandwich, où il aborda sans difficulté, parce que le courant du pôle sud lui était favorable ; mais lorsqu'il retourna du nord pour prendre des rafraîchissements aux mêmes îles, il eut ce courant

du sud si contraire dans la même saison, q[ue]
les ayant aperçues le 26 novembre 1778, [il]
mit plus de six semaines à louvoyer pour [y]
atteindre le mouillage, et ne put y jeter l'a[n]
cre que le 17 janvier 1779. Ainsi, la vra[ie]
saison pour aborder aux îles qui sont à u[ne]
latitude plus élevée que celle d'où l'on par[t]
est l'hiver de leur hémisphère ; car alors, [on]
est favorisé par les courants de l'hémisph[ère]
opposé, et c'est ce que prouve le premi[er]
voyage de Cook aux îles de Sandwich. Ma[is]
le contraire arrive lorsqu'on veut aborder
une île moins élevée en latitude, dans l'hiv[er]
de son hémisphère, comme on le voit p[ar]
l'exemple de son retour aux mêmes îles. [Je]
pourrais multiplier les faits en faveur d'u[ne]
théorie si importante à la navigation ; ma[is]
j'abuserais de l'attention du lecteur. J'o[se]
donc me flatter d'avoir mis dans le plus gra[nd]
jour la concordance des mouvements d[es]
mers avec ceux du soleil, et leur discordan[ce]
avec les phases de la lune.

Je pourrais faire plus d'une objectic[n]
contre le système même d'attraction par le[¬]
quel Newton rend compte du mouveme[nt]

planètes dans les cieux. Ce n'est pas que
nie en général la loi de l'attraction, dont
us voyons des effets sur la terre dans la
santeur des corps et dans le magnétisme ;
is je ne trouve pas que l'application que
wton et ses partisans en ont faite au cours
s planètes, soit juste. Selon Newton, le so-
l et les planètes s'attirent réciproquement
ec des forces qui sont en raison directe des
asses, et en raison inverse du carré de la
tance. Une seconde force se combine avec
traction, pour maintenir les planètes dans
rs orbites. Il résulte de ces deux forces
e ellipse pour la courbe décrite par chaque
anète. Cette ellipse est continuellement al-
rée par l'action que les planètes exercent
s unes sur les autres. Au moyen de cette
éorie, le cours de ces astres est tracé dans
ciel avec la plus grande précision, suivant
s newtoniens. Le cours seul de la lune avait
ru s'y refuser ; mais pour me servir des
rmes d'une Introduction à l'étude de l'as-
onomie, dont l'extrait a paru dans le Mer-
ure du 1er décembre 1787, n° 48, « ce satellite que le célèbre Halley appelait un astre

» rebelle, *Sydus pertinax*, à cause de la gran
» difficulté de calculer les irrégularités de s
» cours, a été enfin maîtrisé par les savan
» méthodes de MM. Clairault, Euler, d'
» lembert, de la Grange et de la Place. »

Ainsi voilà donc les astres les plus rebel
soumis aux lois de l'attraction. Je n'ai qu'u
petite objection à faire contre cet empire
les savantes méthodes qui ont maîtrisé
cours de la lune. Comment se peut-il que
attractions réciproques des planètes aient
être calculées avec tant de justesse par m
astronomes, et qu'ils en aient pesé si exact
ment les masses, lorsque la planète déco
verte depuis quelques années par Hersche
n'est pas encore entrée dans leurs balance
Cette planète n'attire donc rien, et n'
donc point attirée ?

A Dieu ne plaise que je me propose de d
truire la réputation de Newton et des savan
qui ont marché sur ses pas ! Si, d'un côté
ils nous ont jetés dans quelques erreurs,
ont contribué de l'autre à augmenter les co
naissances de l'esprit humain. Quand Newtc
n'aurait inventé que son télescope, nou

devrions beaucoup. Il a étendu pour
omme la sphère de l'univers et le senti-
nt de l'infinité de Dieu. D'autres ont ré-
ndu dans toutes les conditions de la so-
té., le goût de l'étude de la nature par les
erbes tableaux qu'ils nous en ont présentés.
relevant leurs fautes, j'ai respecté leurs
tus, leurs talents, leurs découvertes et
rs pénibles travaux. Des hommes aussi
èbres, tels que Platon, Aristote, Pline,
scartes, etc., avaient accrédité comme
de grandes erreurs.... La philosophie
ristote avait été seule pendant des siècles
plus grand obstacle à la recherche de la
ité. N'oublions jamais que la république
lettres doit être une véritable république,
ne reconnaît d'autre autorité que celle de
aison. D'ailleurs, la nature a mis chacun
nous dans le monde, pour correspondre
ctement avec elle. Son intelligence luit
tous les esprits, comme son soleil éclaire
les yeux. N'étudier ses ouvrages que
des systèmes, c'est ne les observer
avec les yeux d'autrui.

le n'ai donc voulu m'élever sur les ruines

de personne. Je ne cherche point de piédé
tal. Un gazon suffit à qui n'aime plus que
repos. Si moi-même j'osais faire l'histoire
la faiblesse de mon esprit, j'exciterais la p
de ceux dont j'ai peut-être irrité l'envie.
combien d'erreurs, depuis l'enfance, n'ai
pas été le jouet! Par combien de faux ap
çus, de mépris injustes, d'estimes mal fe
dées, d'amitiés trompeuses, ne me suis
pas fait illusion! Ces préjugés ne me s
pas venus seulement sur la foi d'autrui, m
sur la mienne. Ce ne sont point des admi
teurs que j'ambitionne, mais des amis ind
gents. Je fais bien plus de cas de celui
excuse mes défauts, que de celui qui exag
mes faibles vertus. L'un me supporte d
ma faiblesse, et l'autre s'appuie sur
force; l'un m'aime dans mon indigence,
l'autre dans ma prétendue richesse. Autref
j'ai cherché des amis parmi les gens
monde : mais je n'y ai guère trouvé que
hommes qui ne veulent que des complaisan
des protecteurs qui pèsent sur vous, au l
de vous soutenir, et qui vous accablent lo
que vous tentez de vous remettre en liber

ntes de celles dont les pôles étaient alors
foyers, comme on le peut voir sur les
les de géographie; par les traditions des
inois, dont les annales attestent que le
eil resta fixe plusieurs semaines consécu-
és dans une seule constellation; ce qui
casiona, non un embrasement, comme
l'avait craint, mais un déluge dont la
ine fut inondée; enfin par les traditions
s prêtres de l'Égypte, qui assurèrent à
érodote que le soleil s'était levé deux fois à
Occident, et couché deux fois à l'Orient;
que l'on ne peut attribuer qu'aux diverses
clinaisons des pôles de la terre, et à ses
ers, qui en varient, dans le cours des siè-
s, les pondérations et les mouvements.

Les planètes, qui tournent autour du so-
l, paraissent soumises à des harmonies
mblables. Elles ont leurs axes différem-
ent inclinés; leurs moteurs sont les mêmes,
is ils ont d'autres directions; chacune a
ou plusieurs océans, non pas dirigés du
d au sud, comme notre Atlantique, mais
rient en occident, à proportion qu'elles
enfoncent dans les zones célestes glaciales.

Je ne parlerai point des satellites ni des a
neaux qui réchauffent les planètes de le
reflets. Il paraît que dans tous ces astres i
a des océans, ou fluides, ou glacés, ou
évaporation, qui sont les moteurs de le
mouvements et de leur fécondité. Le sol
en est le premier agent ; c'est l'Apoll
de notre système. Comme je l'ai déjà d
il varie sans cesse les cordes de sa lyre po
en tirer de nouveaux airs. Si j'en avais
temps, je me permettrais quelques réflexi
sur le satellite que nous connaissons le mieu
et sur lequel nous sommes le moins d'acco
Comment la lune peut-elle attirer nos me
sans attirer en même temps l'air, élém
plus étendu, plus léger, plus mobile, p
élastique, qui les environne ? Si elle sou
vait et laissait retomber deux fois par jo
notre océan Atlantique, elle en ferait aut
de notre atmosphère. Alors nos baromètr
si sensibles au moindre poids des nuag
nous annonceraient deux fois par jour
marées aériennes en harmonie avec des n
rées pélagiennes. « Notre air est trop lég
»me répondit un jour un professeur de n

hématiques, pour être attiré par la lune.»

— « Pourquoi donc, lui dis-je, est-il attiré par la terre, au point que son poids fait monter l'eau dans une pompe vide, à trente-deux pieds de hauteur ?»

Mais comment la lune peut-elle soulever l'Océan, malgré l'attraction même de la terre, qui, d'un autre côté, ne lui permet pas d'attirer à elle les méditerranées, les lacs, les fleuves, etc.? Et en supposant qu'elle ne puisse attirer que l'Océan, pourquoi produit-elle sur nos côtes deux marées en vingt-quatre heures, puisque, quand elle est au zénith, et sur-tout au nadir de notre méridien, le long continent de l'Amérique s'oppose évidemment aux communications directes de la mer du Sud et de l'océan Atlantique? Comment, après avoir produit deux marées de six heures chacune, par jour, dans notre hémisphère boréal, n'en opère-t-elle qu'une de douze heures en vingt-quatre dans l'hémisphère austral, où l'Océan est si étendu, et où aucun continent ne s'oppose aux effets de son attraction ?

On sait que par toute la terre elle nous

montre toujours la même face : comment
donc peut-on supposer aujourd'hui qu'elle
tourne, comme notre globe, sur elle-même?
Mais comment, par un prodige encore plus
étrange, peut-elle, chemin faisant, nous jet-
ter de petites pierres brûlantes, à 90,000
lieues de distance, avec des mortiers volca-
niques de quatre lieues de largeur? Comment des mortiers si larges ont-ils pu les
chasser si loin et si chaudes, à travers de
régions glacées ? Nos plus terribles volcans
avec de bien moindres ouvertures, et par
conséquent bien plus de détonation, ne lancent pas leurs projectiles à deux lieues de
hauteur. Les volcans de la lune jettent, dit-
on, leurs pierres à 5000 lieues, c'est-à-dire
aux limites de sa sphère d'attraction, d'où
elles sont emportées par l'attraction de la
terre à 85,000 lieues plus loin. Mais comment arrive-t-il que cette incroyable explosion ne dérange pas, par sa réaction, le
cours d'un astre qui est en équilibre? Comment se fait-il alors que la lune, qui n'attire
qu'à 5000 lieues ses propres pierres, attire
notre océan à 90,000, et que la terre, qui

son côté, entraîne la lune entière dans sa sphère d'attraction, n'y entraîne pas aussi toutes les pierres qui en couvrent la surface? Si on dit que les sphères d'activité des deux planètes restent en équilibre, l'une à 5000 lieues, l'autre à 85,000, elles n'exercent donc point d'action l'une sur l'autre. Tout ce que nous savons de plus assuré de la lune, c'est qu'elle a des éléments semblables à ceux de la terre. Les astronomes lui ont refusé long-temps l'air et l'eau, quoiqu'ils sussent qu'elle avait des volcans; mais ils ne se rappelaient pas que le feu ne pouvait exister sans air, ni les volcans sans mers. Pour moi, s'il m'est permis de le dire, je regarde la lune comme un astre en harmonie passive avec le soleil, et active avec la terre. Son mois est une petite année qui a dans ses quatre phases, quatre saisons. Ses harmonies forment la douzième partie de celles du soleil, et elle les exerce sur les sept puissances de la nature qui règnent sur notre globe. Je m'en suis convaincu par un grand nombre d'observations. Je la considère donc, avec sa forme variable et dans sa course oblique,

comme une navette céleste, chargée de lu
mière par le soleil. Elle forme de ses fi
d'argent, dans le cours du mois, la trame d
ce magnifique réseau dont le soleil fournit
chaîne d'or, dans le cours de l'année. I
Providence y attacha les germes de tout
qui est organisé, en environna notre globe
et, par des harmonies luni-solaires et sol
lunaires qui s'entrelacent sans cesse, en d
veloppe, dans le cours des siècles, les forme
la vie et les générations.

Si de la lune nous nous élevons jusqu'a
soleil, nous verrons combien nous somm
encore nouveaux dans l'étude de la natur
Les anciens croyaient que cet astre était u
dieu jeune et charmant, monté sur un ch
attelé de quatre superbes coursiers, par
main des Heures, et devancé de l'Auror
qui répandait devant lui des corbeilles
roses, sur l'azur des cieux. Il parcourait ain
la terre d'orient en occident, et allait se r
poser, tous les soirs, dans les bras de
belle Téthys. Les modernes pensent aujour
d'hui que c'est une fournaise d'un million d
lieues de circonférence, qui tourne sur elle

ême. De temps en temps, cet astre demi-
uéfié détache de sa circonférence, dans
n mouvement de rotation, à l'aide du choc
ine comète, quelques gouttes d'une ma-
re vitrifiée, qui s'arrondissent en planètes,
se mettent aussitôt à tourner autour de
Au reste, cet astre ne les éclaire que par
sard; car il est, par rapport à elles, dans
e proportion de grosseur, telle que celle
la plus volumineuse citrouille comparée
ine douzaine de petits pois.

C'est ici qu'il faut se servir contre le grand
wton de sa propre devise, devenue depuis
lle de la société royale de Londres, et qui
t sans doute celle de tout ami de la vérité,
ullius in verba: «Ne jurons pas par les paroles
le qui que ce soit.» Newton a calculé la chair d'une comète dans le voisinage du soleil,
il l'a trouvée deux mille fois plus ardente
e celle d'un fer rouge. Selon lui, les co-
ètes sont destinées, pour la plupart, à ali-
enter ses feux. Cependant, il aurait dû se
ppeler que les rayons du soleil n'avaient
oint de chaleur en eux-mêmes, qu'ils n'en
quéraient sur notre terre qu'en s'harmo-

niant avec notre atmosphère, et qu'il gè
perpétuellement dans nos zones torrides, s
les sommets des hautes montagnes qui ont se
lement une lieue de hauteur perpendiculair
parce que l'air trop raréfié ne peut s'échau
fer par ses rayons. On pourrait encore o
jecter l'Océan, les végétaux et les anima
de notre globe, qui n'ont jamais pu sor
d'un soleil liquéfié.

Enfin un musicien allemand, Herschel
perfectionne en Angleterre le télescope
Newton. Il en grossit six mille fois les obj
qu'il observe, et il découvre que le soleil ı
rien qui ressemble à une fournaise. Il v
distinctement que c'est une planète d'un o
dre supérieur à la nôtre, entourée d'une
mosphère de lumière de 1500 lieues de ha
teur, ondoyante, qui s'entr'ouvre de ten
en temps, et laisse apercevoir à travers u
perspective admirable de nuages lumineu
de magnifiques montagnes de 150 lieues
hauteur et de 3 à 400 de longueur. Her
chell réitère si souvent ces observation
qu'il ne doute pas que le soleil ne soit u
planète habitable.

Ainsi, un bon observateur, secondé d'un
bon instrument, renverse tous les calculs de
Newton et des newtoniens, sur les écumes
flottantes du soleil, sur les planètes terrestres
qui en étaient sorties, sur la mollesse primitive de ces mêmes planètes, et sur la force
centrifuge qui en avait déprimé les pôles en
soulevant leur équateur, quoiqu'elle n'ait
plus aujourd'hui la force de soulever une
paille sur notre globe, et qu'au lieu d'y trouver ses plus hautes montagnes projetées d'o-
rient en occident, on n'y voye que le plus
grand diamètre de ses mers, et par conséquent
la partie la moins élevée de sa circonférence.
Je pense que le système de Newton sur la
composition de la lumière en sept couleurs primitives, quoiqu'il n'y en ait réellement que trois, et son système de l'attraction universelle, éprouveront des objections
encore plus fortes que le système du mouvement des comètes, qui vont servir de pâ-
ture aux feux d'un soleil qui ne brûle point.
Herschell, à l'aide de son télescope, a découvert à 600 millions de lieues de nous, une
nouvelle planète avec des volcans, huit ou

dix satellites, un anneau double comme ce
lui de Saturne , et si bien double, que l'in
tervalle des deux moitiés concentriques lui
servi de lunette pour observer une étoi
qu'il apercevait au delà. Notre astronomi
trop rarement reconnaissante , a donné
cette planète le nom d'Herschell. Mais com
bien de noms d'amis ne pourrait-il pas don
ner lui-même à ce nombre prodigieux d'é
toiles, qu'il découvre toutes les nuits à d
distances incalculables, groupées deux à deu
trois à trois, quatre à quatre, par milliers
par millions, sur les mêmes plans, ou à
suite les unes des autres, dans la profonde
du firmament ! Pouvons-nous bien cro
que ces soleils lointains se maintiennent i
mobiles à des distances infinies, seuleme
par la loi unique et universelle d'une m
tuelle et réciproque attraction ?

Si j'ose en dire ma pensée, je trouve ce
idée, qui a aujourd'hui tant de partisans
France , remplie de contradictions. Il fa
d'abord supposer que l'univers est infini,
qu'il est rempli d'étoiles attirantes et attiré
car s'il avait des limites, ou seulement çà

quelques déserts, les astres qui se trouve-
ment dans leur voisinage, s'écrouleraient
nécessairement vers le centre du système,
n'ayant aucun corps attirant qui les maintînt
fixes sur ses bords.

Ce n'est pas tout : en accordant aux newtoniens que l'attraction est une propriété
universelle de la matière, ils doivent convenir eux-mêmes que les parties de cette matière, qui s'attiraient de toutes parts, n'ont
dû faire, avant de se séparer, qu'une seule
masse de l'univers. Il a donc fallu, 1° qu'une
multitude de forces particulières et centripètes l'aient divisée par blocs, et aient arrondi
les blocs en globes ; 2° que des forces cen-
trifuges aient succédé aux centripètes, pour
chasser ces globes à des distances prodigieuses les uns des autres, non-seulement dans
une même direction, comme le cours d'un
fleuve, mais comme des vents déchaînés qui
bouleversent une mer ; 3° il a fallu une force
libertie qui les ait fixés chacun dans le lieu
où ils sont à présent, immobiles dans les
cieux, dans toutes sortes de projections,
comme des vaisseaux surpris après une tem-

pête dans la mer Glaciale, par le vent (...)
nord. Qu'était devenue alors la force d'a(...)
traction universelle, unique, inhérente à (...)
matière, et qui devait la rendre inséparabl(...)
Il me semble que si elle eût agi seule, ent(...)
les astres supposés dans un état de molless(...)
loin de les fixer en blocs, en globes, en poin(...)
fixes dans le ciel, et en équilibre, ils se fu(...)
sent, en s'attirant mutuellement, allongés (...)
croisés les uns vers les autres par rayon(...)
comme ceux de nos soleils de feux d'artifi(...)
Mais ce n'est pas tout : parmi tant d'étoi(...)
fixes que l'attraction rend immobiles aujou(...)
d'hui, comment se trouve-t-il des planè(...)
qui se sont soustraites à son pouvoir, et q(...)
au contraire, tournent sans cesse autour d'(...)
soleil immobile qui les attire ? Il a donc fa(...)
encore une nouvelle force oblique qui (...)
empêchât de s'y précipiter, de manière q(...)
de ces deux forces il en résultât une tr(...)
sième qui les obligeât de circuler autour de l(...)

Que de lois diverses et contraires à la (...)
unique de l'attraction permanente et ré(...)
proque des astres ! que de nouvelles obj(...)
tions à faire !

Bayle raconte que, de son temps, un ha-
ile physicien essaya de mettre un petit corps
ans un simple équilibre, au moyen de l'at-
action. Il disposa donc, dans le repos de
n cabinet, plusieurs aimants au foyer des-
els il mit en l'air un globule de fer; mais
nais il ne put l'y maintenir un seul instant.

mment donc pourrions-nous croire que
it d'astres mobiles et immobiles, grands
petits, attirants et attirés, se maintiennent
les distances infinies les uns des autres, de-
is des siècles, par la seule projection du
sard? Le judicieux Bayle accuse en géné-
les astronomes d'ignorance en physique;
eur reproche d'en négliger l'étude pour
le du calcul, et prétend même que ces
ux études sont incompatibles. Il leur dé-
re, malgré son scepticisme sur la plupart
s opinions humaines, que leur système
croulera de lui-même, et qu'ils seront
cés tôt ou tard, pour le soutenir, d'ad-
ttre une intelligence dans chacun des as-
s dont ils veulent expliquer le mouvement
le repos.

Ce fut Voltaire qui apporta en France l'at-

traction newtonienne, dont elle était repou-
sée depuis vingt-sept ans par les tourbillo-
cartésiens. Ce n'était pas une petite glo-
pour lui de renverser un système et d'en é-
fier un autre. Il aurait pu faire honneur
celui-ci à Kepler, son inventeur, et mê-
aux anciens, comme on le voit dans un mo-
ceau très-curieux de Plutarque. Mais il préf-
d'en donner des leçons à la belle Émilie
Châtelet, de lui en dédier un traité, et de
faire paraître sous ses auspices, par une f-
belle épître en vers. Il y parle de New-
comme d'un demi-dieu :

> Confidents du Très-Haut, substances éternelles,
> Qui brûlez de ses feux, qui couvrez de vos ailes
> Ce trône où votre maître est assis parmi vous,
> Parlez, du grand Newton n'étiez-vous point jaloux ?

Il y a apparence que dans cet élan, il é-
beaucoup plus enthousiasmé de son écoli-
que de son précepteur ; car voici comm-
s'exprimait plusieurs années après, quand
fut d'un sens rassis :

> Ces cieux divers, ces globes lumineux
> Que fait tourner René le songe-creux

Dans un amas de subtile poussière,
Beaux tourbillons que l'on ne prouve guère,
Et que Newton, rêveur bien plus fameux,
Fait tournoyer, sans boussole et sans guide,
Autour de rien, et tout autour du vide.

Je ne sais si l'attraction passera un jour
sur la terre, comme dans les cieux, pour la
loi unique qui en a formé tous les êtres.
Mais que deviendront alors les lois morales
qui doivent régir les hommes? N'est-elle pas
une loi morale elle-même, cette loi de la
raison universelle qui a créé dans la nature
les lois mécaniques, et qui les emploie, les
enveloppe et les perfectionne? L'architecte
d'un palais en a sans doute précédé les mains.

Oh! combien nos doctrines humaines ont
dégradé parmi nous la science divine! Les
unes nous représentent ce globe comme un
ouvrage céleste, dévasté par les démons;
les autres nous montrent les cieux comme une
habitation d'animaux. C'est sous leurs noms
et sous leurs images, qu'elles font briller les
constellations célestes; et le mécanisme par
lequel elles les font mouvoir, renferme sans

contredit beaucoup moins d'intelligence q[ue]
les bêtes n'en emploieraient elles-mêmes po[ur]
se conduire sur la terre. Qu'en résulte-t[-il]
pour notre instruction et notre bonheur ? N[os]
premiers documents épouvantent notre en[-]
fance, et nous rendent, pendant toute la vi[e,]
la mort effroyable ; les seconds paralyse[nt]
notre raison, et nous rendent la vie insipid[e.]
Souvent les uns et les autres se succède[nt]
pour nous tourmenter et nous abrutir tour[-à-]
tour.

Heureux ceux qui, forts de leur conscien[ce]
première, ne cherchent l'Auteur de la natu[re]
que dans la nature même, avec les simpl[es]
organes qu'elle leur a donnés ! Ils n'étudie[nt]
point en tremblant les destinées du gen[re]
humain,[*] dans une polyglotte. Ils ne che[r-]
chent point, à la faveur d'un télescope[, à]
travers le Serpent, le Cancer et les aut[res]
monstres des cieux, le retour assuré d'une c[o-]
mète, pour confirmer une théorie du hasar[d.]
Les objets de la nature les plus communs, so[nt]
pour eux les plus dignes d'admiration et [de]

* Newton lui-même.

reconnaissance. Dès l'aurore, ils voient le soleil, vers l'orient, repousser le voile sombre de la nuit, et ranimer de ses rayons une terre couverte de végétaux et d'êtres sensibles; à midi, l'astre qui fait tout voir, disparaît enseveli dans une splendeur éblouissante ; mais vers le soir, déployant à l'occident le voile de sa lumière, il découvre sur l'horizon qu'il abandonne des cieux tout étincelants de constellations. Qu'admireront-ils le plus ? sera-ce la lunette astronomique, qui, pour en nombrer les étoiles, s'allonge en vain toutes les nuits dans les airs, depuis des siècles ; ou les yeux que leur donna la nature, pour en embrasser le spectacle infini dans un instant ?

MÉMOIRE

SUR

LA NÉCESSITÉ DE JOINDRE

UNE MÉNAGERIE

AU JARDIN DES PLANTES DE PARIS.

MÉMOIRE

SUR

LA NÉCESSITÉ DE JOINDRE

UNE MÉNAGERIE

AU JARDIN DES PLANTES DE PARIS. *

ÉTUDE de la nature est la base de toutes les connaissances humaines. Le Cabinet national d'Histoire naturelle et son Jardin des plantes, sont destinés, à Paris, à en renfer-

* A l'époque où ce mémoire fut publié, Bernardin Saint-Pierre était intendant du Jardin des Plantes. Ce mémoire, plein de vues et d'observations utiles, eut dans la suite des temps tout le succès qu'on pouvait en espérer. Ainsi c'est à l'auteur des Études de la nature que la France doit la formation de cette ménagerie, qui est aujourd'hui l'un des plus beaux ornements du Jardin du Roi.

mer les principaux objets pour l'instructi[on]
publique. Peu d'hommes connaissent tout [le]
prix de cet établissement, parce qu'ils n[e]
font pas plus d'attention qu'à la nature mêm[e]
au sein de laquelle ils vivent. Ils peuvent s'[en]
former une idée, en considérant combi[en]
d'états viennent y puiser des lumières. L[es]
minéralogistes, les botanistes, les zool[o-]
gistes ; ensuite ceux qui professent les a[rts]
qui émanent des trois premiers règnes de [la]
nature, les lapidaires, les chimistes, les a[po-]
thicaires, les distillateurs, les chirurgie[ns,]
les anatomistes, les médecins ; enfin ce[ux]
mêmes qui exercent les arts de goût, les d[es-]
sinateurs, les peintres, les sculpteurs, vie[n-]
nent y chercher chaque jour de nouvel[les]
connaissances. C'est là que se sont form[és]
les Tournefort, les Rouelle, les Macqu[er,]
les Jussieu, les Vaillant, les Buffon, ainsi [que]
les savants qui l'illustrent aujourd'hui, d[ont]
les ouvrages se sont répandus dans to[ute]
l'Europe, avec une multitude de végét[aux]
utiles ou agréables qui ont pris naissa[nce]
dans ses jardins. Qui croirait qu'avec [tant]
d'avantages cet établissement est encore t[rès]

parfait; puisqu'il lui manque la principale
[par]tie de l'histoire naturelle ?

A Dieu ne plaise que nous soyons assez
[ins]ensés pour vouloir y rassembler tous les
[ouv]rages de la nature, plus profonde et plus
[vas]te que l'Océan ! L'homme le plus actif,
[dan]s le cours de la vie la plus longue, n'en
[peu]t entrevoir que les principaux rivages ;
[ma]is ses études élémentaires doivent au
[mo]ins en embrasser l'ensemble. Ainsi une
[ma]ppemonde offre au voyageur l'image du
[glo]be qu'il doit parcourir. Celui de la nature
[re]présente, dans le Jardin, qu'un de ses
[hém]isphères.

[L]e Cabinet renferme les trois règnes de la
[nat]ure morte : des fossiles ; des herbiers ; des
[ani]maux disséqués, empaillés, injectés. Le
[Jar]din ne contient que les deux premiers
[règ]nes de la nature vivante : un sol en acti-
[on], et des plantes qui végètent ; il n'a point
[d'an]imaux qui sentent, qui aiment, qui
[con]naissent. Le Cabinet montre les dé-
[pou]illes de la mort ; le Jardin, au contraire,
[les] premiers éléments de la vie. Le Ca-
[bin]et est le tombeau des règnes de la na-

27

ture ; le Jardin en doit donc être le berceau
Les Égyptiens représentaient cette mère commune de tant d'enfants avec trois rangs ap-
parents de mamelles, sans doute comme di
symboles de ses trois règnes : le Jardin manque du plus important, puisqu'il n'a pas
règne animal, pour lequel a été créé le v
gétal, et avant tout, LE FOSSILE. *

L'anatomie comparée des animaux suffit
dit-on, pour les connaître. Quelques lumière
qu'elle ait répandues sur celle de l'homm
même, l'étude de leurs goûts, de leurs in
tincts, de leurs passions, en jette de bi
plus importantes pour nos besoins et po
notre propre existence : elle est le compli
ment de l'histoire naturelle. C'est cette étu
qui a rendu Buffon si intéressant, non-seu
ment aux savants, mais à tous les homme
Mais cet écrivain illustre, ayant manqué
beaucoup d'objets d'observations, n'a tr
vaillé souvent que sur des mémoires incer
tains : ses remarques les plus utiles lui
été inspirées par les animaux qu'il avait l

* Voyez, à la fin du volume, note première.

même étudiés ; et ses tableaux les mieux co-
loriés, sont ceux qui les ont eus pour modèles : car les pensées de la nature portent
avec elles leur expression. Quelles riches
études il nous eût laissées, s'il avait pu les
étendre à une ménagerie ! Celle de Versailles
fut toujours l'objet de ses désirs ; il aurait
voulu la joindre au Jardin des plantes ; mais,
quelque grand que fût son crédit, il n'osa la
disputer à l'homme de la cour qui en avait
le gouvernement. Ainsi la ménagerie resta à
Versailles, et ne fut pour la nation qu'un objet inutile de luxe et de dépense : mais il n'y
a pas de doute qu'elle ne fût devenue la portion la plus importante de l'histoire naturelle,
sous ses yeux et sous ceux des naturalistes.

Pour moi qui, du sein de ma solitude, ai
été appelé à remplir la place de Buffon au
Jardin des plantes, sans posséder à fond aucune des sciences qui illustrent en particulier mes collègues, je crois de mon devoir
principal de chercher à établir un ensemble
dans toutes les parties de cet utile établissement, en y attachant une ménagerie. Les
circonstances ne sauraient être plus favo-

rables ; on nous offre les animaux de cel
de Versailles, et il y a, pour les recevoir
Paris, un grand terrain, non occupé, av
ses bâtiments, qui est enclavé dans le Jardi
des plantes, et qui appartient à la nation.
me suffit donc d'exposer en peu de mots l'é
tat où se trouve la ménagerie de Versailles
son utilité au Jardin des plantes, et le
moyens économiques qui peuvent l'y établi
pour déterminer la nation à accorder les fond
nécessaires à son entretien. Le zèle des m
nistres, l'intérêt de la municipalité de Pari
la bonne volonté de son département, le
lumières et le patriotisme de la Conventio
nationale, suppléeront à mon défaut d
crédit.

M. Couturier, régisseur général des do
maines de Versailles, m'écrivit, il y a quel
ques jours, que le ministre des finances l'a
vait chargé d'offrir au Cabinet d'Histoire na
turelle les animaux de la ménagerie, en m'en
gageant à les venir voir. Les infirmités d
M. Daubenton ne lui permettant pas de m'ac
compagner, j'y invitai M. Thouin, jardinié
en chef, et M. Desfontaines, professeur d

botanique du Jardin national des plantes.
M. Thouin était chargé de plus, de la part
du ministre de l'intérieur, de prendre dans
les jardins de Trianon, Bellevue, etc., etc.,
les plantes rares qui pouvaient convenir au
Jardin national. Nous nous rendîmes, avec
M. Couturier, à la ménagerie, où nous
fûmes introduits par M. Laimant, qui en est
l'inspecteur et le concierge.

Nous n'y trouvâmes que cinq animaux
étrangers, à la vérité fort rares et fort curieux.

1.º Le Couagga : c'est une espèce de cheval
zébré à la tête et aux épaules ; il est venu du
cap de Bonne-Espérance en 1784. Il est
doux. Il se présenta de lui-même à sa grille
pour se laisser caresser, excepté aux oreilles ;
particularité qui, dit-on, lui est commune
avec l'âne.

2.º Le Bubale : c'est une espèce de petit bœuf
qui tient du cerf et de la gazelle ; il a été envoyé en 1783 par le dey d'Alger. Il est susceptible de domesticité, comme le Couagga ;
comme lui, il venait chercher des caresses à
travers sa grille.

27*

3° Le Pigeon huppé de l'île de Band
Brisson le nomme le faisan couronné d[...]
Indes, mais il boit en pompant l'eau, comm[...]
le pigeon. Cet oiseau est magnifique ; s[...]
plumage est bleu, et il est de la taille d'[...]
poulet d'Inde. Il est couronné d'une super[...]
aigrette d'un bleu de ciel, qui lui couvre [...]
tête en forme d'auréole. Il est fort sauvag[...]
en nous voyant, il se tint dans le fond de [...]
loge, où il allait et venait dans une agitati[...]
perpétuelle. Il est cependant à la ménager[...]
depuis 1787.

4° Le Rhinocéros, envoyé de l'Inde en 17[...]
Il avait alors un an. Cet animal est fort ra[...]
en Europe. Sa lourde masse, en contra[...]
avec sa tête qui ressemble à celle d'un aig[...]
sa peau épaisse à plusieurs plis, qui le cou[...]
comme une robe ; les gros boutons dont [...]
est parsemée ; sa corne unique sur le n[...]
ses pieds à trois ergots ; son membre géni[...]
tourné en arrière, par lequel nous lui vî[...]
lancer au loin son urine, comme un jet d'e[...]
nous offrirent une nouvelle combinaison[...]
formes dans l'ordre des quadrupèdes. Moi[...]
intelligent que l'éléphant, il aime à se b[...]

er comme le sanglier. Il n'en paraît pas
moins sensible aux caresses : il passa, pour
la recevoir, son large museau à travers sa
palissade. Je remarquai que sa corne, qu'il
a entièrement usée contre les barreaux, n'a-
vait point d'os au centre, comme celle des
bœufs, et que la racine était toute parsemée
de petits points blancs. M. Daubenton m'a dit
que ce n'était qu'un paquet de crins agglu-
tinés.

5°. Un beau Lion, arrivé du Sénégal en
septembre 1788 ; il avait alors sept à huit
mois, ainsi qu'un chien braque, son compagnon, avec lequel il a été élevé. Leur amitié est un des plus touchants spectacles que
la nature puisse offrir aux spéculations d'un
philosophe. J'avais lu dans les voyages de
Jean Mocquet, fondateur et garde du cabinet
des singularités du roi, sous Henri iv, l'histoire d'un chien qu'il avait vu à Maroc dans
la fosse aux lions, où on l'avait jeté pour être
dévoré ; il y vivait paisiblement sous la protection du plus fort d'entre eux, qu'il s'était
attirée en le flattant et lui léchant une gale
qu'il avait sous le menton. Mais l'ami du lion

de Versailles est plus intéressant que le pr
tégé du lion de Maroc. Dès qu'il nous ape
cut, il vint avec le lion à la grille, nous fa
sant fête de la tête et de la queue. Pour
lion, il se promenait gravement le long
ses barreaux, contre lesquels il frottait
tête énorme. L'air sérieux de ce terrible dé
pote, et l'air caressant de son ami, m'insp
rèrent pour tous deux le plus tendre intérê
Jamais je n'avais vu tant de générosité da
un lion, et tant d'amabilité dans un chie
Celui-ci sembla deviner que sa familiari
avec le roi des animaux, était le princip
objet de notre curiosité. Cherchant à nou
complaire dans sa captivité, dès que nous lu
eûmes adressé quelques paroles d'affection
il se jeta d'un air gai, sur la crinière d
lion, et lui mordit en jouant les oreilles. L
lion se prêtant à ses jeux, baissa la tête, e
fit entendre de sourds rugissements. Ce
pendant ce chien si complaisant et si har
portait à son côté une cicatrice toute roug
qu'il léchait de temps en temps, et qu'il sem
blait nous montrer comme les effets d'un
amitié trop inégale. J'admirais la gaiet

nche du chien sans rancune et sans mé-
nce auprès de son redoutable ami, après
e si cruelle injure. Toutefois les caprices,
umeur, les premiers mouvements, sont
us rares et ont des suites moins dange-
uses dans leur société, que dans la plupart
celles des hommes. Le lion se livre très-
rement à la colère envers son compagnon.
n nous assura qu'il l'invitait souvent à se
uer, en se mettant sur le dos les pates en
ir, et le serrant entre ses bras.

Tel est l'état où nous avons trouvé la mé-
gerie. Cependant, qui le croirait ? ce petit
mbre d'animaux venus de si loin, si cu-
ux et si intéressants, ne nous ont été offerts
e pour en faire des squelettes. M. Laimant,
ncierge de la ménagerie, nous dit que de-
is la révolution, elle avait été pillée ; qu'on
avait enlevé un dromadaire, cinq espèces
singes, et une foule d'oiseaux dont la plu-
t avaient été donnés à l'écorcheur, faute
moyens pour les nourrir. Il nous fit ce ré-
les larmes aux yeux ; car, indépendam-
nt du zèle qu'il a pour cet établissement
il dirige depuis vingt ans, il est père de

six petits enfants charmants, auxquels il
pourra donner de pain lui-même par la dé
truction de sa place.

Le raisonnement le plus spécieux emplo
pour l'anéantissement total de la ménager
c'est que ces animaux ne servent à rien; qu
sont dangereux dans une ville, sur-tout
carnassiers, et qu'ils sont coûteux à nour

Si nous portons la parcimonie sur de
petits objets, que dirons-nous aux puissan
d'Afrique et d'Asie qui, de temps imméin
rial, ont coutume de nous faire des prése
d'animaux ? Les tuerons-nous pour en f
des squelettes ? ce serait leur faire injure.
refuserons-nous, en leur disant que n
n'avons plus de quoi les loger ni les nour
Nos relations politiques nécessitent d
l'existence d'une ménagerie. Si elle a
jusqu'à présent un établissement de faste,
cessera de l'être quand elle sera placée d
un lieu destiné à l'étude de la nature. N
proposerons des moyens d'économie en p
lant de son établissement : auparavant, oc
pons-nous de son utilité.

Une ménagerie est donc nécessaire

nséances et à la dignité de la nation. Elle
st essentiellement à l'étude générale de la
ture, comme nous l'avons déjà dit. Elle ne
st pas moins à celle des arts libéraux. Des
ssinateurs et des peintres viennent, chaque
ur, au Jardin national, pour y dessiner des
intes étrangères, lorsqu'ils ont à représen-
des sites d'Asie, d'Afrique et d'Amérique.
s animaux des mêmes climats leur seront
ssi utiles; ils en étudieront les formes, les
itudes, les passions. Ils en ont déjà, dira-
n, des modèles en plâtre. Mais d'après quel
tre Puget a-t-il sculpté le lion dévorant
i déchire les muscles de Milon de Cro-
ne? Artistes, poëtes, écrivains, si vous
piez toujours, on ne vous copiera jamais.
ulez-vous être originaux, et fixer l'ad-
iration de la postérité sur vos ouvrages?
en cherchez les modèles que dans la na-
re.

Une ménagerie sera utile à Paris, en y atti-
nt des curieux. Ceux qui veulent achalander
ne foire, y apportent des animaux étrangers;
la partie où on les montre en est la plus
équentée. C'est une curiosité naturelle à tous

les hommes. Si les monuments morts des a
illustrent une capitale et y appellent les voy-
géurs, les monuments vivants de la natu
sont bien plus dignes de leurs regards. U
statue égyptienne nous donne quelque pe
ception de l'Afrique, de ses arts imparfait
et de ses peuples passagers; mais le noir b
salte ou le porphyre sanglant, dont elle
formée, nous présente une idée de ses trist
rochers; la raquette hérissée d'épines et l'al
ferox maculé de sang, qui les couronnen
nous offrent une image encore plus vive
ses sites barbares; et le lion fauve qui naqu
dans leurs cavernes, aux pates armées
griffes, à la voix rugissante, nous imprir
des sensations bien plus profondes de ses s
litudes redoutables, que ses sombres fossi
et ses végétaux épineux. Le philosophe che
che par quelle loi un animal renforce s
caractère indomptable dans l'esclavage, tan
que le nègre, son compatriote, et bien so
vent le blanc, ont dégradé celui de l'homm
au sein même de la liberté.

Les animaux féroces, dit-on, sont dang
reux dans une ville, parce qu'ils peuvent ve

s'échapper. C'est une bien faible objection
contre l'établissement d'une ménagerie. On
ne l'a jamais employée contre les animaux
qu'on amène journellement aux foires et sur
les boulevards de Paris. On ne voit point qu'il
en échappe aucun, quoiqu'ils ne soient renfermés que dans de mauvaises cages de bois
mobiles : comment donc pourraient-ils le
faire dans les loges solides et bien grillées
d'une ménagerie, où ils ont de plus des cours
particulières ? D'ailleurs, quand cet accident
est arrivé, il n'en est résulté aucun malheur.
Une bête féroce dans les rues d'une ville, est
aussi étonnée à la vue du peuple, que le peuple l'est à la vue de la bête féroce : ses gardiens
la reprennent aisément. C'est ce qui arriva,
il y a quelques années, en Angleterre, lorsqu'une hyène sortit de sa cage en la débar-
quant d'un vaisseau.

Il est très-remarquable que la solitude renforce le caractère de tous les êtres, et que la
captivité l'aigrit. Cette observation a fait connaître à l'anglais Howard, ce bienfaiteur des
prisonniers, que pour réformer des hommes
enfermés pour leurs mauvaises habitudes, il

ne fallait pas les laisser seuls. Il en doit ê[tre]
de même des animaux renfermés, sur-to[ut]
de ceux qui, comme les féroces, ne reçoive[nt]
souvent de visites, que pour éprouver [des]
outrages. La société et les bienfaits influe[nt]
sur les lions mêmes, au point de les rend[re]
familiers. On voit à Alger et à Tunis des lio[ns]
aller et venir dans les maisons des grand[s]
sans faire de mal ; ils jouent avec leurs ser[vi-]
teurs, dont ils sont caressés. Ce fut sans dou[te]
par l'influence toute-puissante des bienfai[ts]
qu'un citoyen de Carthage se faisait suiv[re]
d'un lion apprivoisé ; ce qui obligea le sén[at]
à le bannir, dans la crainte qu'il ne se ser[vît]
de ses talents pour subjuguer la républiqu[e.]
Carthage ne méritait pas de subsister lon[g-]
temps, puisqu'elle punissait l'homme le pl[us]
capable de la gouverner. C'est un apprenti[s-]
sage sans doute utile pour régir les homme[s]
que l'art d'apprivoiser des lions. C'était e[n-]
touré de lions et de bêtes féroces sensibles a[ux]
charmes de l'harmonie, que les Grecs repr[é-]
sentaient Orphée, le premier de leurs légi[s-]
lateurs.

Le lion de la ménagerie est une preuve [de]

que peut l'influence de la société sur le
ractère le plus sauvage ; il est beaucoup
us gai qu'un lion solitaire. J'ai été le voir
ne seconde fois dans la compagnie d'une
me qui s'amusa à faire mouvoir son éven-
il devant lui : il la regarda avec la plus
rande attention, et prit toutes les attitudes
un chat qui veut jouer.

J'attribue cette disposition du lion pour la
ociabilité, à l'amitié de son chien. Comme
homme s'est servi des espèces si variées des
iens pour subjuguer toutes les espèces d'a-
imaux par la force, peut-être réussirait-il
s'en servir encore pour les attirer à lui
ar la bienveillance : l'amitié naturelle des
iens pour l'homme, lui servirait peut-
re d'intermédiaire pour acquérir celle
es animaux. J'ai vu des chiens liés de la
us intime affection avec des chevaux, des
ats, et même des oiseaux ; et réciproque-
ent. J'ai vu à l'île de Bourbon, chez le
ommissaire de la marine, un kakatoès de la
rande espèce, qui s'était pris d'une si grande
ffection pour un chien épagneul, qu'il volait
u-devant de lui dès qu'il l'apercevait : il le

suivait en jetant des cris de joie ; et lors
que son ami était entré dans l'apparte
ment et s'était couché, il mettait sa tête en
tre ses pates, sans remuer, pendant des heu
res entières. Mais, après tout, l'amitié
plus forte n'est qu'une nuance de l'amou
Je pense que si on eût élevé une chienne
la plus grande espèce avec le lion de la m
nagerie, leur affection mutuelle eût redoubl
et qu'il en fût résulté peut-être un accoupl
ment. Pline dit, d'après Aristote, que l
Indiens faisaient couvrir leurs chiennes p
des tigres, et qu'il en naissait des chien
tigres, mais qu'ils ne se servaient que
ceux de la troisième littée, ceux des de
premières étant trop dangereux. On s'e
procuré ainsi en France des chiens-loup
pourquoi ne parviendrait-on pas à avoir d
chiens-lions ? On peut au moins, au défa
d'une compagne, donner des amis aux a
maux féroces, comme on le voit par l'exe
ple du lion. Le rhinocéros, dont l'instir
semblable à celui du sanglier, paraît stupid
est sensible à l'amitié. Je l'ai vu, en 1770
son passage à l'Ile-de-France ; il haïssait l

cochons, et écrasait avec sa corne, contre le
bord du vaisseau, tous ceux qui venaient à
sa portée; mais il avait pris une chèvre en
affection; il la laissait manger son foin entre
ses jambes. Ainsi, au défaut de l'amour, on
peut offrir à ces tristes célibataires les consolations de l'amitié, et par celle des animaux
apprivoisés, les amener à celle de l'homme.
Les faits que j'ai cités motivent ces aperçus
sur la civilisation des bêtes féroces, et la
possibilité de produire, par leur moyen,
des races de chiens plus fortes et plus courageuses. On réussirait peut-être encore à adoucir leur naturel carnassier, en les nourrissant
de végétaux. C'est peut-être à cette nourriture
qu'on doit attribuer la douceur des tigres en
Égypte, cette terre si abondante en fruits
spontanés. L'étude suivie de leurs mœurs
dans une ménagerie, peut donc procurer de
grandes lumières à la philosophie, et des
avantages même à l'économie rurale.

D'après l'utilité qu'on peut tirer des animaux carnassiers, il n'est pas nécessaire de
s'étendre sur celle qui peut résulter des pâ-
turants et des granivores. On peut donner

28*

au bubale et au grand pigeon de Banda des femelles de leur pays. A leur défaut on peu les croiser avec des espèces domestiques, e se procurer des races distinguées par leu grandeur ou leur légèreté. Le couagga es bongre, et le rhinocéros est d'une taille trop démesurée. Cependant Chardin dit qu'il es dans un état de domesticité en Éthiopie, e que les habitants s'en servent pour labouré leurs terres. Quoi qu'il en soit, ce n'est qu dans des ménageries qu'on est parvenu à na turaliser les premiers animaux dont les pos térités peuplent nos campagnes; et en croi sant leurs races, qu'on s'est procuré des va riétés utiles dans leurs espèces. C'est ains qu'il en a été des diverses espèces de chevaux de bœufs et de brebis; de l'âne, qui nous donné ensuite le mulet, tous deux étranger encore aux pays du nord; de la poule d'Inde de la pintade, des diverses espèces de pi geons, du canard de Barbarie, des variété si nombreuses de nos poules domestiques du faisan, et de beaucoup d'autres animaus venus originairement de l'Asie, de l'Afrique et de l'Amérique, et qui étaient aussi étran gers à notre climat, que la vigne, le figuier, que mûrier, le cerisier, l'olivier, la pomme de terre, et la plupart de nos arbres fruitiers, de nos légumes et de nos fleurs. Les mêmes contrées qui nous ont donné tant d'arbres qui enrichissent nos métairies et décorent nos jardins, nourrissent des quadrupèdes et des oiseaux dont nous pouvons peupler nos basses-cours et nos bosquets. Le règne animal renferme encore plus de familles que le règne végétal; et si nous avons naturalisé plus de végétaux que d'animaux, c'est que l'éducation des premiers est bien plus aisée que celle des seconds. On ne transporte pas, d'un bout du monde à l'autre, des quadrupèdes comme des plantes, ni des œufs comme des graines. Ces voyages, ces nourritures, ces premières éducations qui demandent tant d'expérience, sont au-dessus des moyens et du savoir de la plupart des hommes; il n'y a qu'une nation riche qui puisse faire ces entreprises dispendieuses, et des naturalistes qui soient capables de les exécuter. Une ménagerie n'est donc pas moins intéressante qu'un jardin pour l'économie rurale, sur-tout dans un lieu destiné à l'instruction publique.

Ces deux établissements réunis se prêteront mutuellement des lumières. On y étudiera les rapports des animaux avec les plantes qui leur sont compatriotes : ce n'est que par cette double harmonie qu'on peut les naturaliser. Nous verrions le castor se loger sur le bord de nos rivières, s'il y trouvait encore des peupliers ; et le renne paître dans nos montagnes à glace, si son lichen y était abondant. On peut offrir sans frais, dans les serres chaudes du Jardin, aux animaux délicats, les températures et les plantes de leur pays. Ils oublieront leur captivité à la vue des végétaux qui les ont vus naître, et se livreront aux amours par les douces illusions de la patrie. On y verrait le colibri et l'oiseau-mouche faire leurs nids dans les feuillages des orangers et des bananiers. Plusieurs espèces de vers à soie de la Chine fileraient leurs cocons dorés sur son mûrier, et la cochenille de Mexique couvrirait de sa postérité pourprée les feuilles du nopal. C'est par des moyens semblables que déjà des curieux sont venus à

out de multiplier des ouistitis, des benga-
s, des perroquets. Que sait-on si ces espè-
es utiles ou charmantes ne peupleront pas
n jour nos bocages? Plusieurs d'entre elles,
même des colibris, se sont répandues des
ontrées chaudes de l'Amérique dans celles
ui sont plus froides que la France. Il en est
e même des transmigrations des plantes ; la
nture ne les opère que par degrés : l'art doit
miter. La poule d'Inde et le faisan ont vécu
ans nos ménageries avant de paître dans nos
ampagnes ; le figuier et la vigne même ont
égété dans nos serres avant de tapisser nos
llines. Peut-être un jour les îles Antilles
ecevront le nopal chargé de cochenilles, du
même établissement pour lequel je sollicite
ne ménagerie, comme elles ont reçu de
on jardin l'arbre du café. Oh ! que d'indus-
ie et de jouissances y apportera un jour la
berté des blancs, lorsqu'ils y auront détruit
esclavage des noirs !

Je ne parlerai point de l'utilité réciproque
'une ménagerie et d'un jardin pour nos ani-
aaux domestiques. C'est là qu'on peut es-
nyer divers fourrages nouveaux, croiser les

races des chevaux, des taureaux, des bé
liers, etc., étudier leurs maladies, auxquelle
la médecine vétérinaire n'offre souvent, com
me la nôtre à nous-mêmes, que des remèd
incertains. Le Jardin renferme dans ses non
breux végétaux mille vertus à découvrir
elles n'y dépendront point des conjectur
trompeuses des savants : le docteur y rec
vra des leçons de la bête. La science
l'homme n'est infaillible que quand elle s'a
puie de l'instinct des animaux.*

On peut élever encore des poissons, d
coquillages, et même des amphibies, dans
grande pièce d'eau du Jardin qui est au n
veau de la Seine, et qui hausse et bais
avec ses eaux. Je ne prétends pas réun
dans une ménagerie toutes les espèces d'
tres vivants ; mais, comme elle est destin
à l'étude de la nature, au moins on doit
enseigner les éléments des sciences naturelle
et y former des naturalistes dans tous
genres, des ichthyologistes, des conchylic
logistes, etc.

---

* Voyez, à la fin du volume, note seconde.

Nous avons négligé la plus vaste et la plus vante partie de l'histoire naturelle, celle es eaux. C'est dans les eaux, et surtout ns celles de l'Océan, que sont les lois primordiales du globe. L'Océan en est le premier et le dernier laboratoire. C'est dans son in que se sont formés, les roches calcaires, s marbres, et peut-être les métaux, qui composent la surface de la terre; dans ses courants, s plaines qui l'ont nivelée, et les vallons qui nt sillonnée; dans ses évaporations, les vents les pluies qui la fécondent; dans ses zones, les ins tièdes qui la réchauffent, les glaces qui rafraîchissent; et peut-être de leur fonte mi-annuelle, les mouvements alternatifs pondération qui lui donnent les saisons. est encore l'Océan qui reçoit ses débris. s pluies y retournent en fleuves; les roes, en sables; les végétaux et les animaux, bitumes et en soufres, entretiens perpéels des volcans, qui fournissent à leur tour s éléments nouveaux au cercle éternel de vie et de la mort.

Les naturalistes ont divisé l'histoire naturelle en trois règnes, mais ils n'ont guère

parlé que de ceux de la terre. L'Océan a
pour ainsi dire, ses règnes à part, qui ne res
semblent pas plus à ceux de la terre, qu
l'eau ne ressemble à l'humus, le madrépore
l'arbre, le poisson au quadrupède. Là, son
d'autres effets, et peut-être d'autres lois d
mouvement, de la végétation et de la vi
Là, les corps, au lieu de tomber perpend
culairement, circulent horizontalement; l
végétaux sont pierreux, et se reproduise
sans fleurir; là, les animaux n'ont point (
sang, et se multiplient sans s'accoupler :
parle de ceux qui appartiennent en propi
aux eaux. L'Océan a des espèces analogu
aux végétaux et aux animaux de la terr
mais il en a un grand nombre qui ne sont qu
lui, et dont les individus sont innombrable
Pour s'en convaincre, il n'y a qu'à lire l'hi
toire de ses pêches. Celle d'un seul poisson
tel que le hareng, fait la richesse de plusieu
nations. L'histoire naturelle doit donc s'occ
per des productions d'un élément qui pre
cure tant d'avantages aux hommes. Les pe
ches sont des moissons où il n'y a rien à se
mer, et où tout est à recueillir.

Les productions des eaux, plus gratuites que celles de la terre, n'offrent pas moins de spéculations à la mécanique et à la philosophie, qu'à l'économie politique. L'homme si vain de son savoir, a tiré la plupart des idées mères de toutes ses inventions, des animaux de la terre, et surtout des insectes, qui maçonnent, filent, tissent, collent, scient, lient, percent, font du papier, etc. ; mais il a fort peu profité de ceux des eaux. Quoiqu'il s'élève aujourd'hui dans la région du tonnerre, au moyen d'un ballon rempli d'air inflammable, l'aigle ne lui montrera peut-être jamais à y voler; mais le poisson peut lui apprendre à y voguer. La forme carénée des poissons, leurs nageoires, leurs queues, ont déjà servi de patrons à la coupe, aux rames et au gouvernail de ses barques; mais son imitation est encore bien imparfaite. Une barque avance avec ses rames; mais combien de poissons nagent beaucoup plus vite par le seul mouvement de leur queue ! Ne pourrait-on pas construire un bateau d'une matière plus souple que le bois, de forme allongée comme un poisson, qui vo-

guerait comme lui par le seul mouvemer
de son gouvernail ? Nos marins se server
quelquefois de ce moyen lorqu'ils font avan
cer un bateau, en plaçant à son arrière un
rame qu'ils font mouvoir à droite et à gau
che ; mais ce levier étant trop court, et d
plus oblique à l'horizon, son mouvemei
d'ondulation ne produit que peu d'effet.

Il me reste à répondre à quelques objectioi
qui m'ont été faites par des botanistes mêm
sur l'établissement d'une ménagerie d'an
maux au Jardin des plantes. Ils veulent qu'o
dissèque ceux de Versailles, et qu'on l
place au cabinet. « Il suffit, disent-ils, d'étu
» dier les animaux morts, pour connaître suf
» samment leurs genres et leurs espèces. » Ceu
qui n'ont étudié la nature que dans des livre
ne voient plus que leurs livres dans la natur
ils n'y cherchent plus que les noms et les c
ractères de leurs systèmes. S'ils sont bot
nistes, satisfaits d'avoir reconnu la plan
dont leur auteur leur a parlé, et de l'avo
rapportée à la classe et au genre qu'il leur
désignés, ils la cueillent, et l'étendant entr
deux papiers gris, les voilà très-contents

ur savoir et de leurs recherches. Ils ne se
rment pas un herbier pour étudier la na-
re, mais il n'étudient la nature que pour
former un herbier. Ils ne font de même
s collections d'animaux que pour remplir
ur cabinet, et connaître leurs noms, leurs
nres et leurs espèces.

Mais quel est l'amateur de la nature qui
udie ainsi ses ravissants ouvrages? Quelle
fférence d'un végétal mort, sec, flétri, dé-
loré, dont les tiges, les feuilles et les fleurs
en vont en poudre, à un végétal vivant,
ein de suc, qui bourgeonne, fleurit, par-
me, fructifie, se ressème, entretient mille
armonies avec les éléments, les insectes,
s oiseaux, les quadrupèdes, et, se combi-
ant avec mille autres végétaux, couronne
os collines ou tapisse nos rivages!

Peut-on reconnaître la verdure et les fleurs
'une prairie dans des bottes de foin, et la
ajesté des arbres d'une forêt dans des fa-
ots? L'animal perd par la mort encore plus
ue le végétal, parce qu'il avait reçu une
lus forte portion de vie. Ses principaux ca-
actères s'évanouissent : ses yeux sont fer-

més, ses prunelles ternies, ses membre
roides; il est sans chaleur, sans mouve
ment, sans sentiment, sans voix, sans ins
tinct. Quelle différence avec celui qui jou
de la lumière, distingue les objets, se met
vers eux, aime, appelle sa femelle, s'accou
ple, fait son nid, élève ses petits, les défen
de ses ennemis, étend ses relations avec se
semblables, et enchante nos bocages ou anim
nos prairies! Reconnaîtriez-vous l'alouet
matinale et gaie comme l'aurore, qui s'é
lève en chantant jusque dans les nues, lors
qu'elle est attachée par le bec à un cordon
ou la brebis bêlante et le bœuf laboureu
dans les quartiers sanglants d'une boucherie
L'animal mort le mieux préparé, ne présen
qu'une peau rembourrée, un squelette, un
anatomie. La partie principale y manque, la
vie, qui le classait dans le règne animal. Il
encore les dents d'un loup; mais il n'en
plus l'instinct, qui déterminait son caractèr
féroce, et le différenciait seul de celui d
chien si sociable. La plante morte n'est plu
végétal, parce qu'elle ne végète plus; le ca
davre n'est plus animal, parce qu'il n'e

us animé ; l'une n'est qu'une paille, l'autre
est qu'une peau. Il ne faut donc étudier les
antes dans les herbiers, et les animaux
ns les cabinets, que pour les reconnaître
vants, observer leurs qualités, et peupler
e ceux qui sont utiles nos jardins et nos mé-
iries.

« Les animaux étrangers, ajoute-t-on, perdent leur caractère dans la captivité, et il
n'y a que des voyageurs qui, allant dans
leur pays, puissent les connaître dans leur
état naturel : » en conséquence on propose
d'employer les fonds que je sollicite pour
une ménagerie nationale, à faire voyager
es zoologistes.

Si les animaux perdent leur caractère par
la captivité, ils le perdent bien davantage
ar la mort. A quoi donc serviraient les
oyages des zoologistes qui n'iraient nous
ercher que leurs peaux ou leurs sque-
ttes ?

Si une ménagerie affaiblit le caractère des
animaux en les captivant, autant en fait
une serre chaude de celui des plantes ; car
le palmier y est aussi captif dans son cais-

29*

son, qu'un rhinocéros dans sa loge. Il y a
plus, c'est que l'animal dégénère beaucoup
moins en captivité, que le végétal. Certainement le bambou, le café, les palmiers de
nos serres, sont plus petits et plus rachitiques
que les autruches, les lions, et les autres animaux des mêmes climats qu'on amène e
Europe, parce que ceux-ci ont pour l'ordinaire toute leur crue lorsqu'on les envoie,
et qu'il est plus aisé de leur procurer le
aliments qui leur conviennent, qu'aux végétaux, le sol et les températures dont ils ot
besoin. Cependant conclurait-on de la dégé-
nération des plantes étrangères dans nos serres chaudes, qu'il faut les supprimer, et en
voyer les botanistes voyager en Asie, e
Afrique, et en Amérique, pour nous les fair
connaître en Europe ? Mais en a-t-on jama
fait voyager uniquement pour chercher de
herbiers ? n'attend-on pas d'eux, au contraire, qu'ils ne nous apporteront des plante
mortes, que quand ils ne pourront pas nou
les donner vivantes ? ne leur recommande-
t-on pas d'en recueillir les graines, afin de le
semer chez nous ? ne sont-ce pas eux qui n

peuplé le Jardin national d'une foule de végétaux agréables ou utiles, qui de là se sont
répandus dans nos jardins et dans nos campagnes? Quels avantages retirerons-nous
donc des voyages des zoologistes, s'ils ne
nous apportent jamais que des animaux morts?
Que feraient-ils d'ailleurs des vivants, puisque la nation n'aura pas de ménagerie pour
les recevoir? Ils étudieront leurs mœurs,
dit-on, et nous en apporteront des descrip-
tions exactes; ils nous en feront des dessins.
Ils en jouiront donc seuls en réalité, tandis
que la nation qui les paie, n'en aura que les
images. Mais à quoi nous servira de les connaître morts, si jamais nous ne devons les
voir vivants? Après tout, je voudrais bien
savoir comment des zoologistes peuvent connaître à fond les animaux sauvages d'un pays,
dont au bout du compte ils ne veulent avoir
que les peaux. Comment étudieront-ils leurs
mœurs, s'ils ne les observent qu'en les couchant en joue? ils ne les verront jamais que
fugitifs et tremblants. Iront-ils, avec toute
leur bravoure, au sein des déserts, examiner le lion dans sa caverne, et le rhinocéros

dans son marais ? Au moins l'animal au pou
voir de l'homme, montre encore son in
tinct ; s'il s'altère par les mauvais traitement
il semble se perfectionner par les bienfait
Le lion s'associe un ami dans les fers ; et
rhinocéros, sortant de sa bauge, vient à tr
vers ses barreaux mendier des caresses à
main qui le nourrit.

Nos naturalistes voyageront-ils donc tou
jours en chasseurs ? Il fut un temps o
l'homme parcourait la terre sans se fair
craindre des animaux, et sans les craindre
ils reconnaissaient en lui l'empreinte august
que lui a donnée l'Auteur de la nature. Le
plus forts le regardaient avec respect, et le
plus faibles se mettaient sous sa protection
Les histoires des anciens solitaires de l'É
gypte, des brames de l'Inde, des santons d
l'Afrique, ont là-dessus des traditions uni
formes ; on les retrouve dans les voyageu
les plus dignes de foi. Cook raconte qu'il
marché souvent, dans les îles inhabitées d
l'hémisphère sud, au milieu des pingoins
des phoques et des lions marins, sans qu'au
cun de ces animaux s'effrayât à sa vue ; il

pprochaient même de lui et l'observaient
ec curiosité. Le voyageur jouit d'une sem-
able confiance sur l'île déserte de l'Ascen-
n; j'y ai traversé des légions de frégates
de fous perchés sur leurs rochers, sans
'aucun d'eux se dérangeât de dessus son
l ou d'auprès de sa femelle. J'ai été témoin
n semblable spectacle sur les rivages ha-
és du cap de Bonne-Espérance, couverts
iseaux marins qui viennent se reposer
que sur les chaloupes. J'y ai vu, près de
douane, un pélican jouer avec un gros
ien. Quels seraient les plaisirs et les dé-
uvertes d'un amateur de la nature, qui
yagerait dans des pays inhabités, sans
mes, et sans autres instruments que ses
ux et son cœur! Il jouirait des instincts
riés de tous les animaux, qui s'abandon-
raient sans méfiance à ses observations;
omme aux premiers temps du monde; il
ercevrait du moins quelques chaînons des
lations que la nature avait établies dans la
aîne des êtres sensibles, avec l'homme
ême, et qu'il a le premier rompues par ses
mes foudroyantes. C'est encore dans les

solitudes du cap de Bonne-Espérance, que
Hottentot voit l'*oiseau de miel* venir au-de
vant de lui, lui annoncer par son vol terre
à-terre et par ses cris répétés, la découver
d'une ruche dont il lui demande sa par
C'est sur cette même terre hospitalière au
animaux innocents, que j'ai vu, près d
moi, un autre oiseau, l'*ami du jardinie*
dépouiller une haie d'insectes, et les accro
cher à des épines. C'est à l'humanité d
peuples sauvages que les animaux déco
vrent encore leurs instincts, qu'ils cachent
la barbarie des peuples policés. Que d'ha
monies touchantes ont été rompues dans n
propres climats par nos naturalistes meu
triers! On doit sans doute beaucoup de dé
pouilles d'animaux à nos savants chasseur
mais la connaissance de leurs mœurs appa
tient à des bergers et à des Sauvages. Ce n'e
plus que dans des déserts ou chez des peupl
humains, que l'animal sans expérience vo
l'Européen sans inquiétude, et dans le beso
se met sous sa protection; par-tout ailleur
il le fuit comme un tyran.

Une ménagerie bien dirigée peut no

onner encore une image de ces antiques
orrespondances des animaux avec l'homme.
ce cabinet ne nous présente guère que ceux
auxquels il a arraché la vie par violence : la
ménagerie peut nous montrer ceux à qui il
la conserve par ses bienfaits. Cette école, nécessaire à l'étude des lois de la nature, peut
devenir intéressante pour celle de la société,
et influer sur les mœurs d'un peuple, dont
la férocité à l'égard des hommes commence
souvent son apprentissage par celle qu'il voit
exercer sur les animaux.

Cette ménagerie coûtera, dit-on, beaucoup plus que le jardin, parce que les animaux consomment plus que les plantes,
mais les plantes qui sont dans les serres
chaudes, coûtent beaucoup de bois et d'entretien : il leur faut des engrais, des terres
de fougère, des caissons, des paillassons, des
vitres. Je conviens cependant que les animaux consommeront davantage ; mais il ne
sera pas nécessaire de se procurer toutes les
familles de ceux qui sont connus ; on ne s'at-
tachera qu'à avoir les plus utiles. Quant à
ceux qu'on nous offre aujourd'hui, comme

on nous les donne, l'achat n'en coûtera rien
Leur nourriture n'est pas dispendieuse : d
bubale, le couagga, le rhinocéros, vivent d
foin, d'un peu d'avoine et de son : le lio
mange par jour six livres de viande de ba
boucherie ; et le chien son ami, six livres d
pain par semaine. On peut nourrir le lion
meilleur marché, avec des équarrissages d
chevaux. Leur logement sera de peu de d
pense : M. Laimant, concierge de la mén
gerie, nous a promis les grilles, les palissade
et les charpentes de leurs loges. M. Coutu
rier, régisseur général des domaines de Ve
sailles, et rempli d'ardeur pour le bien pu
blic, s'est chargé de les faire transporter sa
frais, ainsi que les animaux, ayant à sa di
position un grand nombre de chevaux d
trait. Enfin, pour comble de facilités, il y
sur la rue de Seine un terrain, ci-devant a
nouveaux convertis, qui appartient à la n
tion, et qui est enclavé dans le Jardin d
plantes : il contient des bâtiments, consid
rables, qui n'ont besoin que de quelqu
cloisons ; et il y a, de l'autre côté de la rue
la fontaine Saint-Victor, d'où il est facile d

renvoyer de l'eau vive pour les besoins de ces animaux.*

Il ne s'agit donc plus que de fixer une somme annuelle pour leur établissement et leur nourriture, et pour les gages du portier, du gardien, du concierge, du professeur, etc. Quoique cette évaluation ne soit pas de mon ressort, je l'estime à vingt mille livres. La dépense du cabinet, du jardin, de ses professeurs, jardiniers, portiers, garde-bosquets, a été portée cette année à cent mille livres; l'année précédente, elle l'avait été à cent seize mille, sans rien ajouter à l'instruction publique : moyennant cent vingt mille livres, cet établissement aura un cours complet d'histoire naturelle, et donnera des naturalistes, des plantes et des animaux utiles aux quatre-vingt-trois départements de la France, et même aux pays étrangers. Le jardin seul fournit annuellement douze à quinze mille plantes ou paquets de graines pour cet objet. Il faut semer avant de recueillir, et les plus beaux fruits d'une dé-

* Voyez, à la fin du volume, note troisième.

pense nationale sont les lumières ; elles illu-
trent seules les capitales. Colbert attirait
Paris des étrangers par des fêtes qu'il donn
à Louis xiv ; une nation libre doit les y a
peler par des écoles utiles qu'elle ouvre
genre humain. Des villes entières, com
Athènes, et quelques autres de nos jou
ont dû leur principal revenu à des établiss
ments d'instruction publique. Quelle étu
est plus digne de l'homme que celle de
nature, d'où émanent toutes les sciences
tous les arts !

J'ai indiqué des moyens d'économie pou
formation d'une ménagerie. On peut les ét
dre jusqu'aux professeurs mêmes. J'ajoute
donc ici quelques réflexions qui pourront s
vir à l'organisation future des écoles pul
ques, et résoudre la grande question d
agitée, si l'instruction nationale doit ê
gratuite.

La patrie doit former des citoyens : elle
doit donc les premières leçons de la mor
Une mère ne vend point son lait à ses enfa
elle leur apprend de même sans argent, m
non sans intérêt, à aimer, à parler, à march

is les enfants, devenus des hommes, doi-
it pourvoir, à leur tour, à leurs besoins et
eux de leur mère. Ceci posé, la patrie,
te mère commune, fondera gratuitement
écoles qui formeront les corps des enfants
les exercices militaires, et leurs cœurs
ceux de la morale, cette gymnastique de
ne. C'est à elle à leur apprendre à en pui-
les sentiments dans ses lois, et à les ex-
mer par l'écriture, ce lien universel d'une
iété civilisée. Mais, devenus des hommes,
st à eux à s'appliquer, suivant leur goût,
x différents arts qui mènent à la fortune : ils
uvent devenir à leur gré, marchands, fabri-
ats, potiers, docteurs; il suffit que la patrie
fasse des citoyens.

On ne doit pas plus payer avec de l'argent
premières leçons du civisme, que celles
l'amitié, de l'amour et de la vertu. J'en
nclus donc que les écoles primaires, où l'on
seigne les premiers devoirs de la morale,
vent être gratuites; mais que les écoles
ondaires, où on apprendra les sciences,
arts et les métiers, doivent être payées.
s conséquences sont dans la nature. Tout

- ce qui ramène les hommes aux lois naturell
doit être donné gratuitement, comme
éléments mêmes de la nature; mais tout
qui rapporte de l'argent dans la société, d
coûter de l'argent. Cependant, comme
sciences et les arts ont leurs principes dans
nature, et leurs résultats dans la société, j
conclus que leurs professeurs, sur-tout ce
des sciences naturelles, doivent être payés
partie par la nation, en partie par leurs élève
par la nation, qui doit choisir dans tous
genres les hommes les plus habiles pour
former des pépinières de savants et d'artist
et par leurs élèves, qui doivent en recuel
du lucre dans les diverses conditions de
vie. Il en résultera à-la-fois plus de zèle
la part des professeurs, et plus d'applicati
de celle des étudiants. La plupart des homm
n'estiment que ce qui leur rapporte ou le
coûte de l'argent. Peu de gens admirent
soleil, qui répand gratuitement des océa
de lumière; mais tout un peuple court les r
la nuit pour voir une illumination de la
pions, et en fait d'autant plus de cas qu'e
a plus coûté. Ainsi sentent la plupart d

hommes, les savants comme les ignorants. Il ne faut donc pas douter que le zèle des professeurs ne redoublât par l'intérêt attaché à leurs leçons, et n'attirât une foule d'étrangers à Paris pour les entendre. Nous en trouverions beaucoup d'exemples chez les Grecs et chez les Romains, parmi ceux mêmes qui enseignaient la philosophie. Cet usage subsiste en Danemarck et en Suède, parmi les professeurs d'histoire naturelle ; et il y a peu de royaumes qui fournissent plus de naturalistes. Le fameux Linnæus était payé par ses écoliers. Enfin les conditions de la vie les plus honorées, se font payer chez nous par le public et les particuliers, jusqu'à celles qui rendent la justice et desservent les autels.

Tout nécessite donc l'établissement d'une ménagerie au Jardin des plantes, et tout y est favorable : le besoin de placer dans un lieu destiné à l'étude de l'histoire naturelle, le règne le plus intéressant de la nature ; les avantages qui en résulteront pour le progrès des arts, des sciences, de l'économie rurale, et de la philosophie même ; nos relations politiques avec les puissances étrangères ; l'intérêt de la capitale; la nécessité urgente de recueillir les débris de la ménagerie de Versailles; la facilité de les transporter à Paris, et d'acquérir, sans bourse délier, un terrain et des bâtiments enclavés dans le Jardin des plantes, et voisins d'une fontaine.

Ministres, honorés de la confiance de la nation; sections de Paris, si zélées pour la gloire de votre ville; citoyens éclairés, qui étendez vos lumières économiques à tout son département, prenez en considération un établissement qui doit illustrer la capitale, et éclairer toutes les parties du corps politique; attachez-les au centre commun de la patrie par les liens de la reconnaissance. Vous voulez former avec eux une république indissoluble; il n'y en a point de plus ancienne et de plus durable que celle des lumières : elle seule nous lie avec tous les peuples de l'univers, avec ceux qui ne sont plus, comme avec ceux qui doivent venir un jour : c'est dans la nature qu'il faut en chercher les lois; la nature seule rapproche par ses bienfaits les hommes, que les religions et le patriotisme ont divisés.

. C'est à vous que je m'adresse, illustres

membres de la Convention nationale, au nombre desquels j'ai eu l'honneur d'être appelé. Si ma santé ne m'a pas permis de m'associer à vos pénibles travaux, qui ont pour but de régénérer les hommes, délassez-vous en favorisant les miens, qui ont pour objet de répandre sur eux les bienfaits de la nature. Ne permettez pas que je sois obligé de solliciter, sous le régime de la liberté, de faibles secours pour porter à sa perfection un établissement entrepris avec magnificence sous celui du despotisme. Que j'aie la gloire d'achever auprès des représentants de la nation, ce que Buffon avait désiré sous les ministres de la cour. Sa place honorable m'a été donnée, sans que je l'aie demandée : elle m'attirera d'envie, si vous ne me faites faire un essai heureux de mon crédit. Secondez-moi de votre faveur dans votre assemblée, comme je vous ai secondés de mes vœux dans ma solitude. J'ai perdu dans la révolution presque tout mon faible revenu : je n'en ai rien redemandé aux représentants de la patrie ; je n'ai été sensible qu'à leurs efforts pour réparer ses maux. Ce n'est donc pas pour moi que

je m'adresse à vous, c'est pour elle, c'est
pour vous-mêmes. Mais ce n'est pas à ma voix
que vous devez vous rendre, c'est à celle du
peuple. De tous les établissements nationaux,
celui du Jardin des plantes est le seul qu'il ait
respecté, parce qu'il est le seul à son usage,
qu'on y donne des herbes médicinales à ses
maux, et que c'est là que viennent s'instruire
les savants qui doivent les soulager. Votre
bienfaisance pour des écoles qui lui sont chè-
res, accroîtra sa confiance en vous. Il sentira
que, malgré les frais qu'entraînent les arts destructeurs de la guerre, vous savez pourvoir
aux arts réparateurs de la paix. Louis XIV,
dans des circonstances aussi embarrassantes
que celles où vous vous trouvez, entreprenait
des monuments fastueux : achevez ceux qui
sont utiles. Il s'y faisait représenter en Apol-
lon, en Mars, en Jupiter. Faites pour la patrie une partie de ce qu'il a fait pour sa gloire,
le peuple vous regardera comme des dieux
qui d'une main lancent la foudre, et de l'autre
versent les fertiles rosées.

LETTRE

DE

J.-H. BERNARDIN DE SAINT-PIERRE,

Aux Auteurs de la Décade philosophique.

LETTRE

DE

J.-H. BERNARDIN DE SAINT-PIERRE,

Aux Auteurs de la Décade philosophique.

———

Je vous envoie la lettre originale que l'Océan m'a apportée dans une bouteille, au milieu des rochers du cap Prior; j'y joins celle de notre vice-consul au Ferrol, qui me l'a fait parvenir; et de plus quelques réflexions sur cette expérience nautique, si intéressante pour la théorie des courants de l'Océan, et pour la communication des hommes : je vous prie de les insérer dans votre journal, destiné particulièrement à servir d'archives aux sciences et aux arts.

Ferrol, 29 thermidor an v (16 août 1797).

Citoyen,

Vous trouverez ci-jointe une lettre qui m'a

été remise par un officier d'un régiment en garnison ici, qui lui-même l'a reçue d'un soldat qui dit l'avoir sortie d'une bouteille qu'il rencontra le 6 juillet dernier (à sec) entre les rochers du cap Prior. Je m'empresse, d'après le vœu de l'auteur de cette lettre, de vous la faire parvenir, et désire qu'elle procure le résultat d'utilité publique que vous et le citoyen Brard recherchez avec tant de zèle.

J. BEAUJARDIN,
Vice-consul de la république au Ferrol.

A bord du navire danois *l'Indianer*, capitaine Bensse 15 juin 1797.

MONSIEUR,

Nous avons jeté à la mer, d'après votre invitation, cette lettre, n° 1, incluse dans une bouteille, à la latitude septentrionale de 41 degrés 22 minutes; longitude, 4 degrés 52 minutes, méridien de Ténériffe. Nous allons de Hambourg à Surinam, colonie hollandaise. A chaque centaine de lieues, nous en jetterons une autre avec son numéro, sa date, ses latitude et longitude. Nous joignons, dans cha-

ne bouteille, à chaque lettre, un billet écrit
en latin, français, italien, anglais, et allemand, pour prier ceux qui la trouveront,
d'écrire exactement au-dessous, le lieu et la
date où ils l'auront trouvée, avec instance de
nous la faire passer de suite.

Nous sommes avec tout le respect dû à vos
talents, et le dévouement possible,

Vos très-obéissants serviteurs,

PANEL junior, PANEL l'aîné, BRARD,
Correspondants du Muséum d'histoire naturelle.

La note, jointe à la lettre, en latin, en
français, en italien et en anglais, était ainsi
conçue :

« Nous prions ceux qui trouveront la lettre
incluse dans cette bouteille, d'y écrire le lieu
et la date où ils l'auront trouvée, de la ca-
cheter, et de la mettre à la poste pour la faire
parvenir à son adresse. Comme elle est destinée pour faire connaître le système des courants, et que par-là elle intéresse la marine
et l'humanité entière, nous croyons que toutes
personnes honnêtes qui la trouveront, ne se
refuseront point à cette belle action. »

La lettre du citoyen Brard et de son a॥
Panel, correspondants du Muséum d'histoi
naturelle, a été jetée à la mer par le 44ᵉ d
gré 22 minutes de latitude septentrionale,
le 4ᵉ degré 52 minutes du méridien de Tén
riffe : c'était le 15 juin 1797; elle a attéri
cap Prior le 6 juillet. Ce cap est situé au 43ᵉ d
gré 34 minutes 15 secondes de latitude se
tentrionale, et au 10ᵉ degré 31 minutes 45 s
condes de longitude orientale du méridien (
Ténériffe. La lettre a donc parcouru en lat
tude, vers le sud, environ 48 minutes, (
20 lieues, en supposant le degré à 25 lieu
terrestres; et elle a vogué en longitude 5 d
grés 39 minutes 15 secondes vers l'est, q
font environ 114 lieues; le degré de longitu
étant par ce parallèle, de 20 lieues terrestr
ou un cinquième plus petit que sous l'équ
teur. En prenant la diagonale de ces deux d
rections au sud et à l'est, on aura envir
125 lieues pour la route de la bouteille.

Cependant il est probable qu'elle a fait pl
de 20 lieues vers le sud, si les marées po
tent au nord, le long des côtes de l'Europ
car elle a dû descendre d'abord au sud av

courant de l'océan Atlantique, et remonter
suite au nord avec les marées qui, selon
oi, ne sont que les contre-courants latéraux
courant général, qui porte au sud dans
tre été. De quelque manière qu'elle ait
gué au sud, il est certain qu'elle n'a point
rouvé d'obstacle de la part de ce prétendu
urant général de l'Océan, qui va sans cesse
la Ligne aux pôles par la gravitation de la
ne, suivant le système astronomique.

Si on joint à cette expérience celle qui fut
ite aussi avec une bouteille jetée dans la baie
Biscaye, le 17 août 1786, et qui fut repê-
née sur les côtes de Normandie, le 9 mai
787, on sera convaincu que le courant géné-
al de l'océan Atlantique porte au sud en
é, et au nord en hiver. On peut voir des
étails sur l'expérience de la baie de Biscaye,
ans le Mercure de France du 12 janvier
788, et dans mon Mémoire sur les marées,
ù j'en ai fait l'application à ma théorie
es marées, publiée pour la première fois
n 1784.

Quelques personnes prétendent que c'est le
ent qui a poussé ces deux bouteilles en sens

contraire; d'autres, que c'est la lune. Il e
possible que le vent ait influé sur leur navi
gation; mais l'a-t-il retardée ou accélérée
J'ignore celui qui a soufflé à ces deux épe
ques, à la hauteur des côtes de France
d'Espagne; mais cette chance douteuse est
l'avantage de ma théorie, si on s'en rappor
à celle des astronomes sur la direction de
météore hors de la zone torride. Suivant
docteur Halley, le vent d'ouest souffle pre
que toute l'année hors des tropiques. Selo
lui, ce vent est en quelque sorte une réactio
du vent alizé de l'est, qui souffle en sens co
traire dans la zone torride. Certainement ce
n'est pas; car si cela était, la bouteille jeté
à l'entrée de la baie de Biscaye, aurait dû
rentrer; au contraire, elle a été portée a
nord, puisqu'elle a été repêchée sur les côte
de Normandie; elle a donc dû être contrarié
plutôt que favorisée par le vent d'ouest. Il
avait donc un courant qui la portait au nord
malgré la résistance de ce vent. D'ailleurs
celui qui souffle contre l'embouchure d'un
rivière, n'en change pas le cours, quoiqu'i
le retarde.

Ce courant, dira-t-on, est celui des marées, qui portent au nord en tout temps, suivant le système astronomique ; mais si ce courant existait, comment la bouteille échouée sur le cap Prior est-elle descendue vingt lieues au sud ? Elle a donc vaincu à-la-fois la résistance des marées et celle du vent d'ouest ? Tout ce qu'on en peut dire, c'est qu'un courant général, venant du nord, l'aura d'abord portée assez loin au sud ; et qu'ensuite celui des marées, moins rapide, l'aura en partie reportée au nord le long des côtes, où elle a attéri.

Quant à ceux qui pensent que la lune, par son attraction, est le mobile principal des mouvements de l'Océan, et par conséquent de la navigation de ces deux bouteilles, je leur en demande bien pardon, mais je crois qu'ils se trompent. Le courant de l'océan Atlantique, qui change deux fois par an aux équinoxes, comme celui de l'océan Indien, ne peut avoir la cause de son mouvement dans le cours permanent de la lune, qui va toujours d'Orient en Occident ; mais il en a une versatile aux deux pôles, dont le soleil, par sa chaleur, fond alternativement les glaces d'un équinoxe à l'autre.

Je le répète, il n'est pas vraisemblable que la lune soit, par sa gravitation ou son attraction, le mobile de l'Océan. Comment produirait-elle par son attraction, les grandes marées de chaque mois, qui n'arrivent sur nos côtes qu'un jour et demi ou deux après qu'elle est nouvelle ou pleine? Elles devraient avoir lieu immédiatement à son passage à notre méridien, si elle soulevait notre mer. Comment, d'un autre côté, pourrait-elle l'attirer vers le zénith de ce même méridien, lorsqu'elle est à son nadir, et soulever la mer Atlantique, lorsqu'elle est sur la mer du Sud? Peut-elle agir sur nos têtes, tandis qu'elle est à nos antipodes? Comment attire-t-elle deux fois par jour l'Océan entier, et laisse-t-elle la Méditerranée et les lacs sur lesquels elle passe, sans flux et reflux? Pourquoi n'attire-t-elle pas l'atmosphère, cet Océan d'air plus étendu, plus léger et plus mobile que l'Océan aquatique? Si elle soulevait l'air, il aurait des marées comme l'Océan, et au même moment; le baromètre es annoncerait deux fois par jour : or, c'est ce qu'il ne fait pas.

La lune n'agit donc sur l'Océan que par les rayons du soleil, qu'elle réverbère sur les glaces des pôles, dont elle accélère les fontes par un surcroît de chaleur; et ces fontes n'accroissent le volume de l'Océan sur nos côtes, qu'un jour et demi ou deux après que leur action s'est fait sentir au pôle d'où elles partent, à cause de l'éloignement de ce pôle; ainsi, une source qui tombe dans un bassin, y produit un mouvement qui se décompose en deux; l'un est celui de la masse entière de l'eau, qu'elle remue presque à-la-fois; l'autre est celui de fluctuation, qui n'agit qu'à la surface, et y produit des cercles qui se succèdent sans cesse.

Le premier se fait sentir dans l'Océan, lorsque le soleil à l'équinoxe échauffant un pôle couvert de glaces, en fait sortir des torrents qui augmentent tout-à-coup le volume de l'Océan, et le forcent de rétrograder vers le pôle opposé, avec une impulsion de masse qui se fait sentir en deux ou trois semaines dans la mer des Indes. Le même effet a lieu, lorsque les fontes polaires surabondantes de la nouvelle et pleine lune, se manifestent un jour et demi après, dans les grandes marées de nos côtes. Elles arrivent chez nous en été, ainsi que celles de l'équinoxe du printemps, beaucoup plus tôt qu'aux Indes, parce que nous sommes plus voisins du pôle qui les produit.

Quant au mouvement de fluctuation, qui nous donne les marées de chaque jour, qui se succèdent comme les ondulations d'un bassin où tombe une source, et qui se font sentir, sur-tout sur les côtes, par l'action constante des courants polaires semi-annuels dont elles ne sont souvent que des contre-courants latéraux.

L'Océan est un grand fleuve dont les sources versatiles sont aux pôles; il circule autour du globe par un mouvement à-la-fois direct et latéral, et par deux mouvements tour-à-tour opposés, comme la sève dans les végétaux, et le sang dans les animaux; c'est ce que nous démontrerons dans un plus grand détail, dans nos Harmonies de la nature. Les preuves que nous en apporterons

sont si évidentes, que nous nous flattons de
amener à notre théorie les partisans les plus
zélés du système newtonien.

Quoi qu'il en arrive, il est certain que les
courants de l'Océan peuvent être au moins
aussi utiles aux hommes que ceux des rivières. On peut, par le moyen de ceux du
pôle nord, faire descendre tous les ans,
en été, jusque sur nos côtes et dans nos
ports, des quantités prodigieuses de bois qui
se perdent dans les parties septentrionales
de l'Europe et de l'Amérique : en les assem-
blant en longs trains, et en les remorquant
avec quelques bateaux, elles descendraient
encore plus aisément que les montagnes de
glaces flottantes qui sortent, au printemps,
du fond de la baie d'Hudson et de celle de
Baffin, et viennent s'échouer jusque sur le
banc de Terre-Neuve.

Il y a quelques années, l'hiver ayant été
doux à Londres, et les glacières y manquant
de glace en été, un Anglais fit la spéculation
d'en aller chercher sur le grand banc ; il en
rapporta une cargaison qu'il vendit fort cher.
Il eût pu en remorquer un rocher entier

jusque dans la Tamise. Nous pouvons de même exporter les forêts du Nord, et le faire flotter dans la Seine. La théorie des courants maritimes peut ouvrir mille communications utiles entre les hommes ; les cause en étant connues, on peut en déterminer le effets par des expériences simples, faciles e peu coûteuses. Une bouteille deviendra plu intéressante dans la mer, que le globe aéro statique dans l'air : celui-ci expose les hommes à de terribles naufrages, celle-là peut le en sauver. Il est évident que si le vaisseau *l'Indienne* avait péri sur un écueil, à l'endroi où le C. Brard a jeté sa bouteille, l'équipag eût donné des nouvelles de son malheur su la côte d'Espagne en moins de trois semaines il n'eût pas tardé sans doute à être secouru.

Hélas ! il n'y avait guère plus loin de l'Ile de-France à l'Ile-de-Sable, sur laquelle u vaisseau de la Compagnie des Indes se brisa il y a environ quarante ans. Le capitaine abandonna sur cet écueil, jusqu'alors inconnu cent cinquante noirs esclaves qu'il venait d'acheter à Madagascar. Il promit à ces infor tunés, qu'il laissa presque sans vivres, de les envoyer chercher dès qu'il serait arrivé à l'Ile-de-France, et il s'embarqua avec ses matelots dans sa chaloupe, qui pouvait à peine les contenir. Dès qu'il fut abordé au Port-Louis, il rendit compte au commandant de son naufrage et du sort des malheureux noirs ; mais celui-ci calculant le temps et les frais d'armement avec la valeur des nègres, il conclut que la dépense de leur recherche en surpasserait le profit. Ainsi ils furent oubliés pour toujours. Huit ou neuf ans après, un vaisseau passant près de l'Ile-de-Sable, y aperçut des signaux ; c'étaient ceux de six ou sept de ces misérables noirs, qui avaient survécu à leurs compagnons morts de faim. Pour eux, ils avaient subsisté jusque-là de coquillages et de quelques oiseaux de mer, et ils se désaltéraient d'eau de pluie, qu'ils conservaient dans des coquilles. On les ramena à l'Ile-de-France, où ils retombèrent probablement dans l'esclavage.

Infortuné *de la Peyrouse* ! vous êtes peut-être, comme eux, avec vos compagnons, sur un banc de sable, au milieu des mers, dénué de tout, et ne pouvant instruire de

votre destinée votre patrie, qui a fait de vaines recherches pour la connaître! Si les académies, qui fondaient tant d'espérances su
votre voyage, avaient mis au rang de leur
systèmes astronomiques une théorie plu
simple des courants, et parmi vos collection
d'octants, de quarts de cercle, de pendules et
d'instruments savants, des projectiles communs, tels que des bouteilles, des bouts d
planches, des cocos, vous auriez pu donne
des nouvelles de votre désastre jusqu'aux ex
trémités du monde. C'est par de simple
fruits nautiques, chassés par les courant
que les Sauvages ont découvert toutes le
terres où ils ont abordé. Peut-être aux même
signaux, des noirs d'une île voisine fusse
venus à votre secours; ils n'eussent poin
hésité à s'embarquer dans leurs pirogues
parce que vous étiez blanc, et de la coule
de leurs tyrans; mais ils eussent ajouté a
respect dû à votre liberté naturelle, celu
que leur eussent inspiré vos malheurs.

Paris, le 7 brumaire an VI (28 octobre 1797).

AVIS DE L'ÉDITEUR

SUR LES OPUSCULES SUIVANTS.

—

Trois des opuscules suivants, l'Éloge philosophique de mon Ami, le Vieux Paysan Polonais et les Voyages de Codrus, peuvent être regardés comme les premiers essais de l'auteur des Études, et voient le jour pour la première fois. L'Éloge philosophique de mon Ami est une satire ingénieuse des discours académiques : Bernardin de Saint-Pierre le composa pendant son séjour à l'Ile-de-France. Les lecteurs attentifs reconnaîtront sans doute dans les Voyages allégoriques de Codrus, l'histoire des premiers voyages de l'auteur. S'il fait descendre son héros de Co-drus, qui se sacrifia pour sa patrie, c'est que lui-même se croyait issu d'Eustache de Saint-

32

Pierre, qui se dévoua pour la sienne, et don
Froissard nous a conservé la touchante hi
toire.

Quant au Vieux Paysan Polonais, nous de
vons ce manuscrit à madame Dupont de N
mours, qui le tenait de l'auteur lui-mêm
Toujours occupé de l'étude de la nature et d
moyens de rappeler les hommes à l'observa
tion de ses lois, Bernardin de Saint-Pier
n'avait pu parcourir les campagnes de la P
logne, sans éprouver le besoin de dévoil
aux souverains la situation déplorable d'u
peuple entier d'opprimés. A son arrivée e
Russie, où il servait comme ingénieur, il o
présenter à l'impératrice Catherine plusieu
mémoires pleins de vérités trop hardies pou
être utiles. Parmi ces mémoires, cependan
le maréchal de Munnich, qui aimait la vérit
mais qui connaissait la cour, ne voulut jama
permettre à l'auteur de placer les réclamatio
du Vieux Paysan Polonais. Il est sans dou

utile de remarquer que cet opuscule est une
aitation du Paysan du Danube : il semble
ême que Bernardin de Saint-Pierre n'ait
lulu que développer ces deux vers de la même
ble :

> La terre et le travail de l'homme
> Font pour les assouvir des efforts superflus.

On sera peut-être surpris de ne trouver
ms ce morceau si énergique, aucune de ces
ées tendres et consolantes qui semblent
rchapper de l'ame de l'auteur, et qui sont le
ractère particulier de ses autres ouvrages.
ais il faut se souvenir que ces plaintes élo-
sentes furent écrites dans un premier mou-
iment d'indignation, et en présence même
à peuple qui frémissait de son avilissement.
irnardin de Saint-Pierre était jeune alors :
abitué à souffrir, il fut encore plus révolté
à la barbarie des maîtres, que frappé de la
isère des esclaves; en un mot, la pitié qu'il
ssentit pour les victimes ne s'exprima que

par la haine qu'il voua à leurs tyrans. Tel est le sentiment qui domine dans cette pièce composée il y a près de cinquante ans, et qu l'auteur n'a jamais revue.

Sans doute, on ne peut qu'admirer l'élan généreux qui inspira cette noble défense de droits de la justice et de l'humanité; il était honorable de parler ce langage à une époqu qui semble séparée de nous par tant de siècles, et qui ne l'est que par les événement les plus désastreux! Mais aujourd'hui qu'o abuse de toutes ces idées, devenues des idée libérales, et qui étaient alors des idées courageuses; aujourd'hui que ces mêmes prin cipes sont invoqués pour émouvoir, pour sou lever les nations, et non pour les éclairer les protéger, tout nous porte à croire qu Bernardin de Saint-Pierre aurait sacrifié peut-être même condamné ce morceau, qu destinait à adoucir le sort d'un peuple, non à exciter les passions d'un parti.

LE CAFÉ

DE SURATE.

32*

LE CAFÉ

DE SURATE.

———

Il y avait à Surate un café où beaucoup d'é-
trangers s'assemblaient l'après-midi. Un jour
il y vint un seidre persan, ou docteur de la
loi, qui avait écrit toute sa vie sur la théolo-
gie, et qui ne croyait plus en Dieu. Qu'est-
ce que Dieu? disait-il; d'où vient-il? qu'est-
ce qui l'a créé? où est-il? Si c'était un corps,
on le verrait : si c'était un esprit, il serait intelligent et juste; il ne permettrait pas qu'il
y eût des malheureux sur la terre. Moi-
même, après avoir tant travaillé pour son
service, je serais pontife à Ispahan, et je
n'aurais pas été forcé de m'enfuir de la Perse
après avoir cherché à éclairer les hommes.
Il n'y a donc point de Dieu. Ainsi le docteur,
égaré par son ambition, à force de raisonner
sur la première raison de toutes choses, était

venu à perdre la sienne, et à croire que c'é-
tait non sa propre intelligence qui n'existait
plus, mais celle qui gouverne l'univers. Il
avait pour esclave un Cafre presque nu,
qu'il laissa à la porte du café. Pour lui, il fut
se coucher sur un sofa, et il prit une tasse
de coquenar ou d'opium. Lorsque cette bois-
son commença à échauffer son cerveau, il
adressa la parole à son esclave, qui était assis sur une pierre au soleil, occupé à chasser
les mouches qui le dévoraient, et lui dit :
Misérable noir! crois-tu qu'il y ait un Dieu?
Qui peut en douter? lui répondit le Cafre.
En disant ces mots, le Cafre tira d'un
lambeau de pagne qui lui ceignait les reins,
un petit marmouset de bois, et dit : Voilà le
dieu qui m'a protégé depuis que je suis au
monde; il est fait d'une branche de l'arbre
fétiche de mon pays. Tous les gens du café
ne furent pas moins surpris de la réponse de
l'esclave que de la question de son maître.

Alors un brame haussant les épaules, dit
au nègre : Pauvre imbécille! comment! tu
portes ton dieu dans ta ceinture! Apprends
qu'il n'y a point d'autre dieu que Brama,

qui a créé le monde, et dont les temples sont
ur les bords du Gange. Les brames sont ses
eeuls prêtres, et c'est par sa protection par-
iculière qu'ils subsistent depuis cent vingt
mille ans, malgré toutes les révolutions de
l'Inde. Aussitôt un courtier juif prit la parole, et dit : Comment les brames peuvent-
ils croire que Dieu n'a de temples que dans
l'Inde, et qu'il n'existe que pour leur caste ?
Il n'y a d'autre Dieu que celui d'Abraham,
qui n'a d'autre peuple que celui d'Israël. Il
se conserve, quoique dispersé par toute la
terre, jusqu'à ce qu'il l'ait rassemblé à Jéru-
salem pour lui donner l'empire des nations,
lorsqu'il y aura relevé son temple, jadis la
merveille de l'univers. En disant ces mots,
l'Israélite versa quelques larmes. Il allait
parler encore, lorsqu'un Italien en robe
bleue lui dit en colère : Vous faites Dieu injuste, en disant qu'il n'aime que le peuple
d'Israël. Il l'a rejeté depuis plus de dix-sept
cents ans, comme vous en pouvez juger par
sa dispersion même. Il appelle aujourd'hui
tous les hommes dans l'église romaine, hors
laquelle il n'y a point de salut. Un ministre

protestant, de la mission danoise de Trin-
quebar, répondit en pâlissant au mission-
naire catholique : Comment pouvez-vous
restreindre le salut des hommes à votre communion idolâtre ? apprenez qu'il n'y aura de
sauvés que ceux qui, suivant l'Évangile,
adorent Dieu en esprit et en vérité, sous la
loi de Jésus. Alors un Turc, officier de la
douane de Surate, qui fumait sa pipe, dit
aux deux chrétiens d'un air grave : Padrès,
comment pouvez-vous borner la connaissance de Dieu à vos églises ? la loi de Jésus
a été abolie depuis l'arrivée de Mahomet,
le paraclet prédit par Jésus lui-même le
verbe de Dieu. Votre religion ne subsiste
plus que dans quelques royaumes, et c'est
sur ses ruines que la nôtre s'est élevée dans
la plus belle portion de l'Europe, de l'Afrique, de l'Asie, et de ses îles. Elle est aujourd'hui assise sur le trône du Mogol, et se
répand jusque dans la Chine, ce pays de lumières. Vous reconnaissez vous-mêmes la ré-
probation des Juifs à leur humiliation ; reconnaissez donc la mission du prophète à ses
victoires. Il n'y aura de sauvés que les amis

de Mahomet et d'Omar : car pour ceux qui suivent Ali, ce sont des infidèles. A ces mots, le seidre qui était de Perse, où le peuple suit la secte d'Ali, se mit à sourire ; mais il s'éleva une grande querelle dans le café, à cause de tous les étrangers qui étaient de diverses religions, et parmi lesquels il y avait encore des chrétiens abissins, des Cophtes, des Tartares lamas, des Arabes ismaélites, et des Guèbres ou adorateurs du feu. Tous disputaient sur la nature de Dieu et sur son culte, chacun soutenant que la véritable religion n'était que dans son pays.

Il y avait là un lettré de la Chine, disciple de Confucius, qui voyageait pour son instruction. Il était dans un coin du café, prenant du thé, écoutant tout et ne disant mot. Le douanier turc, s'adressant à lui, lui cria d'une voix forte : Bon Chinois, qui gardez le silence, vous savez que beaucoup de religions ont pénétré à la Chine. Des marchands de votre pays, qui avaient besoin ici de mes services, me l'ont dit, en m'assurant que celle de Mahomet était la meilleure. Rendez comme eux justice à la vérité : que pensez-

vous de Dieu et de la religion de son prophète ? Il se fit alors un grand silence dans le
café. Le disciple de Confucius, ayant retiré
ses mains dans les larges manches de sa robe,
et les ayant croisées sur sa poitrine, se recueil-
lit en lui-même, et dit d'une voix douce et
posée : Messieurs, si vous me permettez de
vous le dire, c'est l'ambition qui empêche,
en toutes choses, les hommes d'être d'accord; si vous avez la patience de m'entendre,
je vais vous en citer un exemple qui est encore tout frais à ma mémoire. Lorsque je partis de la Chine pour venir à Surate, je m'em-
barquai sur un vaisseau anglais qui avait fait
le tour du monde. Chemin faisant, nous je-
tâmes l'ancre sur la côte orientale de Sumatra. Sur le midi, étant descendus à terre avec
plusieurs gens de l'équipage, nous fûmes
nous asseoir sur le bord de la mer, près d'un
petit village, sous des cocotiers, à l'ombre
desquels se reposaient plusieurs hommes de
divers pays. Il y vint un aveugle qui avait
perdu la vue à force de contempler le soleil.
Il avait eu l'ambitieuse folie d'en comprendre
la nature, afin de s'en approprier la lumière.

l avait tenté tous les moyens de l'optique, de
l chimie, et même de la nécromancie, pour
enfermer un de ses rayons dans une bouteille;
l ayant pu en venir à bout, il disait : La lumière du soleil n'est point un fluide, car
lle ne peut être agitée par le vent; ce n'est
point un solide, car on ne peut en détacher
es morceaux; ce n'est point un feu, car elle
e s'éteint point dans l'eau : ce n'est point un
sprit, puisqu'elle est visible; ce n'est point
un corps, puisqu'on ne peut la manier; ce
lest pas même un mouvement, puisqu'elle
ragite pas les corps les plus légers : ce n'est
sonc rien du tout. Enfin, à force de contempler le soleil et de raisonner sur sa lumière, il en avait perdu les yeux, et qui
is est, la raison. Il croyait que c'était non
as sa vue, mais le soleil qui n'existait plus
uns l'univers. Il avait pour conducteur un
segre qui, ayant fait asseoir son maître à
l imbre d'un cocotier, ramassa par terre un
e ses cocos, et se mit à faire un lampion
rec sa coque, une mèche avec son caire, et
a exprimer de sa noix un peu d'huile pour
mettre dans son lampion. Pendant que le

nègre s'occupait ainsi, l'aveugle lui dit e
soupirant : Il n'y a donc plus de lumière a
monde? Il y a celle du soleil, répondit le nè
gre. Qu'est-ce que le soleil? reprit l'aveugl
Je n'en sais rien, répondit l'Africain, si c
n'est que son lever est le commencement d
mes travaux, et son coucher en est la fin
Sa lumière m'intéresse moins que celle d
mon lampion, qui m'éclaire dans ma case
sans elle, je ne pourrais vous servir penda
la nuit. Alors, montrant son petit coco, il di
Voilà mon soleil. A ce propos, un homme d
village qui marchait avec des béquilles,
mit à rire; et croyant que l'aveugle était u
aveugle-né, il lui dit : Apprenez que le s
leil est un globe de feu qui se lève tous l
jours dans la mer, et qui se couche tous l
soirs à l'occident dans les montagnes de S
matra. C'est ce que vous verriez vou
même, ainsi que nous tous, si vous jouiss
de la vue. Un pêcheur prit alors la par
et dit au boiteux : On voit bien que vous n'
tes jamais sorti de votre village. Si vous av
des jambes, et que vous eussiez fait le to
de l'île de Sumatra, vous sauriez que le s

il ne se couche point dans ses montagnes; mais il sort tous les matins de la mer, et il rentre tous les soirs pour se rafraîchir; c'est ce que je vois tous les jours le long des côtes. Un habitant de la presqu'île de l'Inde dit alors au pêcheur : Comment un homme qui a le sens commun peut-il croire que le soleil est un globe de feu, et que chaque jour il sort de la mer, et qu'il y rentre sans s'éteindre? Apprenez donc que le soleil est une deuta ou divinité de mon pays, qu'il parcourt tous les jours le ciel sur un char, tournant autour de la montagne d'Or de Merouwa; que lorsqu'il s'éclipse, c'est qu'il est englouti par les serpents ragou et kétou, et qu'il n'est délivré que par les prières des Indiens sur les bords du Gange. C'est une ambition bien folle à un habitant de Sumatra de croire qu'il ne luit que sur l'horizon de son île; elle ne peut entrer que dans la tête d'un homme qui n'a navigué que dans une pirogue. Un Lascar, patron d'une barque de commerce qui était à l'ancre, prit alors la parole, et dit : C'est une ambition encore plus folle de croire que le soleil préfère l'Inde

à tous les pays du monde. J'ai voyagé dan
la mer Rouge, sur les côtes de l'Arabie,
Madagascar, aux îles Moluques et aux Phili
pines; le soleil éclaire tous ces pays, ain
que l'Inde. Il ne tourne point autour d'un
montagne; mais il se lève dans les îles d
Japon, qu'on appelle pour cette raison Jepo
ou Gé-puen, naissance du soleil, et il's
couche bien loin à l'occident, derrière le
îles d'Angleterre. J'en suis bien sûr, car j
l'ai ouï dire dans mon enfance à mon grand
père, qui avait voyagé jusqu'aux extrémité
de la mer. Il allait en dire davantage, lors
qu'un matelot anglais de notre équipage l'in
terrompit, en disant : Il n'y a point de pay
où l'on connaisse mieux le cours du sole
qu'en Angleterre : apprenez donc qu'il n
se lève et ne se couche nulle part. Il fait san
cesse le tour du monde; et j'en suis bie
certain, car nous venons de le faire aussi
et nous l'avons rencontré par-tout. Alors
prenant un rotin des mains d'un des au
diteurs, il traça un cercle sur le sable, tâ
chant de leur expliquer le cours du sole
d'un tropique à l'autre; mais, n'en pouvai

venir à bout, il prit à témoin de tout ce qu'il
voulait dire le pilote de son vaisseau. Ce pilote était un homme sage qui avait entendu
toute la dispute sans rien dire ; mais quand
il vit que tous les auditeurs gardaient le silence pour l'écouter, il prit alors la parole,
et leur dit : « Chacun de vous trompe les
» autres, et en est trompé. Le soleil ne tourne
» point autour de la terre, mais c'est la terre qui
» tourne autour de lui, lui présentant, tour-à-
» tour en vingt-quatre heures, les îles du Ja-
» pon, les Philippines, les Moluques, Sumatra,
» l'Afrique, l'Europe, l'Angleterre, et bien
» d'autres pays. Le soleil ne luit point seule-
» ment pour une montagne, une île, un ho-
» rizon, une mer, ni même pour la terre; mais
» il est au centre de l'univers, d'où il éclaire
» avec elle cinq autres planètes qui tournent
» aussi autour de lui, et dont quelques-unes
» sont bien plus grosses que la terre, et bien
» plus éloignées qu'elle du soleil. Tel est entre
» autres Saturne, de trente mille lieues de
» diamètre, et qui en est à deux cent quatre-
» vingt-cinq millions de lieues de distance. Je
» ne parle pas des lunes qui renvoient aux

35*

»planètes éloignées du soleil sa lumière, e
»qui sont en bon nombre. Chacun de vou
»aurait une idée de ces vérités, s'il jetai
»seulement, là nuit, les yeux au ciel, et s'i
»n'avait pas l'ambition de croire que le so-
»leil ne luit que pour son pays.» Ainsi parla,
au grand étonnement de ses auditeurs, le
pilote qui avait fait le tour du monde et observé les cieux.

Il en est de même, ajouta le disciple de
Confucius, de Dieu comme du soleil. Chaque homme croit l'avoir à lui seul, dans sa
chapelle, ou au moins dans son pays. Chaque peuple croit renfermer dans ses temples
celui que l'univers visible ne renferme pas.
Cependant, est-il un temple comparable à
celui que Dieu lui-même a élevé pour rassembler tous les hommes dans la même communion ? Tous les temples du monde ne sont
faits qu'à l'imitation de celui de la nature.
On trouve, dans la plupart, des lavoirs ou
bénitiers, des colonnes, des voûtes, des
lampes, des statues, des inscriptions, des livres de la loi, des sacrifices, des autels et des
prêtres. Mais dans quel temple y a-t-il un

bénitier aussi vaste que la mer, qui n'est point renfermée dans une coquille ? d'aussi belles colonnes que les arbres des forêts, ou ceux des vergers chargés de fruits ? une voûte aussi élevée que le ciel, et une lampe aussi éclatante que le soleil ? Où verra-t-on des statues aussi intéressantes que tant d'êtres sensibles qui s'aiment, qui s'entr'aident et qui parlent ? des inscriptions aussi intelligibles et plus religieuses que les bienfaits mêmes de la nature ? un livre de la loi aussi universel que l'amour de Dieu fondé sur notre reconnaissance, et que l'amour de nos semblables sur nos propres intérêts ? des sacrifices plus touchants que ceux de nos louanges pour celui qui nous a tout donné, et de nos passions pour ceux avec lesquels nous devons tout partager ? enfin un autel aussi saint que le cœur de l'homme de bien, dont Dieu même est le pontife ? Ainsi, plus l'homme étendra loin la puissance de Dieu, plus il approchera de sa connaissance; et plus il aura d'indulgence pour les hommes, plus il imitera sa bonté. Que celui donc qui jouit de la lumière de Dieu répandue dans tout l'univers, ne méprise pas le superstitieux qui n'en aperçoit qu'un petit rayon dans son idole, ni même l'athée qui en est tout-à-fait privé, de peur qu'en punition de son orgueil, il ne lui arrive comme à ce philosophe qui, voulant s'approprier la lumière du soleil, devint aveugle, et se vit réduit, pour se conduire, à se servir du lampion d'un nègre.

Ainsi parla le disciple de Confucius; et tous les gens du café qui disputaient sur l'excellence de leurs religions, gardèrent un profond silence.

VOYAGE

EN SILÉSIE.

VOYAGE
EN SILÉSIE.

LORSQUE je revenais de Russie en France, je me trouvai avec un bon nombre de voyageurs de différentes nations, sur le chariot de poste qui mène de Riga à Breslau. Nous étions rangés deux à deux, assis sur des bancs de bois, nos malles sous nos pieds, le ciel sur nos têtes, voyageant jour et nuit, exposés à toutes les injures de l'air, et ne trouvant dans les auberges de la route que du pain noir, de l'eau-de-vie de grain, et du café. Telle est la manière de voyager en Russie, en Prusse, en Pologne, et dans la plupart des pays du Nord. Après avoir traversé, tantôt de grandes forêts de sapins et de bouleaux, tantôt des campagnes sablonneuses, nous entrâmes dans des montagnes couvertes de hêtres et de chênes, qui séparent la Pologne de la Silésie.

Quoique mes compagnons de voyage sussent le français, langue aujourd'hui universelle en Europe, ils parlaient fort peu. Un matin au lever de l'aurore, nous nous trouvâmes sur une colline auprès d'un château situé dans une position charmante. Plusieurs ruisseaux circulaient à travers ses longues avenues de tilleuls, et formaient, au bas, des îles plantées de vergers au milieu des prairies. Au loin, autant que la vue pouvait s'étendre, nous apercevions les riches campagnes de la Silésie, couvertes de moissons, de villages, et de maisons de plaisance arrosées par l'Oder, qui les traversait comme un ruban d'argent et d'azur. « Oh la belle vue ! s'écria un peintre italien qui allait à Dresde; il me semble voir le Milanais. » Un astronome de l'académie de Berlin se mit à dire : « Voilà de grandes plaines, on pourrait y tracer une longue base, et par ces clochers avoir une belle suite de triangles. » Un baron autrichien, souriant dédaigneusement, répondit au géomètre : « Sachez que cette terre est des plus nobles d'Allemagne; tous ces clochers que vous voyez là-bas en dépendent. — Cela étant,

epartit un marchand suisse, les habitants y
nt donc serfs. Par ma foi, c'est un pauvre
ays. » Un officier hussard prussien, qui fu-
iait sa pipe, la retira gravement de sa bou-
ie, et se mit à dire d'un ton ferme : « Per-
anne ici ne relève que du roi de Prusse. Il
délivré les Silésiens du joug de l'Autriche
de ses nobles. Je me souviens qu'il nous a
it camper ici il y a quatre ans. Oh, les
illes campagnes pour donner une bataille !
itablirais mes magasins dans le château, et
on artillerie sur ses terrasses. Je borderais
ivière avec mon infanterie, je mettrais ma
walerie sur les ailes ; et avec trente mille
immes j'attendrais ici toutes les forces de
impire. Vive Frédéric ! » A peine s'était-il
mis à fumer, qu'un officier russe prit la
role. « Je ne voudrais pas, dit-il, vivre
hs un pays comme la Silésie, ouvert à
ates les armées. Nos Cosaques l'ont rava-
le dans la dernière guerre, et sans nos
uples réglées qui les continrent, ils n'y
raient pas laissé une chaumière debout.
est encore pis à présent. Les paysans peu-
nt y plaider contre leurs seigneurs. Les

bourgeois y ont même de plus grands priviléges dans leurs municipalités. J'aime mieu
les environs de Moscou. » Un jeune étudian
de Leipsick répondit aux deux officiers
« Messieurs, comment pouvez-vous parler d
guerre dans des lieux si charmants ? Permet
tez-moi de vous apprendre que le nom mêm
de Silésie vient de *Campi Elysii*, Cham
Élysiens. Il vaut mieux s'écrier avec Virgil

. . . . Lycori,
. . . . . Hîc ipso tecum consumerer ævo.

ô Lycoris ! c'est ici, qu'avec toi, je voudrais êt
dissous par le temps. » A ces mots, prono
cés avec chaleur, une aimable marchande
modes de Paris, que l'ennui du voyage av
endormie, se réveilla, et à la vue de ce be
paysage, s'écria à son tour : « Oh le délicie
pays ! il n'y manque que des Français. Qu
vez-vous à soupirer, dit-elle à un jeune ra
bin qui était à ses côtés? — Voyez, dit
docteur juif, cette montagne là-bas avec
pointe, elle ressemble au mont Sinaï. » To
le monde se mit à rire. Mais un vieux m
nistre luthérien d'Erfurt, en Saxe, fronça

ureil, et dit en colère : « La Silésie est une
re maudite, puisque la vérité en est bannie.
lle est sous le joug du papisme. Vous verrez,
l'entrée de Breslau, le palais des anciens
cs de Silésie, qui sert aujourd'hui de col-
ge aux jésuites, quoique chassés de toute
Europe. » Un gros marchand hollandais,
urvoyeur de l'armée prussienne dans la der-
ère guerre, lui repartit : « Comment pou-
z-vous appeler maudite une terre couverte
tant de biens? Le roi de Prusse a fort bien
it de conquérir la Silésie ; c'est le plus beau
uron de sa couronne. J'y aimerais mieux
arpent de jardin, qu'un mille carré dans
Marche sablonneuse de Brandebourg. »
us arrivâmes, ainsi disputant, à Breslau,
nous mîmes pied à terre dans une fort
lle auberge. En attendant le dîner, on parla
maître du château. Le ministre saxon as-
ra que c'était un scélérat, qui commandait
rtillerie prussienne au siége de Dresde ;
il avait écrasé, avec des bombes empoison-
es, cette malheureuse ville, dont la moi-
des maisons était encore abattue, et qu'il
vait acquis sa terre que par des contribu-

tions levées en Saxe. « Vous vous trompe[
répondit le baron; il ne l'a eue que par s[
mariage avec une comtesse autrichienne, q[
s'est mésalliée en l'épousant. Sa femme e[
aujourd'hui bien à plaindre : aucun de s[
enfants ne pourra entrer dans les chapitres n[
bles de l'Allemagne, car leur père n'est qu'[
officier de fortune. — Ce que vous dites l[
reprit le hussard prussien, lui fait honneu[
et il en serait comblé aujourd'hui en Pruss[
s'il ne l'avait perdu en sortant, à la paix, c[
service du roi. C'est un officier qui ne pe[
plus se montrer. » L'hôte, qui faisait mett[
le couvert, dit : « Messieurs, on voit bi[
que vous ne connaissez pas le seigneur do[
vous parlez; c'est un homme aimé et con[
déré de tout le monde : il n'y a pas un me[
diant dans ses domaines. Quoique catholiqu[
il secourt les pauvres passants, de quelq[
pays et religion qu'ils soient. S'ils sont Saxo[
il les loge et les nourrit pendant trois jour[
en compensation du mal qu'il a été obligé [
leur faire pendant la guerre. Il est adoré [
sa femme et de ses enfants.—Apprenez, 7[
pondit à l'hôte le ministre luthérien, qu'il n[

a ni charité ni vertu dans sa communion. «Tout son fait est pure hypocrisie, comme les vertus des païens et des papistes. »

Nous avions parmi nous plusieurs catholiques qui allaient élever une terrible dispute, lorsque l'hôte s'étant mis à la principale place de la table, suivant l'usage de l'Allemagne, fit servir le dîner. Alors on garda un profond silence, et chacun se mit à boire et à manger en voyageur. On fit fort bonne chère. On servit au dessert des pêches, des raisins et des melons. L'hôte dit alors à sa femme d'apporter, en attendant le café, quelques bouteilles de vin de Champagne, dont il voulait régaler la compagnie en l'honneur, dit-il, du seigneur du château, auquel il avait des obligations particulières. Les bouteilles étant arrivées, il les posa auprès de la dame française, en la priant d'en faire les honneurs. La joie parut alors sur tous les visages, et la conversation se ranima. Ma compatriote présenta à l'hôte le premier verre de son vin, en lui disant qu'on était aussi bien traité chez lui que dans les meilleures auberges de Paris, et qu'elle n'avait point connu de Français qui le sur-

34*

passât en galanterie. L'officier russe convint
qu'il y avait plus de fruits à Breslau qu'à Moscou ; il compara la Silésie à la Livonie pour
la fertilité, et il ajouta que la liberté des
paysans rendait un pays mieux cultivé, et
leur seigneur plus heureux. L'astronome observa que Moscou était à-peu-près à la même
latitude que Breslau, et par conséquent susceptible des mêmes productions. L'officier
hussard dit : « En vérité, je trouve que le
seigneur du château, sur les terres duquel nous
avons passé, a fort bien fait de quitter le service. Après tout, notre grand Frédéric, après
avoir fait glorieusement la guerre, passe une
partie de son temps à jardiner et à cultiver
lui-même des melons à Sans-Souci. » Tout
le monde fut de l'avis du hussard. Le ministre
saxon même se mit à dire que la Silésie était
une belle et bonne province, que c'était
dommage qu'elle fût dans l'erreur ; mais qu'il
ne doutait pas que la liberté de conscience
étant établie dans les états du roi de Prusse,
tous les habitans, et sur-tout le maître du
château, ne se rendissent à la vérité, et n'em-
brassassent la confession d'Ausbourg : « car,

ajouta-t-il, Dieu ne laisse point une bonne
action sans récompense, et c'en est une qu'on
ne peut trop louer dans un militaire qui a fait
du mal aux gens de mon pays pendant la
guerre, de leur faire du bien pendant la paix. »
L'hôte alors proposa de boire à la santé de ce
brave seigneur, ce qui fut exécuté aux applaudissements de toute la compagnie.

Il n'y eut pas jusqu'au jeune rabbin qui ne
voulût aussi trinquer avec elle. Il dînait seul
et tristement, de ses provisions, dans un coin
de la salle, suivant la coutume des juifs en
voyage; il se leva, et vint présenter sa grande
tasse de cuir à la dame, qui la lui remplit
jusqu'au bord. Il la vida d'un seul trait : alors
elle lui dit : « Que vous en semble, docteur ?
la terre qui produit de si bon vin ne vaut-elle
pas bien la terre promise ? — Sans doute,
madame, répondit-il d'un air riant, sur-tout
quand ce bon vin est versé par d'aussi jolies
mains. — Souhaitez donc, lui dit-elle, que
votre messie naisse en France, afin qu'il y
rassemble vos tribus de toutes les parties du
monde. — Plût à Dieu ! repartit l'israélite ;
mais auparavant il faudrait qu'il fît la conquête

de l'Europe, où nous sommes presque partout si misérables. Il faudrait que ce fût un nouveau Cyrus, qui en forçât les différents peuples de vivre en paix entre eux et avec le genre humain. — Dieu vous entende! s'écrièrent la plupart des convives. »

J'admirais la variété d'opinions de tant de personnes qui disputaient avant de se mettre à table, et qui étaient d'un si parfait accord lorsqu'elles en sortaient. J'en conclus que l'homme était méchant dans le malheur, car c'en est un pour bien des gens d'être à jeun, et qu'il était bon dans le bonheur, car, quand il a bien dîné, il est en paix avec tout le monde, comme le sauvage de Jean-Jacques.

J'en tirai une autre conséquence plus importante, c'est que toutes ces opinions qui avaient pour la plupart ébranlé la mienne tour-à-tour, venaient uniquement des éducations différentes de mes compagnons de voyage; et je ne doutai pas que chacun d'eux ne retournât à la sienne quand il serait de sang-froid.

Désirant fixer mon jugement sur les sujets de la conversation, je m'adressai à un voisin qui avait constamment gardé le silence, et m'avait paru d'une humeur toujours égale : «Que pensez-vous, lui dis-je, de la Silésie, et du seigneur du château ?—La Silésie, me répondit-il, est un fort bon pays, puisqu'elle produit des fruits en abondance ; et le seigneur du château est un excellent homme, puisqu'il fait du bien à tous les malheureux. Quant à la manière d'en juger, elle diffère dans chaque individu, suivant sa religion, sa nation, son état, son tempérament, son sexe, son âge, la saison de l'année, l'heure même du jour, et sur-tout d'après l'éducation qui donne la première et la dernière teinture à nos jugemens; mais quand on rapporte tout au bonheur du genre humain, on est sûr de juger comme Dieu agit. C'est sur la raison générale de l'univers que nous devons régler nos raisons particulières, comme nous réglons nos montres sur le soleil. »

Depuis cette conversation, j'ai tâché de juger de tout comme ce philosophe ; j'ai trouvé même qu'il en était de notre globe et de ses habitants comme de la Silésie : chacun s'en fait une idée d'après son éducation. Les astro-

nomes n'y voient qu'un globe fait en fromage
de Hollande, qui tourne autour du soleil avec
quelques newtoniens ; les militaires , des
champs de bataille et des grades ; les nobles,
des terres seigneuriales et des vassaux; les prêtres,des communiants et des excommuniés; les
marchands , des branches de commerce et de
l'argent ; les peintres, des paysages ; les épi-
curiens , des paradis terrestres. Mais le philosophe le considère par ses relations avec les
besoins des hommes , et les hommes eux-
mêmes par celles qu'ils ont entre eux.

ÉLOGE

HISTORIQUE ET PHILOSOPHIQUE

DE MON AMI.

ÉLOGE

HISTORIQUE ET PHILOSOPHIQUE

DE MON AMI.

Il n'est pas d'usage de faire l'éloge d'aucun être vivant, car telle est l'instabilité humaine, que souvent les vices succèdent aux vertus qu'on a louées : Néron avait commencé comme finit Titus.

Cependant celui dont j'ai à parler est d'un caractère si inaltérable, que, dans quelque lieu qu'il se trouve, il se conciliera l'estime et l'amitié publique, par l'agrément et la solidité de ses qualités.

Après la guerre terrible qui entretint une haine de trente ans entre l'Espagne et la France, le mariage de Philippe de France et de l'Infante d'Espagne rétablit la bonne intelligence entre ces deux grands peuples. Il est

35

probable qu'alors des familles françaises sui-
virent leur prince en Espagne, et que des familles espagnoles vinrent s'établir en France.
Il est même plus que vraisemblable qu'ils
amenèrent avec eux, de leurs pays, leurs
serviteurs, et plusieurs de ces animaux que
leur attachement rend si dignes de l'amitié de
l'homme, et qui, dans cette longue et cruelle
guerre de la succession, n'avaient jamais cessé
de vivre en paix. L'homme seul a divisé la
terre en royaumes ; elle est pour le reste de
ses habitants une patrie commune, qui n'a ni
frontières, ni barrières, et où chaque espèce
parle toujours le même langage, et conserve
les mêmes mœurs.

C'est à une de ces familles espagnoles que
mon ami doit son origine. On ne pouvait con-
tester sa noblesse, car il venait d'un pays où
personne n'en manque. Il naquit à Rouen,
capitale de la Haute-Normandie, le 22 février 1762, le même jour que sont nés Socrate,
Épaminondas, et plusieurs grands hommes
de l'antiquité ; et dans une ville où Corneille
avait reçu le jour. Malgré sa noblesse et de si
heureuses circonstances, il vint au monde les

yeux fermés, comme les chiens de berger ; et
il doit en sortir de la même manière, puisque
ni la naissance, ni le lieu ne préservent aucun
de la loi commune.

Il n'avait pas encore ouvert les yeux à la
lumière, qu'il fut exposé aux plus terribles
coups du sort : la moitié de sa famille fut
condamnée à périr dans les eaux, d'où un savant célèbre assure que le genre humain est
sorti.

On dit qu'il entendit son arrêt sans se
plaindre, qu'il lécha même la main cruelle
qui l'avait déjà choisi au milieu de ses frères
éperdus. Trois fois la cuisinière le prit, le re-
plaça ; et enfin touchée de sa candeur, elle
le rendit à son berceau.

O pouvoir surprenant de l'innocence, que
vous êtes supérieur à l'éloquence même !
Quand il aurait pu parler, qu'aurait-il pu dire
pour s'empêcher d'être jeté à l'eau ? les hommes savent si peu épargner leurs semblables !
auraient-ils ressenti quelque pitié pour sa jeunesse, lorsque l'aspect des douleurs humaines
peut à peine les émouvoir ?

Cet innocent, échappé à la cruauté des

hommes, fut abandonné, avec un frère e
une sœur, aux soins de sa mère. Elle ne leu
fit point part d'un lait étranger. Tout occupée
de ses enfants, elle les veilla jour et nuit; plu
de chasse, plus de jeux, plus d'amours : ell
renonça aux allures brillantes, aux course
folâtres, à l'envie de plaire, même au sentiment de l'amitié : insensible à la voix d'ur
maître chéri, son cœur maternel n'était remué
que par les cris de ses chers nourrissons. Ell
s'appelait Fidèle, et on donna à celui de se
fils dont je parle, le nom de Favori, surnom
pris, comme chez les Romains, de ses qualités personnelles.

En effet, rien n'était plus intéressant que
sa petite figure. Il était d'une belle couleu
marron. Une cravate blanche descendait su
sa poitrine, comme s'il eût porté du linge.
Sa queue se recourbait sur son dos en aigrette
touffue; deux longues oreilles faisaient l'arc
aux deux côtés de sa petite tête, et il les jetait
en arrière, ou les retroussait, à sa volonté. Ses
yeux, pétillants de feu, étaient bordés de deux
petits cercles, qui, de loin, lui donnaient
l'apparence de porter une paire de lunettes.

Avec les agréments de la physionomie, on entrevoyait en lui un fonds de mélancolie, qui, selon Plutarque, est signe d'une nature forte.*
Son éducation n'eut rien d'artificiel ; on ne lui apprit ni à danser, ni l'exercice à la Prussienne, ni à connaître les cartes. On éloigna de lui toute instruction dangereuse ou superflue, et qui énerve le corps. De toutes les parties de la gymnastique, il ne s'exerça volontairement qu'à courir et à lutter. Il n'était pas besoin de lui proposer pour la course, comme à l'élève d'un grand philosophe, un but, des applaudissements, un gâteau ; on le voyait, seul et de lui-même, tantôt courir ventre à terre, dans une longue allée ; tantôt tourner en rond dans un salon, jusqu'à perdre haleine. Il était à-la-fois son juge, son émule, sa récompense ; et pour me servir des fortes expressions du style moderne, souvent, dans cet exercice, il s'est surpassé lui-même.

Quant à la lutte, il n'hésitait pas à s'adresser à des chiens plus grands que lui : il les saisissait au collet, tantôt dessus, tantôt dessous. Jamais il ne s'est fâché de sa défaite,

* Vie de Numa.

35*

ni enorgueilli de sa victoire ; jamais ses jeux badins ne mirent ses rivaux de mauvaise humeur. Pour les autres exercices du corps, il refusa constamment de se joindre aux enfants du voisinage. Il redoutait ces écoliers qui, petits, s'amusent à lancer des pierres aux pauvres chiens, et qui ensuite, devenus grands, jettent des bombes aux hommes : jamais il ne voulut se mêler à leurs parties, ayant éprouvé que tous les jeux de mains étaient malhonnêtes.

Il y avait un art pour lequel il se sentait la plus grande disposition, et où véritablement il faut de l'industrie : c'était celui de faire des mines. Était-il au milieu d'un parterre ? son petit museau et ses petites pates avaient bientôt creusé un souterrain ; mais comme ses travaux fâchaient les jardiniers, il y renonça, persuadé qu'il faut toujours sacrifier son plaisir particulier à l'intérêt d'autrui.

Il lui resta de cet essai des connaissances profondes dans les simples. Il ne venait point à la campagne, qu'il ne s'amusât à herboriser. Trouvait-il une plante diurétique ? elle agissait d'abord sur lui ; en trouvait-il une purgative ? il l'odorait comme médecin, et en faisait l'épreuve comme s'il eût été malade. Ainsi, réunissant la pratique à la théorie, sa science en médecine était devenue infaillible.

Voilà les qualités personnelles et les connaissances acquises qu'il apporta en entrant dans le monde, dont il s'acquit d'abord l'estime, et dont il se concilia l'amitié par les sentiments de son cœur.

Sa franchise et sa bonne foi paraissaient en toute occasion, et notamment par l'aversion insurmontable qu'il avait pour les hypocrites. A la vue d'un chat, il entrait en fureur; mais sachant qu'il faut employer la prudence avec les perfides, immobile, l'œil fixe, s'avançant pas à pas vers cet ennemi qui le croyait inattentif, il se lançait sur lui, et le secouait de toutes ses forces, qui ne répondaient pas toujours à son courage. Sa haine s'étendait à tous les animaux malfaisants. Qui pourrait nombrer les rats qu'il a étranglés, les uns dans la force de l'âge, les autres tout gris de vieillesse ? il ne lui manqua qu'une occasion pour devenir un héros.

Mais sa reconnaissance n'était pas moindre

envers ceux qui lui faisaient du bien. L'absence et le temps, qui font un si grand tort
aux amitiés des hommes, n'affaiblissaient
jamais lasienne : j'en ai vu un grand exemple
à l'Ile-de-France, où il reconnut, avant moi,
un officier qui lui avait donné, six mois auparavant, à dîner dans une hôtellerie de Bretagne.

Mais qui pourrait assez louer en lui la hardiesse de ce même voyage? Certes, si l'histoire loue Pierre-le-Grand, empereur de
Russie, d'avoir surmonté, par amour de la
gloire, l'aversion qu'il avait pour l'eau ; que
dirait-elle donc de Favori? y avait-il, hors
celle des hydrophobes, une horreur de l'eau
égale à la sienne! Tout le monde sait qu'il
m'accompagnait par-tout ; que, malgré sa
petite taille, il n'y avait point de bourbier
qu'il n'osât franchir pour me suivre ; mais
quand j'arrivais sur le bord de la rivière, il
s'enfuyait à toutes jambes, et retournait pleurer à ma porte, me croyant infailliblement
perdu.

Qui pourrait exprimer son émotion, sa joie,
ses cris étouffés, quand il me revoyait? Certes,

ne craignait pas pour lui, qui était en sû-
reté; mais l'amitié venait toujours doubler le
poids des peines que la nature lui donnait à
supporter.

Cependant, un jour que je faisais mes
malles, et que je disposais tout pour un grand
voyage, il fit paraître, à ses mouvements, qu'il
était parfaitement résolu à me suivre, tirant
son courage du danger même. Quand il fallut
s'embarquer, je vis ce que je n'aurais jamais
osé croire; il s'élança dans la chaloupe, sans
même délibérer, comme César avait fait au
passage du Rubicon. Quelle gloire l'attendait
donc au delà des tropiques? s'agissait-il de
conquérir la terre ou de la mesurer? Quel
motif le poussa à ce trait d'héroïsme? était-ce
l'ambition ou la curiosité? Non, c'était le
plaisir de suivre son ami.

Pendant ce voyage, il s'appliqua, dans un
long loisir, non à connaître la navigation dont
il n'avait que faire, mais à distinguer parfaitement le son de la cloche qui appelait aux
heures des repas. Quoiqu'on la sonnât plusieurs fois, dans la journée, de la même manière, il ne s'y est jamais mépris. Qu'on ne

pense pas que ce fût gourmandise ; sa sobriété était connue, et telle, qu'une fois son
repas pris, aucune invitation ne l'aurait porté
à accepter un morceau de plus. Si je l'en pres-
sais, il le saisissait dans ses lèvres, et le gar-
dait sans l'avaler ; après quoi, il allait le cacher
pour le besoin à venir, faisant paraître à-la-
fois, dans la même action, sa prévoyance, sa
sobriété, et sa déférence pour moi.

Il n'eut qu'un objet dans ce voyage, celui
de me plaire. S'il me voyait triste, il venait se
jeter sur mes genoux, et par ses murmures
semblait m'inviter à de plus douces pensées ;
il s'étudiait à faire passer sa joie dans mon
ame. Par une incroyable sagacité, il connaissait les différents degrés d'attachement
que les passagers avaient pour moi ; en sorte
que par les caresses qu'il faisait à ceux qui
m'approchaient, je pouvais m'assurer du degré de leur amitié.

Moi-même, cher Favori, ne vous ai-je pas
rendu caresse pour caresse, amitié pour amitié ? N'avons-nous pas eu toujours le même
lit, les mêmes promenades, la même table ?
Souvent n'avons-nous pas bu dans le même

verre? Quel soin n'eus-je pas de vous dans les tempêtes, et dans le voyage que nous fîmes à pied autour de l'île !

Pourquoi m'avez-vous quitté, moi qui, par amitié, vous avais refusé aux plus aimables dames, et qui n'eusse pas donné votre société pour la protection d'un grand seigneur? Hélas! je m'affligeais quelquefois à votre sujet, en pensant que je vous avais vu petit, et que déjà je vous voyais sur le retour, tandis que j'étais jeune encore. Je me plaignais à la nature, qui vous avait donné à moi pour ami et pour compagnon de mes courses, de ne nous avoir pas fait présent d'une vie d'une égale durée; comme s'il pouvait y avoir des amitiés parfaites dans une carrière si courte. Je pensais souvent à ce que je ferais lorsque vous seriez vieux, aveugle, ne pouvant plus marcher; je pensais que je vous porterais dans mes bras, et que, quelque mauvaise que fût ma fortune, je serais encore assez heureux pour faire le bonheur d'un ami. Pourquoi donc m'avez-vous quitté? Qui a pu vous séparer de moi? Ah! c'est l'amour; cette passion funeste, ce vice des bons cœurs, source

intarissable de leurs plaisirs, et surtout de
leurs peines.

Favori plaisait aux dames, et il les aimait.
Soit politesse, soit instinct, il se mettait volontiers sur les jupes blanches des jeune
créoles. Il était toujours à mes pieds; mais s
je fixais quelque temps les yeux sur une de-
moiselle, il me quittait, allait près d'elle, s
couchait sur le bout de ses pieds; et de là i
me regardait. Je ne sais si ce fut là qu'i
s'enivra du poison de l'amour. Il s'était, pa
ses caresses, concilié l'amitié des dames : un
des plus aimables m'engagea à le lui prêter
afin de perpétuer dans l'île tant de qualité
par un heureux mariage. Fatale complaisance
à peine Favori eut-il goûté l'ivresse de cette
cruelle passion, qu'il ne mangeait plus. La
nuit, il ne faisait que se plaindre; il halétait,
il pleurait. On le ramenait le soir; mais dès la
pointe du jour, il s'échappait, et courait à une
lieue de là.

Dans une de ces courses, il me fut enlevé;
et j'appris par des marins qu'on l'avait vu
errer dans l'île de Bourbon.

Oh! comme je l'ai vu combattre entre l'amour et l'amitié! sortir, rentrer, se placer à mes pieds, courir comme s'il avait pris son parti; puis, revenir, se coucher, baisser la tête, remuer la queue : il semblait me dire : vous me reverrez ce soir. Il eût voulu se partager entre les deux sentiments qui l'agitaient.

Favori, si vous vivez encore, puissent les Naïades de Bourbon vous offrir, dans vos courses, leurs eaux argentées! que les vents des tropiques agitent vos soies, et rafraîchissent ce cœur où ont brûlé les feux de l'amitié! Si quelquefois du haut d'un rocher, aspirant l'air, vous appelez, comme jadis, par vos soupirs, votre maître, hélas! perdu comme vous, dans un autre hémisphère; puisse l'amour vous consoler de sa perte! que les jeunes filles de Bourbon vous prodiguent les soins les plus doux; qu'elles se plaisent à peigner vos longues soies; qu'elles vous dédommagent par leurs baisers de ceux que vous aimiez à recevoir du plus tendre des maîtres!

Mais si vous n'êtes plus, cher Favori; puissiez-vous donner votre nom à quelque promontoire! puissent vos vertus et votre ami le faire passer à la postérité!

36

VOYAGES
DE CODRUS.

VOYAGES

DE CODRUS.

Je m'appelle Codrus. Je suis né à Ancyre, petite ville de la Grèce. Si on peut ajouter foi à la tradition de ses ancêtres, je descends de Codrus qui se sacrifia pour sa patrie. Mon père me fit instruire dans les sciences que Minerve a cultivées : il me laissa très-peu de biens, mais de la confiance dans la providence des dieux, et un grand exemple à suivre.

Les Athéniens défendaient leur liberté contre Philippe; je crus qu'ils recevraient avec plaisir le descendant d'un citoyen qui s'était offert à la mort pour elle. Ils me donnèrent un petit emploi dans leur armée, si on peut donner ce nom à une assemblée de sybarites: le général le plus estimé était celui qui avait

36*

la meilleure table; on y voyait plus de comédiens que de soldats.

J'aimais la vertu militaire, je ne pus souffrir tant de désordres; je parlai, et je me fis
des ennemis. Je résolus de prévenir ma dis-
grace, et de chercher une terre où la vertu
pût conduire au bonheur : sans le bonheur,
à quoi servirait d'être vertueux ?

Je partis pour l'île des Phéaciens; je trouvai des républicains occupés de dissensions
perpétuelles, un peuple sans femmes, un
trésor sans argent, une île sans terres. Ils
ne subsistent que des aumônes des autres
nations, et ne se perpétuent qu'en adoptant
sans cesse de nouveaux citoyens. Ils ont aimé
autrefois l'art militaire, dont ils ne font plus
de cas. Je quittai avec plaisir une société qui
ne peut se nourrir elle-même, ni se repro-
duire.

Je fus chez les Phéniciens, qui naviguent
dans toutes les mers du monde : c'est un
peuple sage. Ils sont, de tous les Grecs,
les plus sobres et les plus économes; mais de
grands défauts ternissent ces qualités : ils
n'estiment que les richesses, ils regardent

ces gens de guerre comme des marchands qui trafiquent de leur propre sang. Je sortis d'un pays où l'argent seul donne de la considération, où tout abonde par le commerce, et où l'on ne jouit de rien.

J'étais pauvre, et j'aimais la gloire ; je résolus d'aller chez les Scythes, célèbres par leur bravoure et leur simplicité. Après de grands périls, j'arrivai dans leur capitale. Les Scythes étaient gouvernés par une femme célèbre. De grands talents faisaient oublier en elle de grandes fautes. Elle avait appelé dans son empire les arts de la Grèce ; j'étais Grec, j'en fus bien accueilli : j'allais souvent à la cour. Un jour, j'appris qu'un officier scythe, de mes amis, venait d'être renvoyé sur le bord de la mer Glaciale, où il était condamné à finir ses jours. Son crime était d'avoir été attaché à un des grands qui avaient mal parlé de la souveraine. Cette nouvelle Sémiramis enveloppa dans sa vengeance le protecteur et le protégé.

Je chérissais l'amitié et la reconnaissance comme des chaînes dont les dieux ont voulu lier les ames honnêtes et sensibles : je redou-

tai une cour orageuse. D'ailleurs, l'aspect
d'une terre couverte de glaces la moitié de
l'année, et la barbarie des peuples qui l'habitent, me faisaient soupirer après le doux
climat de la Grèce; les vices aimables de mes
compatriotes me paraissaient préférables aux
vertus sauvages des Scythes.

J'avais peu d'argent. Des amis, quelques
jours avant mon départ, m'engagèrent à
jouer : la fortune me fut si favorable, que je
gagnai de quoi faire aisément mon voyage:
je partis.

Il s'offrait une belle occasion d'atteindre
cette gloire que je cherchais dans les armes.
Les Sarmates défendaient leur liberté contre
les Scythes, qui voulaient leur donner un
roi. J'arrivai chez les Sarmates, qui, divisés
entre eux, paraissaient toucher aux horreurs
d'une guerre civile. Je pris le parti du citoyen le plus zélé et le plus faible; je cher-
chai à l'aller joindre : je fus fait prisonnier
dans ma route. Ma cause parut si belle à des
peuples qui aimaient la liberté, que toutes
les factions s'empressèrent de me donner des
marques d'amitié. On m'obligea de renon-

cer, pour quelque temps, à la guerre, et de laisser ces républicains vider entre eux leurs différends; mais il me fut permis de me trouver à toutes leurs fêtes.

J'étais dans les premiers feux de la jeunesse, et je m'impatientais déjà de vivre dans l'oisiveté : un dieu, plus puissant que Mars, vint m'enrôler sous ses drapeaux, et me donner un service que la république ne m'avait point interdit. Une princesse sarmate me subjugua : je l'aimai, et j'en fus aimé. Les fêtes, les plaisirs se succédaient chaque jour. Ah! si le bonheur se trouvait dans les palais, j'avais trouvé le bonheur; les mois se passèrent dans une ivresse perpétuelle. Un jour je la surpris accablée de tristesse; ses beaux yeux étaient baignés de larmes : « Il faut, dit-elle, nous quitter; mes parents me rappellent près d'eux : je dois tout à une famille puissante. Malheureuse grandeur! que n'ai-je pu être toute ma vie à Codrus! bergère, nous eussions passé ensemble des jours dignes d'envie. Il faut nous séparer; mais recevez ce dernier gage d'un attachement et d'une estime éternelle. »

Elle me donna son portrait, qu'elle avait peint elle-même. Toutes les passions s'enflammèrent à-la-fois dans mon cœur : je voulais fuir ; je voulais rester ; je voulais mourir. En vain, je m'efforçai de la retenir ; il fallut nous quitter, et nous quitter pour toujours.

Je connus alors que la volupté était plus difficile à vaincre que l'infortune. Je partis, le cœur rempli d'amour et de regrets, ne pouvant ni oublier mon bonheur, ni penser à une félicité si rapide. Je résolus de chercher à finir une vie qui ne m'offrait dans l'avenir que le souvenir d'une perte irréparable.

Je me rendis chez Philippe. Ce prince victorieux avait donné la paix aux Athéniens ; semblable à un vieux lion, la terreur régnait autour de son palais. Mon ardeur lui plut, il m'offrit du service ; mais il me parut que la crainte qu'il avait inspirée à ses voisins, prolongerait trop long-temps une paix oisive. Si Philippe eût fait la guerre aux Sarmates, j'eusse volontiers servi comme simple soldat, pour enlever à sa famille mon aimable princesse.

Je quittai la Macédoine, où les seules vertus militaires mènent les hommes à de tristes honneurs, où les habitants vivent dans
la paix comme s'ils étaient dans la guerre :
j'arrivai à Athènes, résolu d'y finir mes jours.

Toutes les sciences sont estimées à Athènes ; mais on préfère à celles qui sont utiles
celles qui sont agréables. Je me livrai à la
philosophie, persuadé que je viendrais à bout
de calmer les agitations d'un cœur en proie
à tant de passions : par-tout je portais une
inquiétude secrète. J'appris qu'il existait un
bonheur que ni les sciences, ni les arts ne
sauraient donner. Je voulais être vertueux,
et je sentais redoubler ma tristesse.

Je lus tous les traités des philosophes qui
se contredisent sans cesse, et finissent par
vous laisser dans un doute pire que l'ignorance.

Je lus l'histoire de différents peuples. Le
spectacle de tant de rois malheureux sur le
trône, élève l'ame et l'afflige : un bon cœur
peut-il se consoler par le malheur d'autrui ?

Enfin, je lus les voyageurs, qui mettent
toujours la félicité hors de leur patrie, et la

raison chez les peuples barbares. Je fus séduit par la description des îles Fortunées ; je
résolus de porter au delà des mers mon ambition et ma curiosité : d'ailleurs, j'espérai
y acquérir de la fortune, et y travailler à
la gloire de mon pays sous un climat déli-
cieux.

Après un voyage plein de dangers et d'ennui
nous arrivâmes dans une île. Le port offrai
un aspect aride et brûlé, semblable aux forge
de Vulcain. Je trouvai dans cette île plus d
discorde que chez les Phéaciens, plus de pau-
vreté que chez les Scythes, un despotisme plu
dur que dans cette cour barbare. La plupar
des hommes, réduits à l'esclavage, y son
plus misérables que les bêtes. Il n'y a ni li
berté, ni société, ni émulation honnête : le
talents de l'esprit vous font des ennemis ; le
qualités du cœur vous donnent un ridicule
De tous les pays que j'ai vus, je n'en ai poir
trouvé où il soit plus désagréable de vivre.

Les dieux ont cependant compensé les pe
nes que j'ai éprouvées. J'y ai connu une fa
mille à laquelle j'ai voué un attachement e
une estime inaltérable. Heureux, si je pou

vais près de Lucinde fixer mes pénates! Je
l'aime sans intérêt; que désire-t-elle davantage? que demanderaient de plus des rois?
que demanderaient de plus les dieux?

Si l'on peut ajouter quelque foi à un songe,
je puis espérer de trouver le bonheur après
lequel j'ai si long-temps couru : il m'a semblé
que Lucinde me ménageait dans sa famille
une alliance qui doit faire ma félicité; et ce
songe était accompagné de circonstances si
frappantes, que le réveil n'a pu les effacer,
et je les conserve par écrit.

Après avoir cherché le bonheur dans les
cours, à la guerre, dans les plaisirs, dans la
retraite, au milieu des glaces du Nord et dans
les climats chauds, j'ai vu que je courais
après un fantôme; j'ai connu enfin que le
bonheur consistait à se rapprocher de la nature. Il a plu à la nature de nous donner un
corps, un esprit et un cœur. Ces êtres différents ont des besoins distincts; ces besoins
font nos plaisirs : le bonheur est l'harmonie
de ces mêmes plaisirs. C'est à la raison à en
régler les accords, et à chercher à les satisfaire dans la nature, suivant les besoins de

37

chacune de ces facultés : l'étude de ces besoins est la connaissance de soi-même. Voici ce que mon expérience m'a appris, et d'où dépend mon bonheur particulier.

Le bonheur du corps consiste dans les *plaisirs des sens*. J'aimerais donc à vivre sous un climat tempéré, à la campagne plutôt qu'à la ville : l'azur du ciel, le vert des prés et des forêts, le cristal des ruisseaux, récréent ma vue, et me réjouissent plus que les lambris et les peintures ; le parfum des jasmins, des violettes, des roses, ravit mon odorat. Oh ! quand pourrai-je me reposer à l'ombre des lilas, ou sous les guirlandes d'un chèvre-feuille ; me réjouir à la vue d'un champ couvert d'épis jaunissants, émaillé de bluets et de coquelicots ! Le gazouillement des oiseaux, la mélodie du rossignol, le chant de l'alouette, charment mes oreilles : il n'y a pas jusqu'au bêlement des troupeaux qui n'excite dans mon cœur le désir d'une vie simple et innocente. Quant au besoin de vivre, un vignoble, un verger, une laiterie, un potager, fourniront agréablement à mes plaisirs. Avec un peu d'art, qu'il est aisé de varier ses jouissances ! Don

ñez, au printemps, un repas sur l'herbe fleu-
rie, à l'ombre des tilleuls; rassemblez quelques
honnêtes familles du voisinage, des jeunes
filles fraîches et vives, des garçons d'une santé
vigoureuse; offrez-leur des œufs frais, quelques poissons pris dans le ruisseau voisin, des
gâteaux, des laitues, des crèmes, des cerises
et de vieux vin : vous verrez la joie et la
gaieté animer vos convives; vous les verrez,
après le repas, chanter, danser et folâtrer sur
l'herbe : gens des villes, allez digérer sur des
canapés !

L'amour peut être regardé comme un plaisir des sens ; mais dans l'homme, il s'allie
avec tant d'autres sentiments, que ce serait
lui faire tort que de n'en faire qu'un besoin
physique.

Les plaisirs de l'esprit consistent à *connaître*. C'est un désir dont je me guéris tous
les jours : il vous porte trop loin. Je ne voudrais point exercer mon esprit aux sciences
trop abstraites, ni aux ouvrages de pure imagination. L'homme qui s'y livre, s'éloigne
trop de la société pour laquelle il est fait : il
se plaît dans un monde qui n'existe pas, et

qui lui fait souvent trouver insupportable celui qui existe.

J'aimerais l'histoire qui peint les hommes qui nous ont précédés, et nous donne des lumières et de l'indulgence pour vivre avec ceux qui nous environnent.

J'aimerais les ouvrages de littérature légère où les vices sont tournés, sans fiel, en ridicule, où les vertus et les passions aimables sont mises en action.

J'aimerais les observations sur la nature, pour admirer ses lois et connaître ses ressources.

Voilà où je bornerais mes lectures, afin de me rendre plus utile et plus agréable à mes amis et à moi-même.

Quant aux plaisirs du cœur, ils consistent dans le *sentiment*. Les plaisirs des sens nous sont communs avec les bêtes, ceux de l'esprit nous rapprochent des intelligences; mais nous ne sommes hommes que par le cœur. Y a-t-il quelque plaisir au-dessus de celui de faire du bien, d'avoir des amis, d'être chéri de ses enfants, d'aimer une femme aimable et d'en être aimé?

Sans amis, il n'y a point de bonheur ; sans amis, le monde n'est qu'un désert ; sans amis, il vaut mieux ne pas exister. L'amitié n'est pas la vertu des ames faibles : citez-moi un grand homme qui n'ait pas eu un ami.

Je voudrais une femme ; tous les céliba-taires sont tristes. Je voudrais une femme qui me plaise ; l'inclination est l'instinct de l'homme. Si le bonheur est l'harmonie des plaisirs, dans une femme aimée se trouve toute la félicité dont l'homme est susceptible. Dans une femme aimable on trouve à satisfaire à-la-fois les sens, l'esprit et le cœur : c'est là le secret de la nature qui rend l'amour si puissant.

Si j'avais à choisir une femme, je la vou-drais simple dans ses mœurs, spirituelle, franche, m'estimant assez pour m'avouer ses fautes, m'aimant assez pour n'en pas faire : je la souhaiterais naturellement gaie, se plai-sant à faire du bien, sensible et bonne.

Je voudrais qu'un même esprit dirigeât nos actions, et qu'une indulgence mutuelle nous aidât à nous supporter. Je voudrais en faire à-la-fois ma maîtresse et le meilleur de mes amis.

37*

Je voudrais que la religion se mêlât à nos amours; que, semblables à des arbrisseaux entrelacés qui s'élèvent vers le ciel, notre union nous rassurât contre les agitations de cette vie.

Le bonheur de ma femme, le soin de mes enfants et leur éducation, seraient l'objet de mes plaisirs et de mon ambition; car c'est encore une passion du cœur qui demande à être satisfaite. Mais, par la méditation des biens dont l'homme jouit sur la terre, j'aimerais à croire que le ciel lui en prépare de plus durables. Cette pensée si vraisemblable, si naturelle au cœur de tous les hommes, élèverait l'ame de ma famille bien-aimée; elle nous rassurerait contre les revers de la fortune : elle serait le principe de notre religion, de notre morale, de notre philosophie.

Mais à quoi servent des vœux inutiles? je désire des amis, et les miens sont dispersés; une petite terre, et je n'ai pas une métairie; de la liberté, et je vis dans un pays despotique; une femme choisie dans ma patrie, et je suis aux extrémités du monde.

J'espère cependant que par des lois incon-

nues les dieux me feront parvenir au bonheur
que je désire. Quand les hommes, dit un
sage, sont élevés au comble du bonheur, ils
n'imaginent pas comment ils en peuvent
tomber; quand ils sont plongés dans l'infortune, ils ne voient pas par où ils en pourront
sortir. Les dieux les conduisent par des routes
extraordinaires à des fins qu'ils n'ont pas pré-
vues, afin que l'homme connaisse ses faiblesses et le pouvoir des dieux.

LE

VIEUX PAYSAN

POLONAIS.

LE

VIEUX PAYSAN

POLONAIS.

PLUSIEURS mois après le couronnement de Catherine II, au moment où les ambassadeurs venaient déposer au pied du trône les hommages de chaque province, un vieux paysan polonais se présenta tout-à-coup devant l'impératrice, et lui adressa le discours suivant :

« Auguste souveraine ! on m'a dit que vos sujets vous appellent leur mère, et qu'ils s'adressent à vous dans leurs peines.

» On m'a dit que vous invoquiez dans les vôtres le Père commun de la nature. Puisse le ciel, qui seul peut satisfaire aux besoins des rois, vous être aussi favorable que vous l'êtes à vos peuples !

Quoique étranger et pauvre, j'ai compté sur votre religion qui vous rapproche des hommes, et sur votre bienfaisance qui vous rend semblable à Dieu. J'ai quitté les forêts pour venir à votre cour. Mais la majesté de ce palais m'interdit ; ces marbres et ces toits dorés, ces voiles de pourpre, ce bruit de tambours dont ces voûtes retentissent ; tout annonce votre grandeur, tout déconcerte ma faiblesse. Un vieillard qui se soutient à peine, une voix éteinte, une langue sauvage, un cœur chargé d'ennuis ; quel spectacle pour des rois, et quel ambassadeur !

Fille d'Adam, vous avez été épouse, et vous êtes mère ; malgré cette pompe, malgré ces gardes couverts de fer, peut-être que l'adversité, qui ne respecte rien, a pénétré jusqu'à vous ! Ah ! si jamais vous l'avez éprouvée, ne méprisez pas l'éducation qu'elle donne.

Souffrez que je m'approche aussi de ce trône redoutable, où nos voisins ont porté les lois violées de leur commerce, où nos grands proscrits redemandent leurs honneurs, où deux religions se disputent des temples.

Nos droits, si les malheureux en ont, sont plus anciens que les traités d'Oliva ; la politique n'en a point de si respectables, ni la religion de plus sacrés ; ce sont les droits de la nature, que deux millions d'hommes réclament par ma voix : notre misère est si grande, qu'on ne peut l'augmenter sans nous détruire ; elle est si ancienne, que personne ne nous plaint.

Ne pensez pas que je sois un député de cette nation proscrite que poursuit la vengeance divine ; nous ne sommes point juifs, mais chrétiens et polonais. Nous avons des lois, des grands, des magistrats, un souverain, des prêtres ; et plût à Dieu que nous n'en eussions point ! Ces établissements, qui peut-être assurent la félicité des autres nations, semblent imaginés pour notre désespoir.

Nous sommes privés des premiers biens que le ciel n'a pas refusés aux bêtes sauvages ; nous n'avons point de liberté ; et tel est notre esclavage, que chez nous tout est enchaîné, jusqu'aux sentiments du cœur. Nous ne pouvons nous livrer ni à l'amitié conjugale, ni à la tendresse paternelle. Il n'est pas permis à

nos jeunes gens de se choisir des femmes,
que nos gentilshommes ne les aient refusées
pour concubines ; nos filles ne peuvent avoir
de maris que ceux qu'ils n'ont pas jugés dignes d'être laquais. Tous les ans, notre jeunesse nous est enlevée ; tous les ans, on
cueille cette fleur des champs pour la flétrir.
Comme les pigeons que les vautours ont dé-
cimés, ceux qui restent, interrompus dans
leur choix, troublés dans leurs inclinations,
se retirent éperdus dans leurs cabanes pour y
gémir en liberté ; mais bientôt on vient les
distraire de leurs douleurs par des travaux
qui font frémir.

Dès l'aube du jour, hommes, femmes, enfants confondus avec les bœufs, sont accou-
plés aux mêmes jougs, et sous les mêmes
fouets. Accablés de coups, d'imprécations et
de fatigues, nous rentrons avec la nuit dans
nos villages.

Ah ! que ne pouvez-vous voir nos tristes
demeures, où la misère confond les âges et
les sexes sous les mêmes physionomies ! Forcés de nous servir de tout ce que l'avidité de
nos maîtres ne nous enlève pas, souvent nous

allons chercher au fond des marais, et dans les roseaux, de quoi vivre et de quoi nous vêtir; nos habits n'ont point de forme, nos aliments n'ont point de nom.

Si quelquefois la nature nous inspire des sentiments communs à tous les animaux, jamais ils ne s'annoncent par notre joie. Nos amours ressemblent à des funérailles, et nos chaumières à des tombeaux. La vie s'y allume comme une lampe funèbre, et s'y perpétue comme une contagion; nos enfants naissent au milieu des plus sales bestiaux, pauvres, nus, misérables, et n'ayant rien qui les distingue que leur sensibilité, qui en doit faire des hommes et des infortunés.

A peine commencent-ils à répondre à nos caresses, à peine commencent-ils à essuyer les larmes de leurs mères, qu'on nous les enlève; on les joue, on les trafique, on les vend dans les marchés comme des moutons. Semblables par leur innocence à ces paisibles animaux, leur sort n'en différerait pas, si la cruauté de nos maîtres s'était avisée de se repaître de leur chair : sans doute que le ciel a mis quelque poison dans notre sang, puisque,

servant à toutes leurs passions, ils ne nous
sacrifient pas encore à leur gourmandise.

Transportés dans leurs maisons, nous
éprouvons tous les caprices de l'orgueil,
toutes les fantaisies de l'opulence, toutes les
inquiétudes de l'oisiveté; enfin leurs vices
peuvent s'exercer sur nous librement, puisque la loi, qui leur assujettit nos biens,
leur soumet encore nos personnes. Par cette
loi cruelle, le prix de notre vie est fixé.
Tout homme, assez riche pour payer un
bœuf, peut tuer impunément un père de famille.

Nous sommes toujours étrangers dans ces
familles barbares, nous essuyons toutes les
humiliations de la domesticité sans en goûter
les douceurs. Elles nous refusent jusqu'à des
lits; nous couchons, comme les chiens, sur
les escaliers et dans les cours : nous ne trou-
vons chez elles ni pitié, ni indulgence; nos
faiblesses y sont regardées comme des crimes, et nos moindres fautes punies par des
supplices.

Ce peuple de rois se joue des hommes;
aux champs nous sommes des bêtes de charge,

des esclaves à la ville, des bouffons dans leurs
festins, et des soldats dans leurs querelles;
car c'est par nos mains qu'ils les décident, et
dans notre sang qu'ils lavent leurs offenses.
Victimes des passions que nous n'avons point
allumées, nous redoutons également les joies
et les fureurs de nos maîtres; leurs divisions,
nous annoncent la guerre, et leurs alliances
nous donnent de nouveaux tyrans.

En vain mêlent-ils à nos aliments des graines de pavots, en vain veulent-ils assoupir
le sentiment de nos peines : ces maux ont
pénétré notre existence, et nous n'en pouvons
perdre le souvenir qu'avec la vie. Le bien
même qui console des maux présents par l'espérance des biens éternels, la religion, commence à perdre son crédit dans nos esprits :
on nous dit que les vérités qu'elle enseigne
ont passé des apôtres à nos évêques; mais
cette source céleste voudrait-elle couler par
des canaux impurs ? Ces pontifes d'un Dieu
pauvre habitent des palais; ils parlent de son
affabilité, et jamais le peuple ne les approche; ils prêchent ses bienfaits, et vivent de
nos dépouilles; ils nous recommandent son

38*

humilité, et ils ont des gardes; sa soumis-
sion, et ils font la guerre. Quelle foi ajouter
à des opinions qu'annoncent des hommes
corrompus? Il semble qu'ils n'ont imaginé
des récompenses futures à nos misères pré-
sentes, qu'afin de tourner nos vertus au profit de leurs vices.

Quand ils daignent s'excuser, ils disent que
la loi est toujours la même, mais que le siècle est différent. Si la loi fut donnée pour
régler les mœurs, que ne changent-ils la loi
quand les mœurs ont changé ?

Verra-t-on toujours en contradiction des
préceptes qui condamnent leur vie, et des
scandales qui décréditent leur mission ?

Mais sans doute cette loi est divine, qui se
soutient par ce qui devrait la détruire. Les
ouvrages du ciel tirent leur grandeur d'une
faiblesse apparente, et l'intelligence se cache
sous la contradiction. La rose croît entourée
d'épines; on recueille le meilleur miel dans
le tronc des chênes.

O religion sainte! nous reconnaissons votre
empreinte divine; nous savons que la pau-
vreté et l'abaissement sont des vertus dignes

de vos temples : mais chez nous elles n'ont
point de mérite, puisqu'elles sont contraintes;
et quand elles seraient libres, leur excès pourrait-il plaire au Père commun des hommes?
approuverait-il, dans sa religion, des maux
qu'il a tempérés dans la nature? La vie est
une épreuve et non pas un supplice. S'il fait
retentir le tonnerre quand il verse les moissons sur les campagnes, c'est afin que l'abondance ne nous enivre pas; quand il a étendu
nos plaines sous les glaces du Nord, il les a
couronnées de forêts pour fournir un feu perpétuel à nos foyers. Nous sommes ses enfants;
toujours sa bonté nous rassure quand sa justice nous épouvante; toujours il verse un peu
de lait dans la coupe amère de la vie. De quel
œil voit-il donc des maux qu'il n'a pas créés?
l'homme traité par l'homme comme la bête,
des tourments sans fin et des angoisses inex-
primables! Sans doute les malheurs dont gé-
mit la république, sont un effet de sa justice;
il la châtie des mêmes verges dont elle nous
a si long-temps frappés.

Nobles polonais, vous avez abusé de notre
liberté, et aujourd'hui vous réclamez la vôtre;

vous nous avez dépouillés de nos biens, et toutes les nations se disputent vos provinces. Une partie vous a été enlevée; les Suédois, les Prussiens, les Russes se promènent tour-à-tour dans vos domaines. Quand nos voix suppliantes imploraient votre miséricorde, vous avez rejeté nos prières; et vous vous humiliez aujourd'hui devant des paysans semblables à nous. Vous cherchez des asiles chez ces Moscovites, si long-temps méprisés par votre orgueil injuste. Le ciel les a rendus nos vengeurs et vos maîtres. Quelle loi venez-vous réclamer ici, quand vous avez violé la nature qui nous rendait égaux, l'humanité qui veut que les hommes s'entr'aident, et la religion qui leur ordonne de s'aimer?

O malheureux pays, où ce sabre, qui devait nous protéger, n'est terrible qu'à nous; où celui qui dévore le blé, maltraite celui qui le sème; où nous sommes serfs avant de naître, et dépouillés avant de jouir! Les juifs, si haïs, sont moins à plaindre. Toujours errants, ils échappent à vos lois féroces; ils sont libres, ne cultivent point la terre, vivent de vos besoins, s'enrichissent

de votre ruine, et attendent encore un libéra-
teur pour vous punir.

Grande impératrice, mettez fin à tant de
misères. Quoique nous ne soyons pas vos
sujets, vous régnez; la peine d'autrui n'est
point indifférente aux bons cœurs. Il n'y a
point pour les grands rois d'injustice étrangère. Étendez votre humanité aussi loin que
votre puissance ; ôtez à nos maîtres ce pouvoir arbitraire et cette liberté licencieuse.
Dans leurs mains, c'est un couteau dont ils
nous égorgent, et dont ils se blessent eux-
mêmes.

Lorsque je quittai les sources de la Vistule,
pour venir ici, je traversai une partie de la
Pologne, et tout le grand-duché de Lithua-
nie. Dans vingt journées de marche, j'ai
trouvé partout les paysans également malheureux. Quand je leur ai demandé quel re-
mède ils croyaient nécessaire à leurs maux :
de la liberté et des terres ! m'ont-ils dit.
Quand je leur ai demandé ce qu'ils comp-
taient vous offrir pour de si grands bienfaits,
ils ne m'ont rien répondu, car ils n'ont rien.

Respectable souveraine : de la liberté et

des terres ! voilà mes instructions ; voilà l'objet de nos souhaits et le principe de tout bonheur. S'il faut l'acheter, contentez-vous des vœux d'un peuple pauvre ; nous n'offrons point d'autres présents sur les autels. Nous prierons le ciel, qui vous a donné les lumières d'un grand monarque et les sentiments d'une bonne princesse, de vous récompenser par l'estime de l'univers et par l'amour de vos peuples. Nous instruirons tous les jours nos petits enfants à mêler votre nom dans leurs prières innocentes. Tous les jours, ils vous remercieront, après Dieu, de ce pain quotidien qui leur manque aujourd'hui.

Pour garantir la durée de notre liberté, qu'il nous soit permis de choisir un protecteur dans notre nation. Parmi nos seigneurs, il en est quelques-uns de justes, d'humains, de généreux, tels que le prince palatin de Russie et les princesses Staniska et Miesnik, etc... Qu'il nous soit libre, à l'avenir, de confier nos intérêts à celui des grands que nous estimerons le plus.

Les chevaux du roi de Pologne ont un grand écuyer; ses chiens et ses faucons ont

un grand veneur : pourquoi les paysans n'auraient-ils pas aussi un patron à la cour ? som-
mes-nous plus méprisables que ces animaux ?
Je sais que nos maîtres superbes nous re-
prochent une incapacité universelle, et que
tous les métiers de la Pologne sont exercés
par des étrangers. Mais peuvent-ils compter
sur notre industrie, quand nous cherchons à
perdre jusqu'au sentiment? comment pourrions-nous exercer pour eux les arts nécessaires, puisqu'ils nous ont appris à nous passer
de tout? que peuvent-ils attendre d'un peuple
couvert de lambeaux, et retiré dans des ta-
nières? Nous leur fournirons des tailleurs
quand nous aurons des habits, et des archi-
tectes lorsque nous habiterons des maisons.
Si les villes de Pologne n'ont point de commerce, si l'état n'a plus de défenseurs, qu'ils
nous donnent une patrie ; nous deviendrons
citoyens pour l'enrichir, et soldats pour la
défendre : mais ces objets utiles ne les oc-
cupent guère. Ils ne courent qu'après les
équipages brillants et les bijoux précieux. Ils
font venir à grands frais des comédiens et
des danseurs : voilà ce qu'ils appellent servir

son pays et en entendre le commerce. Quel commerce, grande reine ! ne permettez plus que le luxe des peuples riches pénètre dans ces déserts ; nos travaux se multiplieraient avec les plaisirs de nos maîtres. Déjà ils paient de la récolte d'un champ une fragile porcelaine ; tous les ans, ce blé, qui manque à nos besoins, sert à payer quelque fantaisie : que deviendrons-nous, lorsque ces rivières, qu'ils veulent rendre navigables, rendront les transports plus faciles ? Il n'y aura point, sur la terre, de nation qui ne nous envoie des frivolités pour des biens solides ; on les paiera de nos sueurs, et nous serons obligés de nourrir tout l'univers.

Qu'ils fassent notre bonheur, ces hommes que l'opulence rend délicats ; et nous cultiverons encore ces arts qu'ils paient si cher, et qui les ennuient si vite. La joie nous rendra musiciens, l'amour nous fera poëtes. S'ils veulent des spectacles, nous leur en donnerons qu'ils n'ont jamais vus : un peuple joyeux sans ivresse ; nos bois retentissants de louanges et de bénédictions ; nos filles dansant, au milieu des guérets, avec leurs amants couronnés de fleurs ; et des vieillards pleurant de joie du bonheur de leurs enfants : fête céleste et digne des anges!

Dans nos chansons, nous ferons passer à nos neveux l'époque de cette félicité plus fidèlement que les historiens : ce que nous portons dans le cœur, passe toujours dans notre mémoire. Nos traditions sont plus durables que les marbres ; nous nous ressouvenons du bon roi Casimir, et nous avons perdu le souvenir de ceux à qui nous n'avons bâti que des châteaux.

Mais comment osé-je parler de nos faibles efforts, dans ce superbe salon où tous les arts sont rassemblés? Voici la Justice, avec ses balances, bien différente de la nôtre, qui n'a qu'une épée; près d'elle est l'Abondance qui verse des épis. Cette femme, qui allaite des enfants, est sans doute la Tendresse maternelle ; et cette figure, dont la robe est parsemée d'yeux et d'oreilles, qui a un coq à ses pieds et un sceptre dans ses mains, est peut-être la Vigilance royale. Toutes ces vertus, qui font la richesse des états, sont dorées : une seule ne l'est point; c'est la Religion.

simple et pauvre dans ses habits comme dans son esprit. Elle offre des feuillages sur un autel de gazon : présent digne du ciel, puis-qu'on peut l'acquérir sans crime, et le posséder sans orgueil.

O grande souveraine! ici tout annonce les devoirs des rois, et les vertus dignes de la reconnaissance des peuples. Jamais nos mains grossières ne pourront imiter ces chefs-d'œuvre ; mais si vous nous accordez les biens que nous demandons, notre attachement pour vous ira plus loin que celui de vos sujets. Nous ferons faire votre statue par quelque habile artiste, et nous la placerons dans le palais de Varsovie ; elle suffira seule à la vénération du peuple polonais et à l'instruction de nos souverains.

FIN.

NOTES

DU MÉMOIRE SUR LA MÉNAGERIE.

' PAGE 314.

J'EMPLOIE l'expression de *règne fossile* au lieu de celle de règne minéral , dont se servent les savants ; mais comme les ignorants , du nombre desquels je suis et pour lesquels j'écris, entendent par minéral seulement ce qui concerne les mines , j'ai cru que le mot de fossile serait plus étendu et mieux entendu. Le mot de fossile vient de *fosse,* et s'applique à tout ce qui se fouit ou se fouille ; il désigne donc tout ce qui est dans la terre, de quelque nature que ce soit , mine, sable, pierre ou terre. Il a donc plus d'analogie avec le végétal, dont la terre est immédiatement la base. Les hommes ne sont curieux que de ce qu'ils ne voient pas et n'entendent pas : ils creusent les montagnes pour y chercher des minéraux ; ils pourraient trouver des trésors dans les fossiles de la surface. J'ai vu un jour près des boulevards, semer des haricots dans des débris de plâtras, dont on avait comblé un terrain ; ils y réussirent à merveille. J'ai souvent vu, dans des chantiers de pierre, venir

abondamment des orties et de vigoureuses malvacées.
Ne pourrait-on pas faire de semblables essais sur des
terrains de diverses natures? Le plus ingrat me paraît propre à produire quelque chose : il croît des
plantes jusque sur nos murs. Le règne fossile peut
présenter des vues neuves, et plus intéressantes pour
l'économie rurale, que le règne minéral. Les relations du règne fossile avec le végétal ne sont pas
moins utiles à connaître, que celles du végétal avec
l'animal. Ce sont les trois étages du palais de la nature; nous ne pourrons le connaître qu'en étudiant
son ensemble. Nos sciences isolées ne nous en montrent que des cabinets.

2 PAGE 334.

Avant de faire imprimer ce Mémoire, je l'ai lu à
plusieurs de mes savants collègues, et j'avoue que
leur suffrage m'a fait le plus grand plaisir ; mais aucun ne m'en a fait autant que celui de M. Daubenton,
si connu par ses succès dans l'économie rurale, où
il est parvenu à nous procurer des races de moutons
dont les laines sont aussi fines que celles d'Espagne.
J'ai été charmé que ma théorie sur l'établissement
d'une ménagerie servant à l'instruction publique,
fût parfaitement d'accord avec sa longue expérience,
et que mes vues fussent précisément les mêmes que
celles qu'il a eues pour l'École vétérinaire d'Alfort,

près Paris. Voici le résumé d'un discours manuscrit qu'il m'a communiqué, et qu'il a prononcé à l'ouverture des cours de cette école.

Après avoir dérivé, d'après Pline et Columelle, le nom de vétérinaire, de *veterina*, sous lequel les Romains comprenaient non-seulement le cheval, l'âne, le mulet et le bœuf, qui sont des bêtes de charge et de trait, mais encore les hommes qui les conduisaient et les soignaient en état de santé, M. Daubenton étend cette dénomination « à tous les ani-
» maux domestiques utiles à l'homme, de quelque
» genre qu'ils soient, quadrupèdes, oiseaux, poissons,
» insectes.» Il résulte donc de ses observations, qu'on peut croiser en France les races du chien, du loup et du renard, ainsi que celles des autres animaux carnassiers, « qui ne sont point, dit-il, féroces par na-
» ture. Ils ne fuient l'homme que par crainte, et
» ils ne dévorent les animaux que par besoin. Si l'on
» fait cesser ces deux causes, en accoutumant les
» animaux farouches à la présence de l'homme, et
» en donnant des aliments aux animaux féroces, on
» les rendra aussi traitables que nos animaux domes-
» tiques. » Il présume cependant que ce ne peut être qu'après quelques générations. Il cite en exemple notre chat domestique, qui est de l'espèce du tigre. Il croit qu'il est très-possible d'amener à l'état de domesticité, les cerfs, les daims, et sur-tout les chevreuils ; et dans les animaux étrangers, le zèbre d'Afrique pour le trait ou pour la selle. L'Amérique offre à nos troupeaux et à nos garennes, le tapir,

le pécari, le cariacou, le paca, l'agouti, l'akouchi et le tatou, renommés par l'excellence de leurs chairs.

Il passe ensuite aux oiseaux. Il cite, d'après Varron et Columelle, les grives, les cailles, les sarcelles, dont les Romains faisaient de nombreuses volières. Il prétend que le coq et la poule se trouvent sauvages dans les Indes orientales, et propose d'agréger à leur domesticité dans nos basses-cours, l'outarde, la canepetière, le rouge, le pilet, le faisan de montagne, le coq de bruyère. Il cite la tadorne, qui y a produit, avec la cane domestique, des métis d'une très-bonne espèce; le dindon d'Amérique et le faisan de la Colchide, adoptés par notre économie rurale, et inconnus à celle des Romains. Il propose de joindre à ces familles apprivoisées le hocco, gros oiseau de l'Amérique méridionale; le marail de la Guiane, plus délicat que le faisan; le camoucle des mêmes contrées, plus gros et plus charnu que le dindon; le cariama du Brésil, de la taille du héron, d'un goût exquis : il est facile à apprivoiser, ainsi que la plupart des autres. Il y ajoute l'édredon, canard des îles du nord de l'Europe, qui porte le nom de son précieux duvet; et l'agami, qui a l'instinct et la fidélité du chien, au point qu'il conduit un troupeau de volailles, et même un troupeau de moutons, dont il se fait obéir, quoiqu'il ne soit pas plus gros qu'une poule.

M. Daubenton passe ensuite aux étangs et viviers, qu'il regarde avec raison comme une partie importante de l'économie vétérinaire. Il cite, d'après Co-

lumelle, les anciens Romains qui transportaient du
frai de poissons, de la mer dans leurs rivières et
étangs d'eau douce, où ils croissaient en perfection.
Il rapporte en exemple dans la nature, les aloses
et les saumons qui, d'eux-mêmes, passent de la mer
dans les rivières ; et dans l'économie rurale, l'im-
portation des carpes dans les rivières d'Angleterre,
où elles étaient inconnues avant la fin du seizième
siècle, et celle de l'esturgeon strelet de Russie, dans
le lac Mélor, près d'Upsal, regardée en Suède comme un événement remarquable du règne de son roi
Frédéric 1er. Il propose d'importer de même les
poissons de la Méditerranée dans l'Océan, et de
l'Océan dans la Méditerranée ; ainsi que dans nos
rivières et lacs de France, l'humble chevalier et
l'ombre, poissons exquis du lac de Genève. Enfin,
il étend ses vues aux abeilles et aux vers à soie, et il
en conclut la nécessité de joindre des pâturages et
des plantations d'arbres près de l'École vétérinaire,
à l'usage de tous ces animaux.

Cette dernière partie de l'économie rurale, se
trouve à son plus haut point de perfection dans le
Jardin des plantes, qui nourrit des végétaux de tous
les pays. Je me félicite de ce que mes idées, pour y
établir une ménagerie, sont les mêmes que celles
que M. Daubenton avait proposées pour l'École vétérinaire d'Alfort, à deux lieues de Paris. Cette distance, qui nécessite les élèves de la capitale à faire
quatre lieues pour aller entendre une leçon, est le
plus grand des obstacles pour les progrès de cet éta-

blissement, digne d'ailleurs de beaucoup d'éloges : nos garçons maréchaux et nos cochers, à l'instruction desquels il serait si utile, ne peuvent en profiter. Si cette école était réunie au Jardin des plantes, quel avantage n'en résulterait-il pas pour l'économie rurale et pour l'instruction publique ?.

3 PAGE 349.

Une autre considération très-importante sur l'établissement que je propose, c'est qu'il sera utile au faubourg de la capitale qui a le moins de ressources pour subsister. Paris est, pour ainsi dire, formé de cinq ou six villes qui ont des revenus et des usages fort différents. Le haut clergé et la noblesse faisaient fleurir le faubourg Saint-Germain ; les financiers, le quartier du Palais-Royal ; les gens de haute robe, le Marais ; le commerce, le quartier Saint-Denis ; les manufactures, le faubourg Saint-Antoine ; quelques pensions et écoles, le faubourg Saint-Marceau. Le langage et les mœurs en diffèrent autant que les fortunes. Quelqu'un a dit assez plaisamment qu'on pouvait reconnaître, au sortir du spectacle, de quel quartier étaient les femmes qui montaient en voiture, par la manière dont elles ordonnaient à leurs cochers de les y ramener. Si elles disaient, « à l'hôtel, » elles étaient du faubourg Saint-Germain ; « au logis, » elles demeuraient au Marais ; « à la maison, » c'étaient des bourgeoises du faubourg Saint-Denis. Pour celles du faubourg Saint-Marceau, elles vont si rarement au spectacle, que le seul qu'on ait jamais établi dans leur quartier, n'a pu s'y soutenir un mois; cependant il était placé vers l'intérieur de la ville, à l'Estrapade, et c'était après la révolution, époque qui en a fait éclore avec succès cinq ou six nouveaux dans les autres faubourgs de Paris. La section la plus pauvre de celui-ci est, je crois, celle du Jardin des plantes, du moins à en juger par le nom qu'elle a adopté, de *Section des Sans-Culottes*: elle en est cependant une des plus patriotiques.

Il est certain que le faubourg Saint-Marceau est fort peuplé et fort mal à son aise; celui de Saint-Germain a beaucoup d'émigrés, et par cela même, il a peu de population; les étrangers et les filles abondent toujours au Palais-Royal; les bons bourgeois se plairont long-temps dans le tranquille Marais; on aura toujours besoin des manufactures du faubourg Saint-Antoine : mais celui de Saint-Marceau n'a plus aujourd'hui de chanoines, de couvents et de pensions, qui l'aidaient à vivre. Selon moi, la première cause des séditions des villes, et même des révolutions, c'est lorsque tous les riches y sont d'un côté, et tous les pauvres de l'autre. Il arrive de là que les riches deviennent insolents par l'excès de l'abondance, et les pauvres séditieux par celui de l'indigence, et le sentiment de leur nombre. L'ancien régime n'avait rien imaginé de mieux, pour contenir le peuple du faubourg Saint-Marceau,

que d'y multiplier les casernes et les corps-de-garde.
Qu'est-il arrivé? le peuple a intéressé à son sort les
soldats sortis de son sein et compagnons de sa
misère : c'est par eux que la révolution a éclaté. Il
ne fallait pas le réprimer par le fer, mais l'adoucir
par l'or; il fallait ouvrir, dans nos Colonies, des dé-
bouchés à sa nombreuse et indigente population.
J'ai parlé de ces remèdes généraux dans mes Études
de la Nature, au sujet de l'esclavage des Noirs; mais
il y en a de particuliers, qu'on aurait dû appliquer
à la source même du mal : c'était de mêler les habi-
tations des riches avec celles des pauvres : excellent
moyen d'augmenter les jouissances des uns par l'industrie des autres, et de pourvoir aux besoins de
tous : par-là on prévenait les séditions, qui ne viennent jamais que de l'indigence des petits et de l'ambition des grands; par-là on rapprochait les unes des
autres les différentes classes de citoyens, qui deviennent ennemies lorsqu'elles sont séparées par de trop
grands intervalles. Il en fût résulté une harmonie nécessaire au corps politique. Il faut distribuer la population d'une grande ville comme un jardin anglais;
on doit y voir les hôtels parmi les cabanes des jardiniers, comme les arbres des forêts qui s'embellis-
sent des plantes qu'ils supportent, et des gazons
qu'ils engraissent de leurs dépouilles et rafraîchissent
de leurs ombrages. Le faubourg Saint-Marceau a
beaucoup perdu par la révolution : plusieurs gens
aisés qui s'y étaient retirés, car il n'y en avait point
de riches, ont été chercher de la tranquillité hors de

Paris ; d'autres ont retiré leurs enfants de ses pensions. La suppression des chanoines et des couvents a achevé de lui enlever ses faibles ressources : il faut donc lui en donner d'autres, pour la tranquillité même de la capitale. Le plus facile et le plus utile est d'y placer les établissements destinés à l'instruction publique. Ce quartier est le plus propre de tous ceux de Paris ; on n'y est distrait, ni par les spectacles, ni par l'exemple des mauvaises mœurs, si dangereux pour la jeunesse : elles y sont quelquefois grossières , mais elles y sont moins corrompues qu'ailleurs ; il est fort rare d'y rencontrer des filles publiques. Les logements y sont à très-bon marché : pour 90 livres par an, j'avais, il y a quelques années, quatre pièces dans un donjon, des commodités en tout genre, et une vue enchantée. Il n'y a presque pas de maison qui n'ait son jardin. L'air y est pur; l'eau de la Seine n'y est point infectée des immondices de la capitale ; et, ce qui n'est pas un petit avantage, la bière et le pain de la rue Mouffetard y sont les meilleurs de Paris : ce qu'il ne faut pas attribuer, comme bien des gens le croient, à l'eau de la rivière des Gobelins, car on ne l'y emploie pas ; mais à celle des puits qui y sont creusés dans des lits de roche. On le rendra le quartier le plus agréable de Paris, quand on aura bâti sur la Seine le pont de communication entre le boulevard du Jardin des plantes et celui de l'Arsenal; quand on y aura fait aboutir, à travers les petites rues limitrophes de la rue de l'Oursine, l'avenue du beau boulevard du

Mont-Parnasse ; quand on aura achevé de paver la
rue de Buffon, impraticable aux voitures pendant
l'hiver ; quand on l'éclairera la nuit, en y faisant
mettre quelques-unes des nombreuses lanternes
qu'on vient de supprimer sur la route de Versailles ; et sur-tout quand on aura débarrassé la
rivière des Gobelins des causes qui l'infectent en été,
et par suite le Jardin des plantes qui en est voisin.
Ces considérations doivent engager l'administration
à exécuter les projets qui ont déjà été présentés sur
ces divers objets. Aucun lieu dans Paris n'est aussi
propre aux écoles nationales dans tous les genres.
Tout le monde y connaît la manufacture fameuse des
Gobelins, qui offre tant de ressources au peuple qui
n'a que son industrie pour vivre. J'entends dire, depuis la révolution, que les beaux-arts ne sauraient
fleurir dans les républiques ; et on cite pour exemple
l'Angleterre. C'est une grande erreur. Si les Anglais ne se livrent pas aux arts de goût, c'est à la navigation qu'il faut s'en prendre : elle absorbe toutes
leurs vues dès l'enfance ; et par ses études géométriques, ses calculs, ses fonctions pénibles et rudes,
elle les prive de ces graces d'expression qui seules
rendent celles de la nature. Mais, s'ils ne sont ni
peintres, ni sculpteurs, ils paient magnifiquement
les beaux-arts, dont ils sentent tout le prix. D'ailleurs ne voyons-nous pas chez les anciens Grecs,
les beaux-arts fleurir dans toutes leurs républiques ?
Sicyone, Samos, Athènes même, ne leur ont-elles
pas dû la plus grande partie de leur illustration ? Il y

a plus, ils ne prospèrent que sur le sol de la liberté. Comparez les peintres, les sculpteurs, les poëtes, les orateurs, les historiens de la Grèce, avec ceux de l'empire si riche et si fastueux de la Perse ; vous verrez quelle notable différence. Mais, de tous les établissements, le premier est sans doute celui de l'étude de la nature : elle est la mère des sciences, des arts, et de toutes les inventions des hommes ; elle seule les élève vers la Divinité, en leur faisant voir, dans un petit espace de terrain, une partie des bienfaits que la main de la Providence a répandus sur le globe, pour être entre eux un objet perpétuel de comerce, et les faire vivre en frères.

FIN DES NOTES.

TABLE DES MATIÈRES

CONTENUES DANS CE VOLUME.

Discours sur l'Éducation des Femmes . . . . page 5
    Avis de l'Éditeur. 7
    Discours sur l'Éducation des Femmes . . . 11
Fragment sur la Théorie de l'Univers 79
    Avis de l'Éditeur. 81
    Fragment sur la Théorie de l'Univers . . . 91
Mémoire sur les Marées. 207
Fragment sur le même sujet 290
Mémoire sur la nécessité de joindre une Ménage-
    rie au Jardin des plantes de Paris. 309
Lettre aux auteurs de la Décade philosophique . 357
Avis de l'Éditeur sur les Opuscules suivants. . . 373
Le Café de Surate. 377
Voyage en Silésie. 393
Éloge historique et philosophique de mon ami . 407
Voyages de Codrus 423
Le Vieux Paysan polonais. 441
Notes du Mémoire sur la Ménagerie 459

FIN DE LA TABLE.

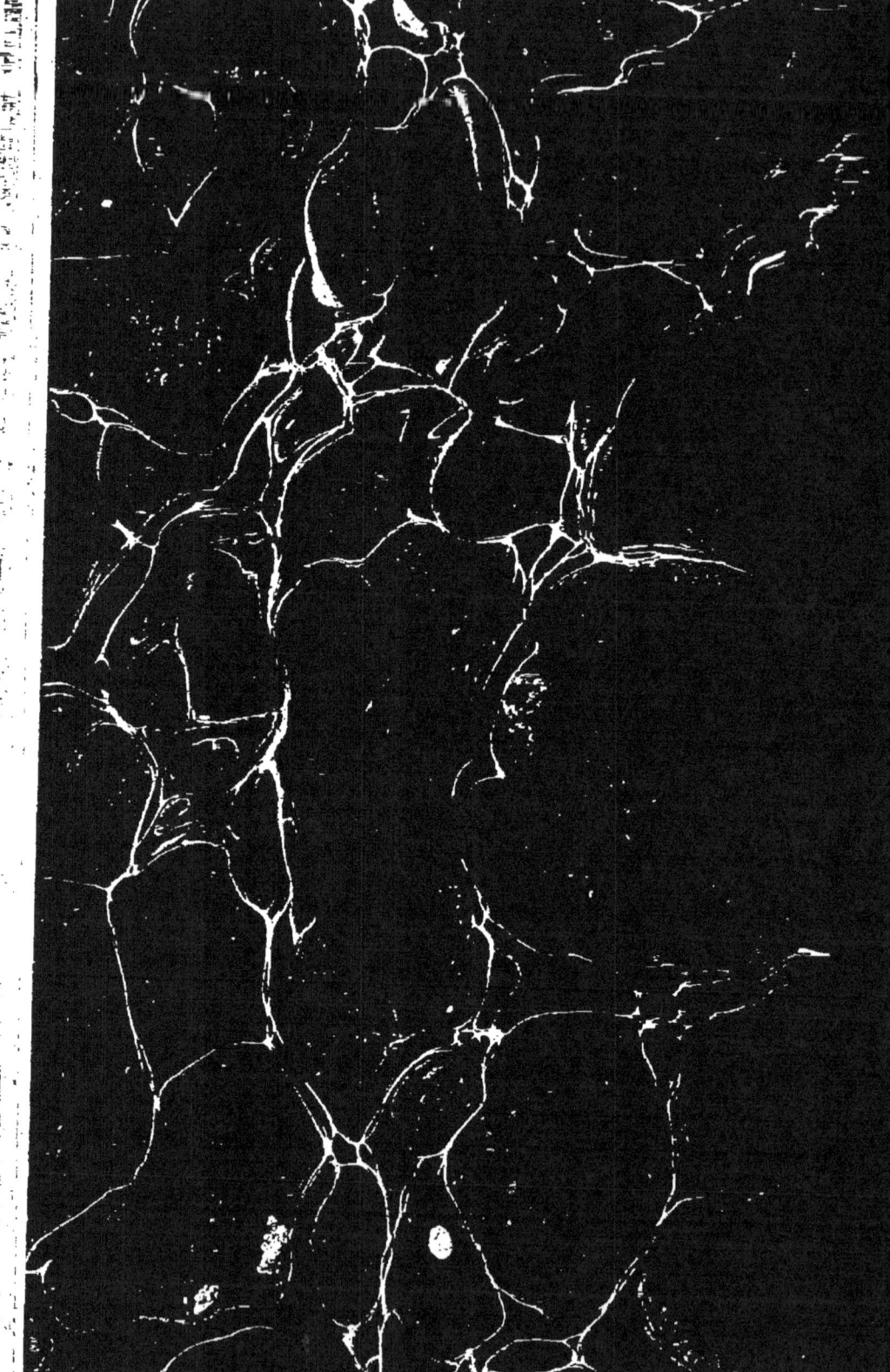

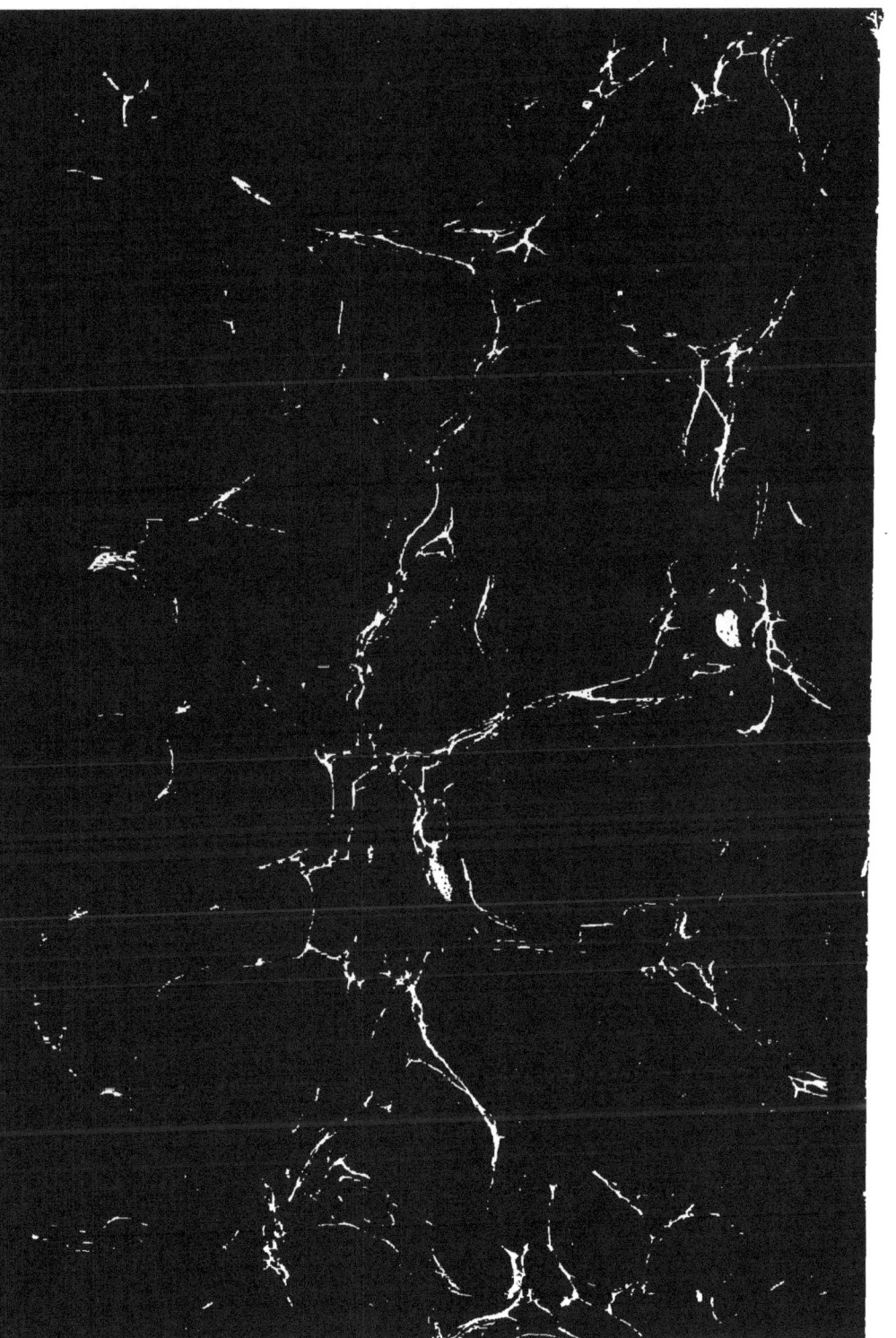

www.ingramcontent.com/pod-product-compliance
Lightning Source LLC
Chambersburg PA
CBHW061037030726
47504CB00002B/418